时文
精粹

SHIWEN
JINGCUI

时文精粹 SHIWEN JINGCUI

月色中的栀子花香

若　荷◎著

煤炭工业出版社
·北　京·

图书在版编目（CIP）数据

月色中的桅子花香／若荷著．--北京：煤炭工业出版社，2016（2023.1重印）
（时文精粹／陈勇，吴军主编）
ISBN 978-7-5020-5240-9

Ⅰ．①月… Ⅱ．①若… Ⅲ．①散文集—中国—当代 Ⅳ．①I267

中国版本图书馆CIP数据核字（2016）第053751号

月色中的桅子花香

著　　者　若　荷
丛书主编　陈　勇　吴　军
责任编辑　马明仁
封面设计　宋双成

出版发行　煤炭工业出版社（北京市朝阳区芍药居35号　100029）
电　　话　010-84657898（总编室）
　　　　　010-64018321（发行部）　010-84657880（读者服务部）
电子信箱　cciph612@126.com
网　　址　www.cciph.com.cn
印　　刷　北京飞达印刷有限责任公司
经　　销　全国新华书店

开　　本　710mm×1000mm 1/16　印张　14　字数　120千字
版　　次　2016年5月第1版　2023年1月第5次印刷
社内编号　8091　定价　46.00元

序言 Preface

柔性写作与心灵回归

张伟锋

柔性写作是一种贴近心灵的写作，是作者对自身心灵感触的陈述和表达，是作者真实情感和现实状态的描述和记录。柔性写作强调的是情感的真实、笔触的细腻动人，以及真实生活的艺术再现，所以，优美的散文应该是柔性的，而不应该是硬性的。

柔性写作是散文获得美感的重要元素，是散文艺术特质的重要载体。艺术作品包括散文在内的一切艺术作品只有具备表达的真实和情感的真切才会感人，才会被赋予超强的生命力。若荷的散文显然是具有这种生命力的，在品读若荷散文的时候，我无数次被她的文字所深深感染，我深切地感受到她的散文是发自内心的，是感动于生活后流淌出来的晶体，她的散文处处洋溢着柔性的思维和情愫，同时，我也深刻地感受到了柔性写作在散文表达中所迸发出来的力量。

散文写作单凭技巧创新是不够的，不仅需要写作内容的厚实和饱满，而且需要文章情感的孕育和培植，以及还需要文章表达深度的挖掘，而所有这些都来自生活之中，来自情感之中，需要对生活的细致观察和深刻体悟，以及生命的深入思考和探索。若荷是一名在场写作的忠实信仰者，她的散文写作几乎未曾离开过她的生活、她的世界、她的生命，这在一定程度上为柔性写作这种表达方式在她的身上发挥和成长，以及散文美感的取得创造了十分有利的条件。

优美的散文，应该是一种真实的情感倾诉，而这种倾诉的最终结果就是心灵得到回归，获得超脱和依靠。从内核上讲，散文这种文体更多的是需要柔性的表达，需要的是原始的、自然的心灵回归。散文需要宽度，但更需要深度，宽度的获得可以从选材上得到补充，深度的获得则要靠作者个人的情感和对生活、生命思考的深度。若荷的散文优美，得益于她的柔性写作，她几乎是以一种全柔性的写作姿态来撞开散文的大门，开始她的“若荷”世界的。若荷的散文因为轻柔细腻，所以动人；因为表达心灵，所以富有灵性，所以超凡脱俗。在行文中充满着宛若荷花的清丽和高洁，品读其文是一种身心的修养和放松，是一种夜下品茗的享受，充满着温暖、充满着柔情、充满着闲适。这是柔性写作的力量凸显的结果，也是她的散文充满磁性的呈现。

优美的散文，也应该是充满韵味和灵性的，在韵味和灵性的构成中，情感和真实的表达是支柱。若荷的散文优美，在于它在显性或隐性之中散发出的特有韵味和灵性，这种韵味和灵性有时是可表述的，有时则只是可感的，是在模糊之中体验出来的，洋溢着含蓄隽永的气味；若荷的散文优美，在于形散而神聚，这种形散主要是通过联想来展开的，神聚则是靠内含的情感来收缩的。在表达中，若荷的散文，没有惊涛骇浪式的抒情，却在缓缓的情感流淌中让人窒息，时而让人感到疼痛，时而让人感到快乐，在这个情感体验的过程中时时充满着启发性、引导性，引导和带领读者去追寻幸福，把握心灵的真切。所以，品读若荷的散文，能在升华中感到无尽的美感，能在表达中触摸到向上的力量，能在阅读中体味到心情的愉悦和心灵的慰藉，能获得一次深刻的精神洗礼和滋润。

若荷的散文，大多行文较长，但又不感觉到烦冗拖沓、刻意造作，反而觉得恰到好处、行文适中。这一方面得益于她在行文结构上的把握和控制，若荷的散文结构层次分明，脉络清晰。另一方面得益于她超凡的联想能力和清丽隽永的文字表达能力，若荷的散文似乎从来不缺乏联想，似乎总能将两个毫无关联的事务联系起来，然后融汇交合，在不知不觉中，打动你的心；若荷的散文是发自内心的轻柔的呼唤，她以女性特有的细腻笔触，将时光、爱情、亲情、友情、自然描写得诗情画意，文字充满着灵性和跃动，以清新、丽质的形象来呈现，这种用柔性细腻的笔触来表达动人的情节和故事，是一种绝好的散文写作方式，若荷在散文世界中这种至高的表达，使得她在散文的境界里获得一种超脱和逍遥。

散文写的是一种内力和耐力，写的是一个人内在的修养和品质。若荷的散文更多的是对一些细微事物的感知和感动，更多的是对一些在尘世之中，而又似乎远离尘世物象的表达，这是一种在尘世之中对心灵回归自然、回归宁静的渴望的表达和倾诉。若荷的散文是她心灵真实的写照，也是心灵片刻感悟的记录，那些柔柔的文字，是她将心灵回归自然时留下的纯洁记录，淡淡的时光感伤、清清的心灵忧愁、浓浓的亲情气味……没有哪一颗心能拒绝这样倾情的文字，也没有哪一段往事比用柔性的表达更为动人。另外，若荷的散文总是在柔性的表达中富含着哲理，同时又处处充满着诗性、充满着流动的画面美，这种轻描淡写、不露声色地表达柔性的美，令人缅怀和憧憬。正是因为这些，若荷的散文便具有了极强的吸引力，这种吸引力的产生在于她文字的柔性表达和心灵回归的追求和渴望，这种吸引力的完成不是偶然性的，是必然性的，是她在写作中执着追求的结果。在她的散文中，由于柔性的贯穿和深入，使她的散文具有了超乎寻常的“静”气，这种“静”气蔓延在她的散文的各个角落，这种“静”是若荷在散文写作中追求的，若荷通过这种“静”气最终在文字表达中获得心灵回归，最终在思想意识里获得一种脱离尘世的超脱。

目录

Contents

第一辑 南瓜花·丝瓜花

笛韵悠悠 002
南瓜花·丝瓜花 006
青山依旧 012
曾经的花房 016
老油坊 020
棉被上的流年 024
乡下的村庄 029
元宵节的灯 033

第二辑 掬起一杯水的感动

紫色的忧伤 038
冬叶温暖 042
掬起一杯水的感动 046
花邻 049
书桌上的木雕 053
你画的是谁的童年 057
有种颜色写满了爱 061
握住我的手 067
有什么比心灵更柔软 072

第三辑 月色中的栀子花香

杏花 杏花 076
朝开与暮落 080
安详的蓝目菊 084
生命里最初的感动 089

书信时代……094
果实之美……098
月色中的栀子花香……102
记忆里的雪……106
温暖的炉火……111
故乡的“外婆菜”……114

第四辑
盛开在掌心的花朵

敬畏流年……118
当陌生向你微笑……121
心轻草亦香……125
草叶的生命……128
盛开在掌心的花朵……132
不再恐惧……137
一声秋到……142
落叶的心田……146

第五辑
海边，夏日之诗

烟雨蒙山……150
漫步景观路……154
海湾的早晨……158
海边，夏日之诗……162
古韵泉林……167
梯云寻梦……172
仰天山秋行……176

第六辑
蝉声的河流

春到溪头……184
春雪初照人……188
流年忆苇……192
谷雨的稻香和甜美……197
蝉声的河流……201
画 眉……205
乡村茶酒……208
龙的节……212

1

第一辑

南瓜花·丝瓜花

笛韵悠悠

北方的春天，每天都能看到这样的画面：轻捷的燕子，挥着玲珑如剪的翅羽，掠过茅屋低矮的房檐，在绿毯般的麦田上悠然盘旋。忽而几声鸽哨，伴着黄鹂清澈的鸣唱，冲向村外广阔的原野。它们嬉戏着，穿过一帘帘鹅黄的柳枝，以最快的姿势飞翔。那优美的动作，牵动了蓝天白云，牵动了一个个美好的黄昏。乡下敦厚的亲戚说，鸟儿特别恋“家”，它们飞去来兮，到了夜晚，便宿进各家挂满农具的屋檐、阁楼，宿进附近的树林，那里有它们衔泥搭枝新做的巢窝。

冬天还没有走远，春天便猝不及防地来了，甚至来不及为心灵做点滴的梳理。青砖垒起的短墙上面，爬满怒放的蔷薇，油亮的枝条抽出醒目的嫩芽，粉红的花朵时时给人以耳目一新的感觉。漫步郊外的河岸，听一听穿行其间的莺啼，望一眼岸边的杨柳，春天的目光里，不再是车水马龙，不再是喧嚣的城市，而是天高云阔，柔情万千。它鸡犬相闻，乐趣盎然，简单而充满生活的朝气。那质朴而又浓郁的画面，总能在你的心头闪亮、簇新。

在温煦的阳光下，乡下比城里更早地预知春天，欢快的鸟儿、竞相出洞的甲虫、如茵的绿地、烂漫的山花，所有的事物都在这呢喃声里变化着，报告着春天来临的消息。就连挟着油菜花香的风儿，也在各个角落奔走匆忙，告诉人们春天来了。从此，春天的声音，一声比一声密；春天的细雨，一场比一场暖，到处都是生命萌发的低微气息，淡淡地惹人情思。它不是燕子的软语，也不是黄鹂的啼鸣，这个熟悉的声音是来自乡间的柳笛儿。

柳笛儿，我们小时候叫它柳哨儿，这个作为乡下孩子们非常喜爱的玩具，不光调皮的小孩子喜欢，就连大人们也不例外，愿意做一只拿在手里，轻轻地吹出清脆的声音。听见它，就仿佛听见了春天的声音，看见它，便仿佛平添了春天的风姿。“采采卷耳，不盈顷筐。”一笺短句，道尽相思。乡间的小路上，窄窄的田埂上，承载着回乡游子的脚步，承载着对故园亲人幽远的遐思。柔软的清明雨，几丝怅惘的情绪，唯有几声清脆的柳哨儿，增添了春天的欣悦，心间的快乐，亦尚生出几分。

乡间的晨光短笛，织出山村的乡风乡情，在默默地传承中，一代一代的孩童成了制作柳哨的行家。折一根垂柳的枝条，选取一截粗细均匀的柳枝儿，双手小心翼翼地拧转，把柳芯拧转到可以用牙齿轻轻抽出，再用小刀把空洞的柳皮一端打薄压偏，一只泛着柳枝儿清香的柳哨就做出来了。把它轻轻地含在嘴里，运气而吹，随着一丝青涩的味道流转舌尖，瞬间悠扬响起曼妙的哨音。

拧柳哨儿，宜在清明之前，过早则柳枝水脉欠缺，不能中通润滑，容易拧破，过晚就会柳芽生发，整个枝条绽芽打结，柳哨自然也就拧不成了。小时候我们为了拧柳哨儿，到处搜寻野地里的柳树。村子里柳树不少，但大人都不让折，有时一天折下来，一棵柳树的枝条便给折得伤痕累累，看了让人疼惜。大人呵斥，小孩子却恋在树下，赶走一批又来一批，所以柳枝在那时很是珍贵。每每看见几根柳枝儿，鹅黄的芽，犹如枝条上的花，便觉得很是耀眼，喜兴地举在手里，仿佛举了一个绿意盎然的春天。

柳哨时期的岁月，是我记忆最深的日子，虽然对它眷恋，但我却拒绝折它，因为我看过柳条折下后的伤口，好长时间才能逐渐愈合，所以我更喜欢一种泥哨，它十分简陋，简陋到只有两个音孔，一个吹孔，声音在泥做的腹肚里“呜——”地响起，不循环、不迂回、不婉转。尽管单调、陋拙，但可塑性却很强，一团毫无生气的泥巴，几经揉搓，便被赋予新的生命，捏成各种各样的形状，用童年时期的洋红洋绿任意涂抹，涂上不同的色彩皆成不同的活力。它是一种独立创造，更是孩子们的一项自娱自乐的艺术，不用向父母索取一分钱，便可以玩个不亦乐乎。

做泥哨适合用黄泥，土质要细腻，颜色要纯正，老牛拉过犁的田地里的泥是做不成好泥哨的。好的泥土是山上的泥，乱石崖缝里的泥，这种泥没有经过开垦，没有杂草，没有肥料。这种泥不易生长庄稼，却可以捏结实的泥哨。和泥哨同时衍生的，是一种摔泥的游戏，捏罢泥哨，剩余的泥可用来捏成碗状，找一块平地，“碗”口朝下猛地摔下去，会发出脆响“呯”的一声，清明时节的乡村，这个声音也是此起彼伏的。

沂蒙山区的树木尽管不多，但是黄土深厚，山坡上挖几捧泥土，山溪里兜几兜溪水，和成泥巴在石头上反复用力摔打，等泥巴摔打得细腻、紧实、柔韧了，揪下一块捏出泥哨的雏形，用水打磨外观使之产生光泽，再放置在窗台上晾干，就可以呜呜呀呀地吹了。它的声音比柳哨低沉、粗犷，音色里有种埙的气质。于是小小的村庄，便有了一种清明时节的欣喜，一端是柳哨声声，另一端是泥哨阵阵，夹杂着农人牛耕时的高亢的吆喝，直把桃花吹红、杏花吹落。这些充满朝气的声音，点缀了苍白的流年，清丽了初生的花朵，成了这个季节最单纯的快乐。多少年过去了，柳哨的声音还在我的脑海中回响，就像一个人远赴他乡，突然一场梦回一样。

有天去外地出差，归来的途中，遇见一个很小的地摊，长长的绳索上挂满了泥哨一样的物品，只是它们一个个刻龙雕凤，显得那么高贵华丽，它们肚腹上扎有四五个音孔。每个都由一条彩线系着，最下面是一串金黄的流苏。问小摊的主人，说和泥哨相差不多，但有一定的区别，是经过泥模、烘烤、刻绘等工艺制作出来的，叫陶笛。说罢即兴吹奏了一支简单的曲子，音色有些像埙。不由赞叹，当泥土沾上了烟火气息，就煅烧出了一身风雅之气。

近年的清明节，柳枝已经不缺，经过绿化的家乡已经处处栽有绿柳、金柳，而我却因为有了两只陶笛而不再惦记柳哨、泥哨。如今的清明时节，尽管插柳的风俗未改，但拧柳哨的孩子已不多见了。没有了乡间柳笛做伴，音质朴拙的泥哨也逐渐消失。面对这些，我只是暗暗地想，假如每人都有一只精美的陶笛呢？

不是人人都有这怀旧心理的，不是人人都懂得欣赏这古典之美的，在卖陶笛的小摊那里，几乎没有人驻足，冷冷清清的顾客足以证明这一点。望着它们我很是失落，就像我的童年，从此再也找不回来了。既然这样，那么就让它们悄然消逝吧，让柳树们安然生长，在山间地头，春水倒映的岸上。让它们在春风的抚摸下弯出妩媚的身姿，扬起婀娜迷人的枝条。那一帘帘的绿啊，便是季节涌动下的春潮。

南瓜花·丝瓜花

母亲那一整墙跟儿的南瓜、丝瓜，终于在暮春时节开始藤藤茎茎攀缘上升了，夏季来临，它们摆脱了秧苗时期的幼弱，从藤茎之间次第闪现出青葱的叶片。它们相互交叠着、纠缠着，在时光的寸寸延伸里一天天绵密起来，扭花吐蕊，绽放出金黄的花朵。

正是各种瓜果长势茂盛的时期，窗外，除了一阵紧似一阵的知了的鸣唱，便是这些无忧无虑的花儿们了，它们开得粗野、开得泼辣、开得无拘无束。在乡村，就是这些绿色藤蔓和金黄的花儿，层层点缀着农家小院，让人感受到夏季的热闹与非凡，感受到流淌在季节深处的那一点点的繁华。

丝瓜花有小孩子的手掌那么大，我们叫它“碟儿花”，而南瓜花我们则叫它“镲儿花”。有时走进一户人家的小院，看到丝瓜或南瓜花开正好，目光掠过，小手即刻便会指着其中的一朵南瓜花儿：“我要大镲”，或仰望着一朵丝瓜花要“小碟儿花”。也不知道为什么这么叫它，脑海里却浮现出一种盛饭的用具——碟，虽然我们当年很少用碟，更多的时候用的是碗，黑碗、白碗，大小不等。以我母亲的眼光，碟绝对赶不上碗用处大的。碗可以盛水、盛饭，碟只能用来盛菜，居家过日子确实单调可惜了些。所以她在逢年过节的时候，宁愿多花几分钱买碗，也不会去买碟。在母亲离开那个乡村之前，我家的碗柜里是找不出一只碟的。至于丝瓜的花儿为何被小孩子称作“碟”，南瓜花称作“镲”，这“碟”与“镲”的区别，大概就在于它们形状的深或浅。一个是盛饭的用具，一个是敲打的乐器，很像是暗示一个人生的道理：先有丰足，再有欢乐。

寂静的乡村，几乎家家都种着十多棵树，那些树大都几十年的树龄了，蓊郁的树叶里面悄悄歇着知了。那近一只远一只的知了的吟唱，仿佛是在与对方比自己的歌喉，把人吵得心情烦躁，把整个夏天吵得沸沸扬扬。天气闷热，如桑拿一般的天气，大人都躲在屋子或树底下乘凉去了，一整天不离手地将那芭蕉扇扑扑地摇着，而这时候的小孩子们却都悄悄地溜走不见了。

村南的河汊里淤柴又积了很多了，早在几天前的一场大雨中，从上游冲下来许多淤泥和细柴，在混浊的河岸边满满地淤积漂浮着。温暖的河水将这些淤柴泡得软软的，用一只小扒网把它们捞到岸上，经太阳晒干就是上好的柴火。那时的乡下几乎没有人家烧煤炭，家家户户都是以柴草为薪烧水煮饭。那个村子柴草不丰，像捡柴这样的活儿便只好每天都在继续着。拾柴一般都是让小孩子来做的。二姐是捡柴的好手，她早上背出一个很大的花篓筐，中午不到，不动声色地就背回尖尖一筐柴草来。那些柴草大都是枯了的草叶、茅根，也有极少的树枝和收割过后遗弃的禾茬，二姐把它们捋得整整齐齐码在院子的一角，一只母鸡在二姐码好的柴草垛里做着生儿育女的窝。每年的春天，我都能听到那只母鸡“咕咕”地叫着围着那垛柴草转，发出只有抱窝时才发出的声音。邻居梅娘娘听了那声音就笑，那母鸡是梅娘娘家十几只母鸡当中唯一的一只抱窝鸡，所以梅娘娘的笑仿佛比那母鸡还要骄傲。我们两家之间是没有院墙的，梅娘娘可以每天跑到我家的柴垛前瞅一眼她的那只抱窝鸡，眼睛里露出盼着小鸡们快些出世的样子。母亲从此不让我们去随意抽里面的柴草，怕惊扰了那十几个小小生命的孕育生长。

夏天的南瓜花与丝瓜花都是极普通的花，被太阳照耀出灿灿的黄，浓郁的叶子裹挟着一茎茎花朵，一蔓一蔓爬满了墙。尤其是地坝和竹架上的南瓜花、丝瓜花，在田野之风的吹拂下，散发出一帘的香。在我看来，乡间一切淳朴的美，它都包括了，但它们并不是唯一的乡间的花。七月间，芝麻也开花了，并且一节比一节开得高。芝麻的花是白里淡紫的，娇嫩得很，与粗糙的芝麻秆正好有着相反的对比。有时地瓜也会开出花来，地瓜花也是粉白的，花心里有几丝粉红，娇小的花朵犹如小姑娘的唇角，而结出的地瓜却是丑陋的。我喜欢这所有的花儿，但我忘记了它们也会创造出果实，我常偷偷地把它们从花枝上掐下来，耳边分别挂上几朵，手里拿着几束，兴高采烈地把玩着。不记得，有多少花儿葬送在我的手中。而教我掐下它们来的，是一个比我大许多的女孩儿，我不记得她的名字了，她与我二姐是同学，经常约二姐去河里捞淤柴，或者洗衣服。那时全家的衣服几乎都是二姐去河边用槌衣棒挥打着洗出来的。二姐那时也还很小，十四五岁的模样。那个女孩和二姐同岁。有时我站在大门口，就能看到两个女孩儿挽着手臂，迎着晚霞朝家门口方向走回来的影子。

我也喜欢去河边，与二姐不同的是，我喜欢上了钓虾。在这上面，梅娘娘就是我的启蒙老师，她是区干部家的保姆，除了做饭、带孩子，平常一有时间就去钓虾，她很乐意带上我，其作用就是帮她看护她带着的三个和我差不多大的孩子，和她们一起玩耍，而钓虾是后来的事。因为当时我还没有钓虾的工具——用蚊帐布做出的那种虾网子。将一根大半米长的铁丝圈成圆形，再把一块纱布缝制在圆形的铁丝上，固定前让纱网垂下来，不能太浅，也不能太深，略兜一些才可，然后用三根麻绳以相等的三角形距离结系在铁丝上，再由一根比它们更粗一些的绳子将三根分开的线绳拢在一起，为纲，吊在中间以保持平衡。网线的后末尾是一根成人拇指粗的结实木棍，线绳一端系着木棍，另一端联结着网子。线绳要长，能够有一定的力气甩出，还要能够不翻网。当网子甩到水中央后，木棍就留在岸上，压在一块石头底下，防止鱼虾拖跑。梅娘娘记性不好，她总喜欢在虾网的木棍上做许多的记号。梅娘娘的病与她的丈夫有关。隐约听说她丈夫犯了事“出远门”了，撇下梅娘娘无依无靠，没有生活来源的梅娘娘只好挽着包袱回到家乡，艰难地度过三个年头之后，生活不能维持才出门帮人带孩子当保姆的。每当梅娘娘向母亲叙说的时候，母亲就深陷在梅娘娘的身世中流泪唏嘘。

虾网还没有时，我只能下河捞虾，这也是许多没有钓网的孩子最大的爱好，它比用网子垂钓更直接迅速、更有意思，且又不需要长时间的等待。把衣服脱净了，赤条条地钻进水里，用手一下一下地抓挠。水浅的时候，一次能抓到几十条大虾。用胳膊一下一下地在水中划，贴着水底。长长的虾钳碰在胳膊上，就好像麦秆在胳膊上一扎一样。当小心地把胳膊拢起，浮出水面猛地向岸上跑去，然后将那些扎胳膊的东西甩向沙滩，撒落在地上的是几只活蹦乱跳的大虾米，意外的惊喜往往使得我几乎喘不过气来，收获是这样的令人快乐！然而时光不长，当我终于拥有自己的七个虾网，并且小半天就能够钓到大半碗虾时，父亲发现了我们的秘密，死活不让我下河了，父亲总怕我不知深浅，生怕那条河在某一个时刻无情地把我吞噬。

二姐的同学已经不再来找二姐了，就像突然失踪了一样，不知从哪一天起我再也没有看到过她。她真的失踪了。据说那是在一个春日的午后。那天我家的院门被轻轻地敲响了，她约二姐去河里洗衣，可是二姐却不在家，她便一个人孤独地去了。她和往常一样在河边洗着衣裳，一下一下寂寞地搓着，旁边还有几个大婶也在埋头洗着笨重的棉布被单。夏天是换洗被单的季节，挥起的槌衣棒在噼啪声里震飞了蒲苇丛里的几只野鸭。沿河几乎摆满了洗衣服的大人小孩子，谁也没有注意她的来或她的走，凉爽的河水不仅洗涤了她们的衣裳，而且在濯洗着她们的身体，由脚及腕，再到她们苍白或者年轻着的长长的黑发。

她就这样不见了，那个和二姐差不多大的女孩大概是看到了什么物件漂浮在水面上，便欠起身体伸手去抓，一下，两下，直到整个人倾倒进河水里。本来那条河是不深的，可女孩倒下去的地方却是个例外。那里水很深，是当年抗旱时期人们在河滩里打出的一条积水沟。春天河水丰沛，漫上来的河水就把那条水沟淹没了，成了无情的河水吞噬生命的大张的嘴巴。

一朵花就这么落了，一个稚嫩的生命就这样走了。

父亲从此再也不敢让我们下河，就是下河也有一定的规矩约束着，一个人不行，两个人也不行，只有大人在场时才能勉强允许下河。夏天的丝瓜花儿败了，南瓜花儿又开了，但我总不能平静地坐在母亲规定的窗前读书赏花，总有一种躁动的情绪撩拨着我。11岁，上五年级。到了这一年的夏天，我仍然偷偷下河，和邻居婶婶、姨姨以及她们的孩子一起，我们的队伍虽然高矮不等却是更加壮大。河里的鱼虾仍然吸引着每一个希望得到意外收获的人们，那些虾子在当时还是粗茶淡饭桌上的美食佳肴啊。看到母亲并不埋怨，渐渐地胆子便大了起来。13岁那年，我还能够安详地脱净身子下河捞虾，母亲发现后就喝令我不要再光着身子了，闺女家小心人家笑话。我顽皮地大笑着在母亲面前脱光上衣，只穿一条白底红花的短裤下河，依然故我。

突然的某一天里，我独自走在长满高粱的小路上，身上仍然只穿了那条短裤，一只盛虾的塑料口袋挂在胸前，口袋里的虾须扎得前胸痒痒的，不一会儿便起了一片小红疙瘩，我打量着自己。突然地，我开始害羞起来，双手不由自主地交叉在胸前，心跳加速，脸腮绯红，脚下沉重地拔不起步子。害羞的感觉突然来临。我几乎不敢走出那片能够隐藏我身体的绿叶婆娑遮天蔽日的高粱地。

我长大了。

之后的夏天我几乎很少下河，就是去也是悄悄地坐在岸上，洗衣净脚完毕，安静地端着衣盆离开。二姐拾取的那垛草矮下去，我再拾一些回家码高它，二姐进工厂工作了，拾柴便成了我读书之外的“业余工作”。梅娘娘的母鸡早就不在里面打抱窝了，梅娘娘的丈夫从外地回来，就把梅娘娘接到城里生活去了。在那浩浩荡荡的下河队伍里不仅少了梅娘娘，而且少了我一个最要好的同学英子。记忆里她的父亲很少下地，整天病病恹恹的。就在英子上初中的那年得了肺病死了，她的母亲被打击得一病不起，她便只好含泪退学了。不久听说她跟母亲回到很远的外乡姥姥家了，也有的说她随母改嫁不再回来，就连姓名都改掉了，从那时起我就再也没有见过她。夏季来临，我喜欢坐在母亲备课用的小桌旁读书，然后静静地观赏我的那些花儿们，仍然是母亲最喜欢种的那些满墙头的丝瓜、南瓜。丝瓜花、南瓜花我仍然贪恋着，但已不再将它们掐下插在耳边或握在手里了。我已经学会了欣赏，看着它们灿然盛开的样子，心里就浸满了快乐与安详。它们开得粗野、开得泼辣、开得无拘无束，犹如我们这些乡下孩子的童年时光。

南瓜花、丝瓜花在众花之中虽然算不上娇艳，不及桂花和茉莉花的浓郁，不及月季花的芬芳，但那满院摇曳的花朵和累累的瓜果，对乡下人来说却是灶间的炊烟、是腹中的温饱、是生命一代代延续的迹象，更是心中金灿灿的希望。不记得从哪里看到的了：“人随风过，自在花开花又落……”诗情之外，是“入秋丝瓜女人菜”的朴素无华。在那些少米缺盐的日子里，是它们给农家的生活带来真实的饭香。岁月流逝，时光已远，至今，留在我记忆里挥之不去的，仍然是这些不起眼的瓜果花。它们开放在太阳底下的茁壮的花朵，在我一回头的瞬间，总能给我带来一种悠远的景致、带来一缕淡淡的感伤。

青山依旧

在我人生的履历中，有一座山是与之息息相关的，那就是故乡的山。幼时随父母居住在乡下，村子后面就是一座小山。因为山在村子的北面，所以我们都叫它北山。北山并不太高，也不伟岸，在八百里沂蒙山区算是低矮普通的了。但是站在山上，你才发现山并不孤单。山的两边和山的后面，有一座座更高的山相连，形成连绵的群山，山脚下的小路，犹如长长的臂弯，将山与山紧紧相挽，蜿蜒而伸展。

山上有一层层的梯田，不知什么时候建成的，从我记事起就围绕在山上，夏天庄稼生长起来，梯田被茂盛的禾苗层层碧染，到了秋天，又被将要收割的庄稼铺成金黄，就像一块经过精心设计的画面，或黄或绿，秩序井然。山里人烟稀少，零星居住着一些人家，房屋建造在山洼之间。这样偏僻的地方，却能给小小的村庄带来希望，人们吃的是山中粮，饮的是山泉水，种的是寻常菜。崎岖的山路织起山中的日月，缥缈的炊烟袅娜出家园的温暖。

山里人的身影，总是在这些梯田里忙忙碌碌，面朝黄土，背向蓝天，每天重复而又简单。偶尔，他们会把身体侧弯，用身边的农具扛起一捆捆庄稼，或挑起一副硕大的水桶，以此盛水浇田。

但是他们的劳动，永远是那么烦琐而又沉重。庄稼人的腰和肩最为灵活，也最为劳累。他们，站起来是一座高山，弯下去就是一片土地。一双肩，担起的是家庭和责任。

在岁月的长河里，什么都会老去，唯有山不会老。然而山不老，却龙钟了身躯，无处不显出山的老态。故乡的山，便像极了一位饱经风霜的老人，黝黑的山崖，风化的石壁，让人猜想，千百年来，她究竟付出了多少？她像一位伟大的母亲，用逐渐失血的身躯，滋养山中的植物，抚育身边的子民，护佑着岁月的平静、村庄的安宁。山，生长着，改变着，摧折着。山上的梯田，见证了山的不平凡的历程。

听老辈人说，山上原本有许多树，后来为修梯田，几乎砍伐了山上所有的树木，仅留下山头很少的一围，乱蓬蓬地立在山顶。在这个偏僻的村子里，拥有一块小小的土地，是多么的珍贵！幸而在梯田的坝缝里，倔强地生长出许多杂树和灌木，有茂盛的酸枣树和洋槐树。酸枣红了的时候，孩子们提着小铁桶涌上山去，小心翼翼地往下摘，一边摘一边往小铁桶里塞。枣肉可食，枣仁是可以卖钱的，还是上好的药材。一小铁桶枣仁能换两个演草本。山在成熟的季节，成了孩子们的乐园。

村后有一条进山的小路，路上常见到熟悉的中草药，百部、枸杞、何首乌，等等。在与杂草一起生长的树棵里，也常发现山葡萄、覆盆子。有的芳容可辨，有的叫不出名字。浅春时，开出白色、浅紫、粉红的小花，细细密密地铺满窄窄的小路。果实成熟的季节，疏朗的藤叶间，托出大红珍珠般的晶莹的山果，透出水灵灵的诱人之色。采一把轻轻地捧在手里，稍一用力挤压一下，指缝间就会流出浓浓的果汁，细细地品咂，那甜蜜的滋味一直流淌进心底。

山给我的记忆是在20世纪70年代，那时生活还较为贫困，好在我们读书一般不缴学杂费，学校里的老师买不上备课本时，就带领学生到山上去采槐叶，也没有防护手套，一把把地往怀里捋，捋得手痛，还常遭藏在叶下的毛虫的袭击。等槐叶装满麻袋，老师带领学生把槐叶运下山去，送到一个专门磨粉的磨坊里。一大袋槐叶，只磨出很小的一袋粉。装满槐粉，扎紧袋口，上秤过秤，过秤的人在一张小纸条上记下斤两，老师们就可以拿着记下数字的那页纸条，到指定的供销部门领取粉笔和纸张了。

我平时一个人不大上山，父母也不同意我们上山。无论多忙，父母也忘不了给我们严加管束。倒是母亲，曾在山后一所小学教书，偶尔有机会跟了去，一边听母亲教书，一边两眼朝山上打量，那些裸露的岩石、零落的植被、整齐的梯田，还有上面的庄稼。小路弯弯地坡挂在山上，在青的植被和乱石间穿梭，从这头开始，又从那头消失。远方，云飘雾移，极富诗情画意。

终于有一次，我和几个同学偷着上山，一路小跑爬上山去，摘食山头上的红枣。正当我们摘得痛快时，突然有人喊了一声：看山的来了！熟悉情况的同学连忙往山下跑去。正是夏天，红枣还没有熟透，枝头上挂的还是拇指大小的青果，若被看山人发现，必然不会轻易放过。只听有人一路喊叫着，向我们跑来。由于不熟悉路况，我和一位同学被乱石铺满的小路搁浅下来，越是害怕，脚下越是不听使唤。

幸好，那人并不是看山人，而是一个有点智障的青年，他并没有跟我们往山下跑，而是在我们身后追随了一会儿，又沿着梯田往山后跑去。险情排除，我们这几个人却跑散了。我们找不到方向，也找不到回家的路，纵横的山道在面前分成数条小路，就如同把我们打入了迷魂阵，等到夜幕降临，也没人前来迎接，只好迟迟疑疑地向村庄的方向摸去。远远的，我们看见了村里的灯火，一盏盏地亮了。就是那次，我被那些灯火深深打动，原来温暖也能来自那些毫不起眼的星星点点。

时间一晃，几十年就这样过去了，我已离开故乡，记忆中的那座山，也已被我遗忘。直到今天，登山已成了一项不可缺少的运动，人们背着干粮，身着先进的装备，走遍了山水。一为健身；二为减肥；三为减少营养饱和的困扰。偶尔，我也去附近的山上转转，访古寻幽，登高望远，但见一座座山峰层峦叠嶂，苍鹰在山顶翱翔，鹰之背上，蓝蓝的天空透出一片深邃，漫卷着丝丝缕缕的云彩，像棉絮一样飘逸、洁白，俯瞰脚下的村庄、田地，也散发出浓郁的生活气息。

有一年，我路过北山，车在山下打了个照面，就在将要驶去的瞬间，一抬头，我又看到了它，我惊讶地向车窗外遥望，映入眼帘的，竟然是一山的绿，我的眼眸，立刻被那浓重的色彩照亮了。山在我的眼前湿润起来，朦胧起来，随之清晰起来。如同一幅无尽的画，漫卷而来，随着汽车的行驶，旋转不止。一缕清凉的感觉扑面而来，湿漉漉的，仿佛还有打湿的痕迹。我突然意识到，眼前的这座山，与我记忆里的北山相比，有着怎样的差别——当年的北山有着怎样的荒凉，现在的北山就有着怎样的繁茂！

那绿，是初生的植被吗？是雨后纷乱的草丛给人的假象吗？自然不是，我揉了揉眼睛，挥起手，向它轻轻打着招呼。虽是风起青纱的时节，但我看得出来，那上面蓬勃地生长着的不仅仅是庄稼，还有一棵棵树木，用执着而顽强的根须，深深扎在岩石间、土壤里，那抹浓浓的绿啊，正是年轻了的山，用青春的颜色织成的幕帘。在注重生态保护的今天，故乡的这座山，再也不会远离美好的、没有尽头的梦，不会从我的记忆里失去。有了梦，故乡的人们就不会走远，人不走远，心就会永远停留在故乡。停留在这里，停留在摇曳多姿的青山绿水之间。

曾经的花房

掀开厚重的棉布搭门进去，一股雾气劈头盖脸地扑了过来，尽管是在寒冷的冬天，感觉也如世外桃源般的温暖。我不由得蹲下身子，面对豁然开朗的阳光，透视着那一株株的花。大朵的、小朵的，深红的、粉色的，或者血样染红了株顶的却无花的叶……在和养花人一番讨价还价后，抱得几盆回家。

走在路上，心里仍咀嚼着这样一个名字——花房，脑海里便涌现出一个场面——蜂舞蝶飞。往往是在无聊的冬天，厚厚的棉衣堆积在身上，把自己紧紧包裹成粽子一样，在这样的状况之下，最容易令人想念春天，心头时常生出这样一个幻想。人的想象是多么奇妙，凡是现实中不能实现的事情，在想象中完全能够满足愿望。

那年的花房，承载了完美事物中所有的诱惑，就如同春天里找寻花蜜的小小蜜蜂，我被它紧紧地吸引着。而这样的花房，对我来说奢侈到不可想象。我没有花房，我们家也没有，我所拥有的，只是一个带哨的橡皮狗，而母亲拥有的除了我们几个孩子，还有一只小花猫。当我一个人寂寞地行走在街上，身后就跟着一岁多点儿的它，我的去向，一般就是朝着那个方向。

那是一户喜欢种花的人家，并且种得很有规模，这在当年是很难得的。在那打倒一切封资修的年月，我走遍了村子的角角落落，证明这是唯一一家种花的人家。主人姓什么忘记了，唯一记得的是老人种的各种花的名字以及花色，能在冬天容纳下几十盆花草的一间空空的花房。花房的窗玻璃用塑料布裹着，门也是用棉褡子紧紧地捂着的，不透一丝的寒气，尽管是在寒冷的冬季，花房里也是温暖如春，并且有一种梅雨季时节的湿漉漉的感觉。

小时候做梦，经常在梦里把自己喊醒：“花房，花房！”那是我又梦见蝴蝶了，或者是梦见蜜蜂了。仿佛是在梦中，一位老人指着一间空着的房子对我说：“瞧啊，那就是我的花房。”你听，多好听的名字啊，花房，唇音启动，齿音相随，跟着唇齿之间吐气如兰，一个与花有关的字眼就脱口而出。当冬天来临的时候，所有的花儿都要挪到花房，这样才能安然过冬呢。

因为那个花房，我经常一个人去看那些与我同样渴望人们关注的花，开始我并不知道那些花儿必须有一个花房，但我想，那一院的花儿，总得有一个地方盛放才好，果然它们就都有了自己的归处，于是花房便成了花儿们的天地，成了我在冬天玩耍的地方。种类的繁多，加之它的生长条件稍有不同，就变成了不同的颜色，所以才有了植物的五颜六色、花卉的五彩缤纷。这些五彩缤纷的花儿与老人的情感，在我的印象里就如同老人乖巧的孩子，一株株温顺地匍匐在她的脚下，任其摆布成各种各样的形状。

有一次扁桃体发炎，母亲带我去医院看医生，去医院要绕过她家门前的一段路，再绕过一个岭，从一个高坡上下来，再上去，有时一天几趟地折腾，大汗淋漓的母亲让她看不下去了，就喊住我们问，母亲当然如实相告，她从容地牵过我的手，找个小板凳让母亲坐下，再拉我坐到她的怀里，双手拢起，用手在我脖子上轻轻按摩几下，然后从下颏开始运力向颈后捋去，一回捋三四十下，一圈圈轻重均匀。这样过了几天，扁桃体炎竟然不治而愈，并且从此很少复发，把母亲惊讶得目瞪口呆，心花怒放。从此每当“有病”，母亲就让我到她那里治疗，于是认识了那位老人，有花的院落便成了我童年游戏的好地方。

老人面容白皙，温和的微笑亲切到很容易让人靠近。我在花房里与花朵比过姿势，在门前与蝴蝶比过飞翔，舞蹈雀跃之后，蹲在院子里老人的身边，用手胡乱指着一盆盆的花问这问那。墙上的大相框镶嵌着老人年轻时的照片，照片上隐藏着一段从不隐藏的秘密。我曾经仰望，少女时代的老人是何等的柔美——苗条的身材和乌黑发亮的头发。直到现在我还常回忆起来，陷入深沉的想象。

开始喜欢些花草。8岁的时候，我试着种石竹花，株茎挺直，叶子细长，花朵如同被剪刀剪过一样，有着不规则的锯齿状。这种花好养，在北方山区的土壤里、石缝里，到处可见它们的身影，虽不艳丽，却也不太张扬，极为朴实。我喜欢石竹这个名字，石竹，多好听啊，它让我联想到汉语里的一个词——坚强，于是“石”字便成了我的偶像，成了一种坚强刚硬的性格标志。

其实现实中的我是很脆弱的，13岁那年，我正处在失语的痛苦之中，整整一个春天，眼见杏花开、梨花败，春天姹紫嫣红姗姗走过，却不能和正常人一样说话。寂寞如我，每日里数落着那些花儿，攒拾着它们的一地落花，心头的遗憾是无法诉说的。种马苋花便是从那一年开始的。这种花容易活，只要有一只小小的盆子，一抔清澈的泉水，就可以养活它们了。梅雨季节，选取一截花枝插进泥里，每日看上几遍，不几天就生发出一大捧来。花也如石竹一般的清气，没有浓艳的花朵，更没有浓浓的花香，清纯如出沐的少女，没有一纤一丝的尘俗杂念。

我只是渴望种下一盆花，木本海棠，或者一株小小的马苋菜花，好把童年打扮得五颜六色。然而我到底没有种活过几种花。我抱怨它们太过令我喜欢，而它们不喜欢我。没有耐心，是我种花的最大忌讳，没有成功地养活过它们，原因就是两天要拔起来一回，看看扎根了没有，如果扎了，就手舞足蹈；如果没有，就失望到快要流泪。耐心对当年的我来说，大概很难做到，难到如同用一朵花装饰春天一样。

时光转瞬，即过茫茫，生命的过客无数，花房，以及花房里的老人，已有几十年不见，有一次我回村，过问村里的人，他们都不知道老人的去向。按年龄推算，老人或许早已经故去了。养花倾尽了老人毕生的精力，大朵的绣球会怀念着她，星点的满天星也会怀念着她，还有一个曾经环绕在她身边的小姑娘也会怀念着她。想当年，以为养

花只是一个程序而已，但我错了，现在我才知道，养花不仅仅是几个程序——适宜的温度、泥土尚好，它还需要养花人特有的耐心和等待，有了这些，才能等得一株花开，这是多么富于哲理的美好情怀?

过年或布置新家，都要去一个地方——花房，冷冷的天气里看见它们，总在想，自己何时也拥有这样一个花房，摆满了各色各样的花儿，攒它个洋洋大观，绿意盈帘。我把这个愿望搬进阳台，几盆花——洁白的茉莉、浅红的蕙兰、深紫的紫萝、两盆粉红的日本海棠。不久前，我发现它们中间几盆叶子萎黄，就找了开庄稼医院的同学去问，他送给我一个小包，大概是一包蔬菜的肥料，让我兑三十斤水浇花。我按他的嘱咐兑了水，分两次浇到花根，结果不出一周，花叶被肥料烧了个半死，比不上肥时还要萎靡不振，颜色黄枯，植株也停止了新的生长。

眼见花容失色，我急切地浇水，想把投入的“肥料”重新换出，然而半个月后却无济于事。看看枯死的花株再也没有什么变化，起死回生是不可能了，只好在一个沐雨的天气，将它们通通搬到楼下，任其风吹，任其雨打。没想到，不出一周，花们却又重新活过来了，先是干透的叶子一点点变软，再是落光了的枝干上钻出了针尖般的小芽。小芽渐长，成为一片片的新叶，虽然还不是那么舒展，但毕竟是在新生，在生长，是明显的奇迹产生了。

有了这次教训，我开始对养花不大在意起来。楼房是不能养花的，它只适宜养兰草，但兰草生长得并不太好。吊兰放在客厅，紫萝兰摆在书房，每日里看它们几眼，松弛一下疲惫的眼睛。再也不会渴望拥有一房子的花朵，而花房，以及有关的梦，也离我越来越远。不想再种花了，让羁绊的生命得以释放，让紧张的精神得以放松。空徒的四壁，无叶、无花、无落叶的光洁的地板之上，大可叫人享受一劳永逸的干净。花房也早已不再属于那些爱花的人了，它们变成了莳花者的盛放用具，莳花，而不是爱花，变精神享受为出售商品。而且那些花们，也不再只为满足一颗爱花的心，而是为了更多人的愉悦和玩赏，仅此而已。

曾经的花房，不过是一个永远的念想。

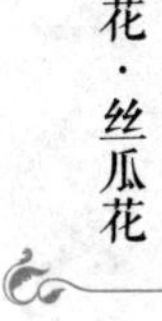

老油坊

俗话说，民以食为天，有炊烟升起的地方，就是人群聚集的地方。有农耕，有收获，有几百年来传承下来的小作坊，也热闹，也兴旺，就如当年默默无闻的老油坊。转起碾磨，升起炊烟，那才是真正的日月。

老油坊说其老，一点儿也不算夸张，老油坊的出现，有着悠久的时光。最早的榨油工具是石器压、木杠扛，榨油时，将花生绞碎，再一串串打入楔子，直至把油榨出来。凡是用传统方法加工食用油的地方，都被人们称作老油坊。

老油坊一般规模不大，几盘榨机，几个工人，油坊就运作起来了。东南西北各个村，都有老油坊，哪家油坊出油不出油，心里都有数。比如二十斤花生出五斤油等，谁的油坊出油多，谁的油坊就生意好；相反则生意清淡，门庭冷落。

在我们小时候，村里就有一个老油坊，几间坐北朝南的老房子，从外面看去，墙里墙外黑乎乎的。几盘榨机油腻腻、黑亮亮的，有着被岁月的尘灰覆盖过，再着一层厚厚的油渍的模样。老油坊平时不工作，只有花生收获的季节，饱满的花生摘下来，留出来年的种子，剩余的花生送了来，老油坊的柴火才升起，静寂的油坊这才忙起来。

油坊的活儿不轻松，忙碌起来很辛苦。早年的榨油机，都是人工来操作，几乎没有什么自动化。一盘榨机配几个人操作，各人分工都十分明确。榨油时，绞碎的花生放进槽子里，上面横一根长木杠。这木杠一头粗、一头细，粗的一头坠一块巨石，细的一头用来人工压。不偷懒，不耍滑，干活靠自觉，凭的是力气，偷懒耍滑也逃不出大家的眼睛。

为让力气使得匀，榨油时大家都要喊号子。每当去老油坊，老远就听见号子声，“嗨哟、嗨哟”的。听过一个有趣的笑话，说多少年前的油坊里，有个十八九岁的小学徒，干的就是压杠的活儿，他不愿出力，可号子比谁都响亮，嘴上号子喊得震天响，手却还没触到杠头上，从此给人留下话把儿：“王长山压杠子，劲儿都用在嘴上。”时间长了，就成了当地用来讥笑懒汉的歇后语。

在油坊里干活的人，常年穿一身油腻的衣裳，有人夸张地说，帮油坊的人洗衣裳，一洗一盆油花花。油坊的工序不太多，但每一道都要求的很严格，有经验的人都知道，出油不出油，就看每道工序的把式。第一道是把花生碎成糁，第二道是用烧开的水蒸汽蒸糁，第三道是把糁装进厚厚的铁圈里，开始在笨重的器物上压榨，亮汪汪的油便从榨机里分离出来了。

油坊有一个规矩，那就是吃油不用买，不用拿花生自己榨。老油坊里的工人炒菜做饭时，往往会在榨油的晌头上，轮到哪家的花生正榨油，便取哪家的油来吃，这是老一辈的人留下来的老规矩。这便牵扯到了“为人情”，人情为的好，工头可把榨油的时间往后延或往前提，以保证不在开饭的时间，自然也不抽他家的油吃了。

还有一个约定成俗的吃油法，那就是打油时，油从槽子上流下来，这就需要在槽子边上留个口，接上一只大铁桶，油若是流到桶外，便成了油坊的油。这种油，当地人叫“脚麻什油（音）”，意思是打扫出来的边角油，已不属于他人了，归油坊所有。他们收集来，经过火熬、沉淀，集中在一个黑瓷坛子里，给干活的伙计炒菜吃。

油坊有个老伙计，人家叫他张老头，家里穷，孩子多，他只好把力气都用在打油上，除了打油赚取一份工，还可省出一顿饭。干了一辈子油坊的张老头，后来年纪大了，儿子进城当工人，女儿嫁人了，就不再在油坊里干了，自己退休回家做起小磨香油来。磨很小，可以用手推，也可以用电带，很轻快。小磨香油和榨花生油不同，只用一只小勺把，舀了芝麻往磨眼里加好就行了。对于干过油坊的人来说，不过是一碟很小的菜。

我参加工作的时候，老油坊就拆了，因为房子实在太老了。新油坊在另一个地基盖起来，宽敞对开的铁皮大门，很大的院落。院子里，除了机器的转动声，几乎没有其他的动静，没有了凝聚力量的号子声，在寂无声息的沉默下，一桶桶的花生油就榨出来了。望着那从榨机里流出来的油，总觉得少了点儿什么，或许是少了当年工人光着脊背喊着号子的热闹吧。

现在村子里，有两个“老油坊”，一个是真的榨油的地方，另一个是年逾古稀 82 岁的“老油坊”。不知道从什么时候起，人们把老张叫成了“老油坊”。“老油坊”已不榨油，每天坐在街上晒太阳，但人们仍然喜欢这么叫。只有那些年少的孩子不叫他“老油坊”，而是叫他“老油坊的老爷爷”。

老年人冬天喜欢冲蛋花喝，蛋花冲好后加点儿盐，再放一丝香菜和芝麻香油。吃过小磨香油的人都还记得这个“老油坊”，也更记得当年那个“老油坊”。当年的老油坊已被村子包围在了纵深处，只剩下一个小院子、一个土台子和几十棵白杨树。

有一天，同事约我去买花生油，说是给家里亲戚送礼的，这自然要选上好的油，这又让我想起了老油坊。经过商量，我们买了几个塑料桶，不到一小时，就把车开进了离城不远的一个村子里，拐进一个小巷，就看到了老油坊的大招牌，赫然举在院门口的短墙上，刹那间，我仿佛闻到了一股清新的油香。

这是一溜儿三间房，左边的一间是管碎花生的，几个人一起，把去皮的花生放进一台绞机里，只一会儿工夫，就把一堆完整的花生绞成了渣。大门外还有一个去皮机，是专门给带皮的花生去壳的，也就是说，只要把晒干的花生运进来，就基本上进入了自动化。

中间的一间是蒸馏机，把绞碎的花生拿到这个机器上蒸馏后，翻炒至七成熟，才送进压榨机。压榨机是一个铁制的笨家伙。再往右边的一间里，有一个油腻腻的地槽，上面架个铁架子，五六个厚铁饼悬在架子上，铁饼下面有几个厚厚的铁圈，等把炒好的花生装进去，那铁圈就开始从下往上顶，一边顶，一边有清亮的花生油顺着边沿流出来，流出来的地方有桶，叮叮咚咚地接着流下来的油。

听油坊的主人说，他家的油坊已经营好几十年了。祖上传下来的榨油机是手动木制的，二十年前他接手时，把榨油机换成了铁家伙。每年秋天花生收获了，村里人经过剥皮晒干后推到他这里，就等着拿新油吃了。有的人家花生种的多，打下的油吃不了，怕坏了，油坊便成了新油交易的场所，这样一来，既方便了村里人，又方便了城里人。

老油坊里的油是新鲜的，吃惯了老油坊的油，再进城去超市买油就难了，因为嗅觉告诉他们什么油好什么油不好，纯花生油的味道一闻就能闻出来。有上年纪的人说，村里的人身体好，上百岁的人就好几个，这与吃花生油有关。什么地沟油还有转基因油，对有老油坊的村里人来说，是谁也欺骗不了的。村里人认油，就像城里人识水一样，准确而无误，自来水顶不了矿泉水，地沟油也永远成不了花生油。

棉被上的流年

很小的时候，我喜欢一种锡做的酒壶。那种酒壶有着鼓鼓的肚子，玲珑的壶颈和细弯的壶把儿。如果把它放在一个铺有丝绸桌布的光洁的台面上，再与两三个造型不同的器皿静列在一起，可以充当临摹的样本。

我有一个同学，我们从小学到初中都在同一个班级，他个子长得细高，腿很长，与他的父亲很有几分相像。因为是同学，我们经常在一起玩耍，知道一些他家庭的情况，他父亲在乡里铁业社工作，有工资，有手艺，其手艺便是打锡壶，在当年，这是很了不起的工作了。

铁业社是很早以前的叫法，我们上小学时就已改叫农具厂，名字要比“铁业社”洋气些。总之叫铁业社也好，农具厂也好，都是打制农具的地方，捎带做一些绞肉机、锡酒壶什么的生活小用品。从早到晚，里面常发出气锤敲击铁块和车床切割金属的声音，我家离铁业社不远，所以能听见。打好的农具放在一个专门的屋里头，有犁头、铁锄、镰刀、斧头、耧、耙等农具，再就是绞肉机和锡壶。锡壶小巧玲珑，闪闪发光，有银质的华丽和金属的贵重。

有一次跟母亲商量，大概是说想买那样一把锡壶，脑海里早已几次三番地摆好了它们的姿势，有亮面、灰面、暗面，并且找好了高光的部分，一切都是素描的最佳角度，只差摆在桌案上了。母亲却摇摇头，一边哄一边拒绝:“酒壶有什么好？家里又不是没有坛坛罐罐，干吗非要画酒壶呢？家里以前有过那么一个，后来便丢了。”我听了深为遗憾，问母亲怎么就丢了呢？母亲说:“你去问你爸爸。”我当然没有问父亲，但是在以后不久，我还是知道了事情的原委。

原来，以前家里的确是有过那样一把锡壶，那时父亲喜欢喝酒，每当朋友来家里，或心事不顺的时候就喜欢喝两口，大醉不见，小醉常有，喝而不醉是不可能的。母亲嫌父亲喝酒，有一次在父亲酒醉之后，一气之下把酒壶扔到麦地里去了，那麦苗已长得很有气势，高过人膝，一墩墩密密地织在一起，父亲连续在里面找了几天也没有找到，从此，金黄的麦地里便隐藏了故事，更隐匿了一件对我来说非常精致的艺术品。

其实，就是父亲不嗜酒，母亲也是难展欢颜的。那是20世纪60年代中期，中国最困难的境况还没有过去。父母的结合本就是苦中的幸福、饥贫时的安慰，怎么能够再承受父亲的每日一杯。在乡下有一句戏语是关于夫妻打架的，叫作“穷打仗，富垒房”，意思是打架的夫妻不富裕，打架必定是以穷引起的打穷架。自从母亲和父亲打了“穷架”，父亲真的再也没有备过酒壶，再也没有醉过，就是有亲戚来不得不喝，也都是点滴酒意而已。

尽管这样，家里的经济还算是比较稳定的，于苦中不苦，于富中不富，父母属于靠工资吃饭的公家人。我上面有两个姐姐，一个哥哥，我出生那天，天空下着暴雨，原本大旱焦渴的天气，顿时雷电齐鸣，河水泛滥。我的出生不仅惊动了龙王，而且给母亲带来一场大累，大概出于对贫穷日子的恐惧，不想离开母腹，在整个过程中，竟然让母亲耗费了三天三夜的时间，都没有顺利分娩，最后是医生以产钳相助，这才使我发出一声响亮的啼哭。在我初生的世界里，除了产房里晃动着的各种白影，还有暴风骤雨之后的宁静。充足了水的河塘里，有荷花亭亭盛开，荷叶青绿滴翠，岸边柳荫遮天蔽日，虽然还未到“菡萏香销翠叶残，西风愁起绿波间”的时节，但一场大雨，让季节从此开始进入秋凉。

我出生后，母亲的奶水不够，这是摆在父母面前的又一个问题。父亲跑了好几个地方，才买到十几个鸡蛋，又跑了好几个地方，好不容易买来一些小米和奶粉。鸡蛋与小米归我母亲所有，以补养产后虚弱的身体，奶粉理所当然地成了我的主食。可偏偏我对代乳品有着天生的排斥，毫无理由地拒绝着这个温暖的人间世界，母亲不得不改喂我小米粥度日。饿了时，我就手舞足蹈，以哭声打着响亮的节拍，就连晚上睡觉，也很难安静下来。偶尔安静之时，我便悄悄地吸吮着尖软的棉被被角，两手抱着，痴迷而陶醉，这让母亲很无奈。

我记事时，生活水平已经很好，除吃穿用度之后，父母尚可拿些余钱送给亲戚，以资扶助。到我上初中时，家里已经略有些积蓄，哥哥姐姐们也大了，母亲便用这些积蓄买来棉花和花布，做成一条一条的花棉被。经过了困苦日子的踢打，旧棉被实在是旧得不能再盖了。它们厚沉而冷硬，岁月的陈迹沾在上面，无法彻底地清除。每当母亲拆洗旧棉被时，我都看到里面的棉絮潜藏着一层岁月的渍黑，棉花板结而粗陋，已经没有多少温暖再给我们享受。寒冷的冬天，越是想让它多给些热度，它越是透出坚硬的凉意，沉实实地压在身上，令人很不舒服。盖上母亲新做的棉被，我才体会出新旧之间的冷暖差异。

做棉被时，母亲买来上好的花布和棉花，选一个晴好的日子把庭院扫净，找个阴凉的树下铺上竹席，将早已剪接好的花布铺在席上，开始一把一把地絮棉花，絮好的棉花上面压一个秫秸穿的盖顶子，以便更好地压平铺匀。等棉花全部絮好，再覆上被面一针一线地缝起来。被头要打折，折尖一定要缝实了。折尖缝实后，

一床厚厚的棉被就做出来了。棉被一般都是选在秋天做，挑个成双的日子，乡下的习惯认为双月双日做出的棉被一定是吉祥如意的。

我一直不知道，母亲原来是那样喜欢做棉被，做了一床又一床，许多年来，母亲一直不停地做棉被，有大的，有小的，有宽的，也有窄的，盖坏一床再补做一床。每当做好几床棉被，就一定有个姐姐工作或者嫁人，有个哥哥上班或者娶了媳妇，棉被成了哥哥姐姐们离家成人的证物。这时候的棉被，在我眼里便着了些感伤的色彩。我参加工作是在一个冬天，母亲一下子给我做了一床褥子、两床棉被，母亲又怕我冷，不断托人捎棉褥给我，我把它们厚厚地附在铺上，冬季再冷也感觉不到天寒。

母亲还喜欢做小棉被，就是包婴儿的那种，这种小棉被经常被母亲折叠得四四方方，打个小包袱捎给她的儿女们。厚棉被盖在身上，小棉被铺在身下。谁结婚了生孩子了，母亲还要单独做，菊花面的、牡丹花面的、锦缎子面的，各式各样的都有。当年我读书，冬天天冷时，就把小棉被包在膝盖上，小巧灵活，取暖很方便。我女儿出生时，所用的棉被就是我母亲给做的，水绿色的锦缎面，纯棉的平纹白被里。母亲想得周到，怕新面料伤小孩的皮肤，就用洗软了的旧被里当小棉被的里子。旧被里柔软且易暖，絮好棉花后，再经太阳晒晒，暄腾腾地捧在手上，我就忍不住想往脸上贴，轻轻拥一下它们，如同拥着我白发的母亲。

母亲喜欢提旧事，拉家常。大概是人上了年纪的缘故，有时会提起襁褓里的我喜欢吮被角，彼时的辛酸，已经成了此时的趣事。世界上没有不喜欢吮杂物的孩子，但吮被角的孩子会是怎样的一个境况呢？其实我吮被角并非怡然自乐，而是对母亲的棉被有着真切的感情。仍记得童年盖过的那些花被上的图案，记得棉被上那些打过的补丁，记得调皮时被我们点火留下的洞痕，也还清晰记得我们折叠摆放它们时每一个特殊的位置。

当我在一家幼儿园工作时，一天园里新来了一个小女孩，可能是初入园，在父母离开之后哭得厉害，从早上入园开始哭，直到午睡时还在睡梦中抽泣。原来，女孩的母亲被调到一个上夜班的车间，晚上要工作，白天便不能多陪她，这样时间长了，母乳不足，过早断奶和天生的恋母情结，使小女孩养成抓摸的习惯。有一天，女孩睡熟后，我发现她双手抓着两个被角，就像搂着母亲的乳房那样依恋，怜爱之心油然升起，从此每当午睡之时，只要手头没事，我就把女孩轻轻搂在怀里，摇着她深沉地进入梦乡。

也许是曾有相同的经历，这件事直到现在仍记忆犹新。被角，它毫无味道，也毫无美丽之感，但它却常让一些孩子把它当成母亲的身体，并且能够换来心理的满足。作为一个初生的记忆，多少年后我曾戏谑说，那是我生命里初吻的一个模式。如果说棉被像宽厚的母爱，而被角，有时却可以替代母亲在困苦无度或百忙之中无法给予的抚慰。想起来，我对它常怀一种感恩，那种在无依无着时候依恋的模样，怎不令人在幸福的泪光里忆念抒怀？

乡下的村庄

逝水流年，辞别2014年，不知不觉又迈进2015年新的门槛，元月的扉页刚刚翻过，就收到朋友热情的邀请，趁此佳节期间去乡下转转，那是他的乡下老家。人到中年，许多人开始恋旧，有人回家修缮起老屋，把原本弃之不用的老屋修缮一新，以备在城里住腻之后回去小住，在春天的泥土里踏踏脚、夏天的河滩上兜兜风，看泱泱漾漾的河水自村头流过，湛蓝的天空旷远纯净，便烦恼忘却，乐趣顿生。

村庄不大，却很古老，村庄的后面，是座不太峻拔的小山。山呈“箕”状，山顶为内弧形的长崮。整个村庄被半月形的山体包围着，就像一位母亲张开温暖的怀抱，轻轻拥着自己心爱的珍宝，不由让人生出风水宝地的联想。这里有“五氏进士、父子翰林”的江北望族公氏家族，明代著名文学家、诗人，万历前期“山左三大家”之一的公鼐后裔。从公鼐高祖公勉仁开始，代代蝉联进士，近六百年来，他们或武功，或文治，彪炳海内，多有建树。

我喜欢这样的村庄，干净利落，整齐有序，保持着传统村落的自然和地域特色。一座座房屋错落有致，院与院之间或相互衔接，或留有夹墙，但户与户之间，绝对独门独院。在这个村里，有百年前的老屋，也有刚落成的新房。老屋肃穆端庄，新房屋脊高挺，门楼高大，美观气派。走近老屋，院内院外，都能找到前人的遗迹；迈进新房，白墙红砖，明瓷亮瓦，凸显时代。

村庄的主道为村级路，路面不太宽，水泥硬化，笔直平坦。几条小路纵横悠长，穿行于田野、村庄中。走在路上，不经意间发现一盘古老的石碾。进了院门，站在台阶上回望，阳光很好，如镶在玻璃上的一汪金水，透着明媚，跳跳跃跃，粼粼波光。院中安着一盘年久的石磨，几只鸡在磨下觅食，两条狗在台阶下闲逛。石磨曾经是生活中最重要的工具，在过去，家家户户都离不开它，而如今，人们依靠现代化机器推米磨面，这个古老而又文明的产物就被忽略了，成了一个乡下岁月的鲜明的象征。

一切如旧。打开屋门，正堂的八仙桌、条山几、太师椅还依原样摆放，走向前，面对洞开的屋门而坐，耳房，石磨，影壁，赫然入目，果然有一派威严之气。这个位置，旧时只有掌管家事的老人才有资格去坐，再后来，年轻人能坐，小孩子也能坐坐。规矩破了，就再也回不去了。灵活的折叠椅，舒适的沙发，是那么顺手而随意。天井立起一张桌，磨盘做了桌面，碌碡当了座底。午后阳光下，沏一杯春茶，这就是人们所追求的远离城市的慢生活。

阳光灿烂，天气和暖。门角的土地平整，阶前的菜园已收获一空。院前院后，大都种着树木，桃树、杏树和槐树，一株株遵规守矩，在主人规定的范围内生枝散叶，就像邻里之间的约定，和睦相处，不逾半步。那些树木，枝杆圆润饱满，枝条伸展，苞蕾微鼓，年华正轻。可以想象，若有一日枝头盛开，它们的花朵，足以把一座小院点亮，一朵花开就是一片无限的春光。

这些懂得生活的人们，守护着家园、守护着村庄，点种着自己喜欢的树木、庄稼。乡间的泥土味、清香的庄稼味，和他们身上的汗珠一样，和成一股乡村的气息。夜晚的村庄，月明星稀。各家的院里院外、门楼上，都悬挂着一对新年的大红灯笼，既装饰

了门面，照亮了街道，又能让人感受到村庄的温暖、祥和、喜庆。村庄朴素的本性，就在于夜晚的柔美、白天的安宁。

趁着阳光和暖，老人们从自家的院里踽步而出，坐在随身搬来的小凳上，一根摩挲油亮的拐杖停放在怀中，目光安详。一条眉头生着白色花斑的小黄狗伏在老人的身旁。看见我们去，这些表情原本木然的老人，眼神一下子亮了，在我们每个人的脸上期待地看了一眼，复又归于平静。悠长的岁月，让他们早已看穿了一切，平淡的乡村生活，就是生命里的一道沿途的风景。

在我们去的这家院门的旁边，有一个小小的菜园，菜园的周围，石头垒起一圈矮矮的墙坝，有三位老人在坝上坐下，不久又加进来两个。五位老人，围一圈在阳光下，下起五子棋来。菜园墙坝由石块垒成，黄泥嵌缝，时间久了，黄泥从石缝里脱落，正好用黄泥来画棋盘。村庄里的黄泥不掺杂质，土质很硬，浅黄色的方格画在水泥地上，格外醒目。他们用草梗和树枝来代替棋子，一方为树枝，一方为草梗，下棋者运筹帷幄，观棋者饶有兴味，他们把这种游戏叫下“五虎”。

一位老人刚走出一步，想了一想，抬手又拿起“棋子”说，那一步下错了，要重新走。这么公然地悔棋，竟然也没有人反对。看来悔棋的行为已经不是一天两天了，也并不拘于我们是否在场。从他们平和的微笑里，我看出了乡下老人的质朴和老人之间的宽容。这些在城里是做不到的。而这些可亲可敬的老人依然全神贯注，低头下棋，一点儿也不因悔棋而影响情绪。冬日的乡村，老人们除了下“五虎”，就是像前面那位老人一样晒太阳，双眼微眯，无关乎心境，无关乎回忆。乡村闲人少，春禾才了，桑田又忙，只有这个时节，才能悠闲些。

天寒了，水瘦了，落叶凋敝；天暖了，春来了，花开锦绣……乡村的诗意，不仅仅是弄花香衣、掬月在手，也不仅仅是把自己恬淡而悠然的生活编撰成生命的音符。一直以来，我们把乡下的村庄称之为根，它根植在田野上。

尽管是在白天，村庄里也十分静谧。出发村庄向南，是一片辽阔的田原，绿油油的冬麦随风拂动，细细的波浪层层翻卷，那是大地的诗行，在田原山水间无声地吟唱。再向南，一条拦河坝长贯东西，坝南是一座著名的省级水库。在麦苗与麦苗之间，散布着淡绿色的鸟粪。一看就知道曾经有大雁在这里栖落。这片麦田临近河岸，大雁从这里飞过，在这里歇脚，在这里觅食，在河面没有冰冻之前去补充水分。

大雁是人类的朋友，它能用叫声给同伴鼓舞，鼓励同伴奋力飞行，属国家二级保护动物。不拒大雁的村庄，才是一座淳朴的村庄、自然的村庄、完美的村庄、充满文明和生态意识的村庄。善良之人，美好的日子才能山高水长。在麦田之外，低矮的果树上，几只小鸟落在上面，不知是什么鸟儿，身量如掌，有人说是斑鸠，有人说是鹁鸽，还没走到跟前，它们就扑棱棱地飞了，不知悄悄落到何处。

沐着新年的阳光，我们在田野里享受着清新的空气，如春的暖意，就如古老机杼上织出的丝线，随着东风一点点拉长。这样的佳期，不适合深居城市，适合在山冈、在河畔、在草地、在田野，盈一袖清风，守一方净土，体验一种超然世外的生活，才不负岁月。想起一位久居济南的朋友，前不久回到老家定居。他说，哪里也不如家乡好，民风淳朴，乡土气息浓厚，在外面找不到根。根就是我们的村庄，作为故乡的载体，它就是一种信仰，是幽暗人生中的光亮，每去一次村庄，都是一次灵魂的涤荡。

元宵节的灯

元宵节是春节过后的第一个节日，也是传统意义上年的最后一天，又叫上元节。佛教有在正月十五点灯供佛的习俗，按照中国民间的传统，人们要点起花灯，以示庆贺。一来是预示着年的结束；二来也是驱逐邪祟，为来年的好年景、好运势祈福。在这圆月高悬的夜晚，人们还要千门开锁，出门赏月，燃放灯火，猜灯谜，吃元宵，合家团聚，其乐融融。

元宵节还是我国的情人节，古时女子受礼教的约束不能随便出门，但在元宵节这天不同，她们可以和家人一起出外赏月观花灯，眉目含情。这往往就被一点灵犀撞见，遂成为一段佳话。欧阳修曾作诗曰："去年元夜时，花市灯如书；月上柳梢头，人约黄昏后"；辛弃疾也有"众里寻他千百度，蓦然回首，那人却在灯火阑珊处"，描绘的就是元宵之夜的情景。古戏里陈三和五娘便是元宵节一见钟情，灯谜中也有宇文彦和影娘在元宵节定情的典故。

少不更事，不懂人间情趣，小时候，我只喜欢吃汤圆、点花灯，盼着过元宵节。那几天，母亲会到市场上买一些糯米，以及青萝卜和胡萝卜回来，等元宵节的晚上派上大用场。糯米的作用是用来磨糯米粉做汤圆，萝卜是用来做灯，这是元宵节必备的两样物件。那时经济还很匮乏，由于原料的限制，汤圆或许不做，但是糯米糕却不可不吃。用糯米粉加糖和面，揉成饺子大小的面团，压扁成圆形，用油煎出亮汪汪的金黄，既好看又好吃，软糯可口，非常香甜。

为了满足我们的味蕾，这些琐碎而又麻烦的程序，母亲每年都要去做一遍，从不抱怨。她把糯米放在盆里加水浸泡，隔几分钟后捞出晾干，再搬出一盘以手推拉的小磨磨糯米面，用一柄圆圆的细箩筛成粉，做成可以油炸的小甜饼，我们叫作糯米糕的吃食，整个程序下来，得费去母亲好几个夜晚。这些活儿要搁现在的我们去做，都觉得太费事、太麻烦，但是在那个时代，母亲从不觉得有什么不妥，也从不让人代劳，只是默默地把事情做完，让大人小孩高兴，而她自己也像顺利完成一项工作一样，若无其事地等待下一个元宵节的来临。

那时候不舍得点蜡烛，也很少能买到红蜡烛，更不可能有现在市场上卖的那种红蜡做成的小巧而美观的莲花灯、宝塔灯，母亲的元宵节，永远都离不开萝卜灯。她把买来的萝卜洗净，擦干，切段，用五分硬币将中间挖空，显现出萝卜灯的雏形，再用小刀在边缘上刻出大小一致的花牙，中心插上一根捻了棉花的柴棒，倒上陈年不用的花生油，一盏萝卜灯就托在母亲修长的手上，像一朵莲花一样，让人联想起动画片里的莲花仙子，在眼前跃然而出。

除了做花灯、做汤圆、炸糯米糕，元宵节的晚上还要做一桌菜，这桌菜要全家人都坐下来，喝酒聊天，吃几枚软而腻滑的元宵，品尝一下炸糯米糕，然后再将萝卜灯点燃，一家人十分虔诚地往屋子里、院子里的门前门后送灯。看灯花在门角一闪一闪的，驱走夜晚的黑暗，便觉得让人心安。古人称夜为“宵”，在这宵的夜里，这万家的灯火仿佛就是一种吉祥、一种心灵的安然。

最有意义的是去军属和孤寡老人家里送花灯。元宵节期间，学校组织师生自己扎彩灯，点燃后，敲锣打鼓地去村里军属家里送灯，见了长辈鞠躬问好，把灯插在军属家的屋檐下、门口上。是方方正正的纸灯笼，每一面上都画上画，有的是兰草，有的是梅花，有的是竹或菊。听老复员军人讲战斗故事，心里会升起无数的感动。

小时候，我们很少能看到规模很大的礼花，大都是小孩子们玩的手花，大人偶尔也放几次焰火，而且燃放的时间都很短暂，数量不及现在的多。倒是看过人们跑旱船，一群清一色的男子，年龄在 20~40 岁，把自己打扮成小媳妇，打扮成老者，“小媳妇”点着胭红，挽了髻，穿着水红的袄裤，胯上还兜着一副荷叶边的旱船;“老者”则一身粗布衣衫，腰里裹着黄色的围裙，双手“划桨”，在锣鼓的点击下一圈圈、一轮轮地跑起来。其他人都像随从一般，也穿得花花绿绿的，在众人的围观下依次上场，脚下还不时放几串鞭炮，他们便在鞭炮声里跑得更欢了。

后来这种活动就多了起来，每到正月十五，不管白天晚上，都有跑灯的人组织起来，到各单位庆元宵，搞得一年比一年热闹。20 世纪 80 年代，我们为了看焰火，不惜骑自行车跑十几里地到一家单位看焰火，我们把自行车放在路边一棵大树下，然后向看焰火的人群挤去，等我们看完再去找自行车，发现车子座位上的皮革早就被炸得面目全非了，不光车座破损，树下还留下了一地鞭炮纸屑。从此，我对焰火敬而远之。尤其是现在，当节日过去，看到满天的硝烟、满地的纸屑，心里就有些不忍，觉得人们轻视了环卫工人的劳动。焰火好看，可那些纸屑谁来清扫，没有人为自己燃尽礼花而去扫清满地的纸屑，这是一个让人思考的问题。

而我就喜欢做萝卜灯，元宵节的晚上，点上一盏盏灯为节日庆贺，无灯不欢笑，无灯不快乐。在割灯、做灯的时间里，还是和家人交流的好时机，孩子们也喜欢和我一起做灯，一边做，一边问一些有关正月十五元宵节的典故，我们大家讲一讲故事、做一做灯、看一看元宵晚会，热闹的一年就过去了。常听人们说，年味儿淡了，可从没有人说元宵节的灯会没有意义了。灯是人类对于光明的追寻，是十五圆月时的每个人心灵的图腾。

我女儿三四岁时，母亲几乎把萝卜灯做成了工艺品，不但做出各式各样的灯的形状，而且把花牙改进成波浪形、莲花瓣形，等等，边沿用三根绳子穿着，系在一根木棍儿上，看女儿提着灯在院子里跑来跑去，大家总是开心得不得了。那时候，我一直以为萝卜灯是母亲的发明，因为我还没在谁的手上看到过这么艺术的萝卜灯。直到现在，我都怀念儿时母亲为我做的萝卜灯，怀念左邻右舍的小伙伴提灯出门相互送灯的热闹。

如今，母亲都年逾八旬了，还能够自己做灯，还不忘在元宵节时嘱咐我们买灯，她自己却找机会下楼买几只萝卜，悄悄做几盏萝卜灯。一只萝卜切开后，中间的一段截下来做灯，那萝卜的前头和后尾就成了角料，母亲利用萝卜尾剁馅包饺子，把萝卜头安在青花瓷盘里，加上水放在案上，没几天便生出一簇簇青翠的绿叶，开出黄黄白白细碎而又清丽的花来，无论远观还是近赏，真的就是一盆优雅的清供，让人感到意趣顿生。红色底座的是胡萝卜花，绿色底座的是青萝卜花。而那上面的叶子，是一样的青碧，一样的娇嫩，一样的楚楚动人。我们把这样的花叫作元宵花。它开得那么卑微，却又那么高贵。母亲说，它预示着生命的生机，预示着岁月的花好月圆。我知道，元宵一过，春天也就来了。

2

第二辑

掬起一杯水的感动

紫色的忧伤

在山岩裸露、空寂无人的地方，鲜花就是那片山野的象征。走在进山的路上，每一片草丛里，或者树底下，都能看到一些不同的野花。春天有淡粉的、洁白的、大红的，各种颜色集聚一起，热烈、妩媚，尽展妖娆的春色。而到了盛夏，却以紫色和深蓝色的花儿居多。七月流火，秋天还在遥远的地方姗姗而行，可那些花儿，却早已开始了淡淡的忧悒。

那是一种什么样的花儿呢？叫不出名字，但它的模样又似曾相识：粽子一样包裹在一起的叶子，在尖端欲现还羞地探出一轮幽蓝的花朵。那又是一种什么花？花朵是绽开的，叶子相伴在花朵的两边，像护花勇士一般，警惕着身边的路人。摘一瓣在指尖一捻，丰沛的汁液便哗地流了出来，一下染蓝了你的纤纤玉指。真的叫不出花名来，我就把它们统称作“墨水花”。它那么直观地生长在路边，没有为生命一丝一毫地遮掩，它是那样细小地展露着它自由的身姿，却丝毫不影响它的炯炯耀目，你不能不自心中生出千般爱怜。

不认得“墨水花”，但另一种花，我却也叫不出名字来。那天，我是奔了山泉而去，在那里饱饮了清冽的泉水，濯足后再从山上

下来，发现一队文友已经在那里等候，一位女友的手里，还醒目地擎着一枝紫色的花。紫色的花啊，这是我一向比较喜欢的颜色。紫色，高贵而神秘的颜色，略带忧郁的色彩，让人不忍忘记。喜欢它，是因为它比蓝色的墨水花更着了几分沉静和安稳。

她就那样把花放于自己的裙上，而女友的裙子恰好是紫色的，紫色的花在紫色的裙上若隐若现，引来文友们的一阵喝彩。斑斑点点的花裙，是仿照老印花布的工艺制作的，却与老印花布上的花纹截然不同，它只有流线的形状，却没有曲圆的动态。她手上的花，花形美丽，清幽淡雅，别具情趣，一同进山的朋友一下便将它认了出来，说是叫桔梗花。

我恍然所悟，在山里，它是一种生长得极为普遍的中医药材呀，走进当地的饭店，在餐桌旁边坐下，便会发现首道菜里总有一种像菜根的小菜，那就是桔梗的根呢。无数次吃过它的根，却从没见过它的花，这多少令人感觉有一点儿遗憾的。

桔梗花的植株我还是认得的，小时候有家里贫困的同学，他们多以上山挖野菜和草药卖了作为学费之用。曾经与她们结伴过一次，上山去挖桔梗，因季节不对，桔梗还没有长成，只摘了一些叶子便空手而归。因为没有见到花开，所以桔梗在我的印象里，好像根本就不会开花的，无花的桔梗，就这样被我记在了心里。

记得有一次看《春香传》，长长的秋千索悠长了我的思绪，从此喜欢上了各种民间传说。读过一本书，书中收录了些民间歌谣，内容大概还记得一些，其中有一首《桔梗谣》，又名《道拉基》。歌词的大意是："桔梗哟，桔梗哟，桔梗哟桔梗，白白的桔梗哟长满山野。只要挖出一两棵哟，就可以满满地装上一大筐。哎咳哎咳哟，哎咳哎咳哟，哎咳哟，这多么美丽、多么可爱哟，这也是我们的劳动生产。"

我国人民对桔梗特别有感情，在桔梗的用药和食用上一向十分普遍。不仅是中国，就连朝鲜、韩国、日本都把桔梗当作食用蔬菜，摆放在厨房的首要位置。在古老的朝鲜，《桔梗谣》还被人们编成了舞蹈，在各种礼仪上且歌且舞，道拉基、道拉基……音乐轻快明朗，生动地塑造了朝鲜人民勤劳活泼的劳动形象，当年在课堂上，我曾教唱给孩子们，一唱起它，便有一种舞蹈的冲动，朝鲜的长鼓，旋转的长长的带状头饰，也一一浮现于脑海……

"道拉基"本是一位朝鲜姑娘的名字。传说有一个贫苦的女孩，被有钱人家拉去抵债，几经侮辱，她的恋人知道后砍死了那个财主，女孩入狱，不久悲愤而死，死后变成一朵美丽的桔梗花。

另有民间传说，是从前有一个叫桔梗的女孩，从小失去父母，在孤独寂寞的时光里，靠替人缝补艰难度日。有一天，一个少年经过她的家门，无意中看见了她，被桔梗的纯洁美丽所倾倒，从此不再相忘，每天不顾一切地来找她，两人许下相守一生的诺言。后来少年长大，桔梗也长成一个大姑娘了，少年却要乘船到很远的地方捕鱼，这一去，就再也没有回来。望着茫茫的大海，桔梗一等就是十年，十年，不会令一个女孩由青丝变为白发，但会让一颗心从此走向绝望。

在等待的日子里，桔梗一有机会便到庙里上香，祈求上苍，让心爱的人一定要早些回来。每日里，桔梗以泪洗面，望眼欲穿。等得实在太苦时，便请求神灵让她忘掉那个少年，把深深的爱埋藏于心底深潭，过一种无爱也不等待的日子。有一次趁神灵现身，桔梗许愿，若让自己忘掉少年，她会变成一朵花供奉在神灵面前。终于，桔梗的真诚打动了神灵，在神灵的帮助下，桔梗慢慢地闭上了眼睛，变成了一朵紫色的花，从此面向大海，开在山上，以花的姿势，等待着少年回来。

有关桔梗的传说，在其他的国家更是扑朔而又迷离。在日本，桔梗是一位半人半妖的女人，因爱而放弃了生存的机会，一次次复生，又一次次为爱赴死。秋风，静湖，暖阳，鸣鸦，巫女，因了一个情字，挣扎在被爱纠缠的灵与欲望之间，最后不得不以一朵花的姿态出现。正是因为这些凄美的故事，所以才有了桔梗的花语——永恒不变的爱和无望的爱。

桔梗花，又名僧冠帽、铃铛花、六角荷、梗草、白药，属多年生宿根草本花卉，六七月开花，深秋结果。盛夏时节，满园的桔梗，浅紫，洁白，晒干后可以泡茶、煮粥，清甜中有着微微的苦涩。桔梗花，这美丽而又平凡的花儿，这没有人观赏也一样香飘四野的花儿，对相爱而又无望的人来说，它是一种悲伤的花，既代表着爱情的虔诚，又暗示着痛苦的绝望。

作家鲍尔基·原野解读一片叶子时说，他把每一片叶子都看成一棵树，而我解读一朵花，是把每一朵花都看成一颗心。这颗心，既有生命血液的流动，又有生命情感的色彩，冥冥之中，它带给人一份美好的寄托与心灵感怀，以及一份淡淡的紫色忧伤。

冬叶温暖

一片黄叶从风中飘来，“啪”的一下，打向玻璃，旋转着，落向旁边的窗台，最终从窗台上滑落，消失在初冬萧索的背景下。它没有站稳脚，这才跌落到楼下更深的地方，尽管那声音极轻，但我还是听见了。抬头望，原来离窗户不远，立着一棵修长的法桐，树很粗很高，枝叶已掠过我家的阳台，探到楼上的地盘上去了。

一阵风来，又有一片叶子被吹转了一圈，一失脚，从窗台上跌下来，如一只蝴蝶，旋舞翩跹的，要完成一串优美的动作。在这个萧瑟的初冬，这样的情状，几乎成了可以复制的景象。地面离我很远，然而耳畔却仿佛听见“嚓——”的一声，寂寂的一响，是它立足的声音。太熟悉了，那飞翔的姿势，以及飘向地面的步伐，分明就是一曲生命的绝响！

树叶的好，是经多少人赞美过的，然而有些记忆，却无关于那些赞美、那些褒奖、那些被歌颂着的树叶的精神。记忆里，大概是七八岁吧，还是个孩子，弱不禁风的样子，却在寒风呼啸的天气里，拿着一根一米多长的铁丝，沿着一条街道走，把一夜寒风吹落的树叶穿到手中的铁丝上。寂寥寒天，身子略显单薄，穿了红花棉袄的我，在寒风中追逐着每一片树叶。

夜晚风大，第二天的早晨必定是寒冷的，小孩子不愿意在这样的天气出门，喜欢捂被窝。但是如果哪天不去捡，哪天就会有人在耳边唠叨说，真好的天气呀，昨天晚上的风大，树叶一定落下好多！于是禁不住诱惑，又带着一个个篓筐上路了。双脚跟着风，眼睛盯着一株株嶙黑的树，每见到一片叶，就用铁丝将它们穿起来，穿成一串好看的花，等树叶穿满了，再撸进柳条编的篓筐里，如此反复操作，直到篓筐被树叶压得满满的，这才裹着一身寒气返回家中。

穿树叶，是童年时期最初的劳动，用一根铁丝当工具，半晌才穿几串叶，不如干脆拿了镢头到田里刨禾茬。禾茬有麦茬和玉米茬之分，是庄稼收割之后留在地里的茎和根。在庄稼收获过后的土地上，站满了刨麦茬或玉米茬的人，不一会儿，荒草丛生的地块便被人翻刨一新。禾茬没了，还能带上一杆筢，上山搂枯草，一根长长的木把，末端伸展着数根筢齿。一下一下地搂草，像是给秋冬的大地做最后的梳妆。

筢在乡下是一种劳动工具，长长的木把，一般由挺直的树枝做成，树皮剥去，露出细腻的木质，用得时间久了，木把就会变色，颜色油光发亮，拿在手里滑腻顺手。筢头是绑扎在一起的竹片，竹片与竹片间留一指间隔，固定在前后两根横木上，牢牢捆扎在木棍的一端，末端如十指一般弯曲着。这样的工具，我们当地人叫筢子。秋天草黄，冬天叶枯，枯的草叶散败在草根旁，用筢子一下一下搂起来，捆在一起背回家，用它烧火做饭，只是比树枝和禾茬暄了些。

尽管小村的人口不多，贫困的山区，资源总是有限的，禾根如此，枯草也是如此，冬天捡柴也需要争分夺秒。大人刨茬、筢草，小孩子去大路上穿树叶。种在庭院里的树叶穿不得，角角落落都不妥。树有主，叶子当然归主家，人家自会慢慢扫。大路上有沿道树，杨树种树干铁黑色的槐树。树是公家的，树叶落了没人要。

杨叶可以用铁丝穿，槐叶小，得用扫帚扫。我们那个乡，多的是路边上的槐树。小小的槐叶，积得多了便是宝。槐叶落光后，树上掉下叶筋骨，用小手一根根捡起捋成把，也是烧火的好材料。

在 20 世纪 70 年代的乡下，有个概念十分大众化，就是见到可以燃烧的东西就要拾回家。习惯是生活的窘迫养成的。冬天也烧煤，一年也不舍得烧二百斤，舍得烧煤的是铁业社，叮叮当当的大院里，南边有个小偏门，偏门里是一个大铁炉，早上五点前，有人会将一大堆煤渣推出来，倒在外面的沟洼里，沟里的煤渣已堆得一人高，每天还有煤渣源源不断地推过来。新倒的煤渣没灭透，遇到干草燃起来，几束火，弱弱的，不久而熄，随之尘屑杂起，有一股硫黄的味道，钻进冰冷的鼻孔，呛得人咳嗽。不顾煤尘，早已等候在那里的小伙伴，一人一把小铁钩，看到煤灰推出来，争先恐后地挤上前，翻找没有烧透的碎煤渣。

与穿树叶比起来，捡煤渣就脏多了。捡过煤渣的手，整天黑黑的。大人说："那小手，脏得都能偷软枣了。"在北方，山上不乏软枣树，果实紫黑色，春夏结果，秋天成熟，冬季经霜后发软，咀嚼起来糯而甜。仍然是那个煤渣堆，去得早了翻一遍，去得晚了也翻一遍，总有翻到手的好煤渣，总有一双黑了再黑的小手啊。捡煤渣不会让人看不起，捡得多了还令人羡慕呢！看《红灯记》里的李玉和唱："穷人的孩子早当家"，知道李铁梅也在捡煤渣，于是心里很自豪。遇到慈祥的长辈，夸一句："三岁带来老来相"，勤俭的孩子才能有出息。在啧啧的称赞声中，更是自豪得不得了！

在树的家庭里，最喜欢的是杨柳，一直把它当作两种植物，后来读书才知道，杨柳是柳树的另一种称呼。"杨柳"一词的出处，大概最早出自《诗经·采薇》："昔我往矣，杨柳依依，今我来思，雨雪霏霏。"小时园里种有树，以柳树和木瓜树最多，但是这两种树，春天可以赏其绿，有袅娜的枝和淡紫的花，到了冬天，叶子却像女子的眉，指尖很难对付它，我们就用扫帚扫，不一会儿就扫起一大堆，垛在墙角，一层一层地摞，几乎把墙角垛满了，用梧桐叶子围住它，几根木棍压住它，做饭时自上而下地抽着烧。

直到今天，我们很快乐也很自豪地长大了，光阴飞逝，年华老去，大街小巷树叶堆积，却再也没有人捡树叶了。随着生活的好转，日子的富足，人们先是不再烧树叶，然后是不再烧禾茬，最后连树枝也很少有人去烧了，原因有两个：一是怕烟熏火燎；二是为了保护生态。天暖时，家家户户烧煤球；天冷后，家家户户烧煤炭。城里人生活更加优越，不但不再烧柴火，就连煤也不烧了，保暖用空调，做饭用煤气，烧水用电壶。用电壶烧水，插上电源看电视，电饭锅做饭，淘上米走人。客厅一台热水器，随时能喝矿泉水。

有一天去乡下，见一个老奶奶在树下看孙子，昏花的老眼瞄呀瞄，用大红的毛线穿树叶，八个角，交叠着，穿好后悬挂在门檐上，在风里转，在门前摇，低头问孙儿好看不好看？坐在膝前的小孩拍手说：好看，好好看！目睹这一幕，便感慨，尽管满阶黄叶无人扫，但还是有人将它们捡起来，穿成一串好看的花，让律动的生命在深秋点缀出一幅悠远的风景。

掬起一杯水的感动

一束菊花开放在案头，陪伴着我，做着一个灿烂的梦，梦很长，温馨、甜美，金黄的它们，沉溺其中，久久不醒。

已经是冬天了，窗外，瑟瑟的西风卷来了秋雨，卷来了细碎的雪花，渐渐凋零了旷野里的树木。有时候，下了班，踏着黄昏回家。初冬的风，冷得很硬，撞疼了走在路上的脸颊、包裹着的肌肤，撞疼了路上来来往往的人们，催促着他们回家的脚步。

早晨，站在办公楼上，看远处几片黄叶旋起，无意中，我发现了一个手推推车的老人，车上装载得满满的都是鲜花。在这寒冷的天气里，能够这样安详地叫卖着的，大多都是些老人，棉袄单薄着，身体苍老地佝偻着，胸前挂着一只用来盛钱的蓝布口袋。

通常，在这样的情况下，我会跑下楼去叫住老人，买上一盆水仙或其他花卉，我因在这样的天气里，能够欣赏到春天的色彩而感动。还有什么比那些花儿在冬天里绽放更让人欣喜的呢，它们装扮了我们单调的世界，点亮了冬天苍白的面孔，它们使我们寒冷的胸中泛起了温暖。然而，今天没有，视线掠过老人的花车的时候，心却仍然牢牢地想着心中的那只花瓶，我已经有了一束花，一束金黄的金叶菊了呀！

当它们在我眼前金黄地一闪的时候，我便想起要找出很久以前买下的那只漂亮的花瓶。我是这样地疼惜着它们，它们在我眼中并不仅仅是几枚花朵，而是一个个柔弱的、等待拯救的生命。我不知道它们的来历，也许，是在几天前的一次公司大型会议上，各级领导列席就坐的那些长长的案子上面，就曾鲜艳地摆放过它们，它们的香气曾经弥漫了整个会场，整个会场因它们的点缀而显得优雅清新，整座大楼因它们的点缀而显得豪华气派，它给那里的人们平添了自信。那时人们的目光，紧紧地追随在它们的左右，吮吸着它们散发出来的淡淡的馨香。

此后的它们去向不明，最终被抛弃在垃圾筒中。那是两只很漂亮的垃圾筒，红色的、蓝色的，立在楼层的某个拐角，有专门的清洁工人照应。当我看到它们的时候，一枝枝红颜已逝，早已经干枯了，如田野里霜打的衰草。只有金黄的菊花依旧水灵，鲜活醒目。我叹息着，从海蘚样的花托上一枝枝将它们取了下来，只是，它们的叶子大都已经死去了。

我小心翼翼地梳理着它们的花枝，让它们看上去略加修整。一朵，两朵，三朵……整整五朵，轻握在我的手上，我的眼前顿时闪耀着几轮璀璨的太阳。

我听到人们叫它们金叶菊。我发现，它们身上的叶子虽然已经死去，但它们的花朵并没有失去生命之色，柔柔的花儿，能承受多少忧伤呢？用手指轻轻地触一触，它的花瓣柔软如初，我不由得惊叹它生命的顽强。想起一本书里看到的故事，想起一个最为平常的自然规律，任何一种植物，它们叶子的掉落，都是为了让母本更好地得到生存，用生命换取另一种生命得到延伸，叶和花的情谊，作为人类的我们，也许永远不会理解。

我找出很久以前的那只漂亮的花瓶，一枝枝斜插进去，将其摆成各种好看的姿势，再浇上一杯水。只一杯，它们便在我的眼前摇摇曳曳地笑了，我的心发出了惊喜的呼声，看来，它们还有生还的希望啊!

一天过去了，两天过去了，掬满了一杯水的花瓶里，那束菊终于又灿然绽开，昂起生命的头颅。我把它们置于桌角，每天欣赏着它那洁不染尘的花朵，以及那份处子一般的静美。“尘世几人解我意，笑拈秋色染青襟”，在这金钱、欲望横陈的社会里，这束染透人间烦愁却仍纯洁无比的菊花，将会化作一行行蘸满墨香的词句，洗净我心头的烦躁与浮华，驻守我斑驳的精神之地。

从此，我能够静静地坐在办公室的一角，听一些与工作无关的聊天，听一些与人事有关的琐事，读我的书，画我的画，回想着曾经与一束菊的往事，体味着掬起一杯水后的那份感动。从那天起，这份感动便保存在了我的心头，它们在我的心里是那样的温暖，那样的鲜明。感谢那些菊花，是它们在这四壁皆橱的办公室里，笼出一片灿如璎珞的生命光辉。

我想，许多年后，它那明丽的色彩，以及不卑不屈的品格，仍会涤荡着我的心田，宁静淡泊里，再也不会扬起世间一丝的尘埃。

花邻

母亲在大门外的空地上，种了一行不知名的花苗，望着母亲开心的样子，我暗自思忖：好多年了，年迈的母亲已经很少种花，今春何以有如此兴致。问她，说是邻家的女主人来帮着种的。除了花草，墙角之处还有两墩丝瓜，两片胖乎乎的幼芽毫无保留地展开着；自来水管旁边湿漉漉的砖缝里，一蓬野草正生机勃勃地生长着。母亲说，那是她嫌院子里的花草太少，故意给这些野草浇了水，这才旺盛起来的。它们看起来不起眼，可细观，在这初夏绿意渐浓的日子里，满透着大自然的生机。

想不到，这些看上去普通的野草，在母亲这里也享受“贵宾”的待遇。花草的世界，和天下万物一样，本没有什么高低贵贱区分的，只要你去热爱，愿意欣赏，每一种生命都有它的美丽所在。看看母亲，望着院子里的“花草”，我莞然而笑，心想这是好事情呀，说明经过几年的调理，母亲的身体确实是有所恢复。几十年慢性气管炎的煎熬，母亲的身体一直弱不禁风，如今老病根轻了，她也能在阳光灿烂的天气里走出屋子，在自己喜欢的事情里找一找乐趣——种植花草。

我们以前的家里是少不了花草的，父亲太喜欢种花了，几乎每年春天，院子里都葳蕤着一片绿色，为炎热的夏季或萧瑟的秋天发挥着不可或缺的作用。比如夏天太阳当头，整座院子裸露在骄阳底下，父亲一声令下，只几天的工夫，便让这些植物摇身一变，从那浅草丛中生出柔韧的枝蔓，展开浓绿的叶片将院子的角落爬满，为炎热的夏日遮蔽住炽热的光线，若是萧瑟的秋天，深且浓绿的叶和繁而妍丽的花，同样点缀着季节的颜色。

在以前，父亲是不种花的，尽管我小时候生活过的那所大院里，到处都开满了鲜花。到现在，我还对那些花儿深深地怀念着。有木瓜花、芍药花、芙蓉花，还有杏花、梨花。曾经在某些年代，种花一度被认为是小资，热衷种花的人每每备受冷眼，仿佛本身就是一株吹风就折的花草，经不起任何季节的变化。然而我却对他们另眼相看，在我的心目中，无论是花还是绿色的树，处处都充满禅意，那么令人喜欢。

父亲退休后才开始养花。这时他老人家已年近花甲，每天除了到运动场打打门球，就是看一些养花的书，渐渐地开始养起花来。他不像有些人，兴致旋来，立即种些名贵的植物。父亲一开始趋向平凡，然后再朝名贵的花草“转型”，以求技术渐进少走弯路。文竹、吊兰、火鹤花，等等，都是父亲种过的，江南江北的名花，都说种不活，他也屡不悔改地拿来试种，在父亲的精心管理下，几乎没有种不活的花。

有个爱种花的父亲，自然就有了满院的芳菲，与人生缓慢的时光一起，分享着家庭的温馨与和睦。是花草温暖了我们。什么令箭花、蟹爪兰、金钟花、香雪兰……沁人心脾。父亲说，养花也是一门艺术，掌握了花开的规律，才能让花期在一年四季不间断。不知是花吸引了大家，还是由于父亲的带头推广，大院里风行起养花来。年轻人把种花当成了时尚，老年人更是把莳花当作了生活的乐趣，院里院外一片盎然，就连新春大红的对联上，传递出的也都是红情绿意。

父亲的花，引来满院邻居的赞赏，父亲也免不了跑到左邻右舍一边欣赏，一边交流指导。大家学会了扦插和根茎分生，到后来又学会了嫁接。凡是种花的人家，几乎都成了父亲要好的朋友，我们把这些邻居笑称为“花邻”，凡是大家共同喜欢的花，只要一家栽种，过不多久就家家栽种起来。

记得在乡下居住的时候，有一个邻家的二婶，为人直爽，个性很强，每有遇见不平的事，必上前出手讨个公道。对自己如是，对他人也是如此，轻也能说，重也能骂得出口，村里人都不敢惹她。那时我年幼，对她的行为不太理解，有些怕她。隐约记得她喜欢种花。我喜欢模仿，她种我也跟着种。看她从海棠花上掐下一枝种在园子边上，我也将开得好好的马苋菜花揪下一朵，种在打破的黑瓷碗里，花没有叶，开一天也就败了。她从山里挖来杜鹃种在墙脚，我也找些植物枝干插在地里，期待它能生根发芽，开出美丽的花朵。结果可想而知。

有一次我问母亲，还记得这个二婶吗？母亲说记得，不过母亲对她的印象很好，母亲美好的记忆里，是她曾养过的一缸花，那花是荷花，在我们北方也叫水莲花，尖尖的叶芽打着卷儿从水里浮出，舒展开来就成了圆圆的叶，泊在平静的水面，状态安详而凝定；花朵也是先在水底发出一枝青箭，突然于某一个清晨，悄然生成红绿分明的花蕾，将硕大的花骨朵露出了水面，在小小的泥缸里亭亭玉立起来。水不多，也不少，恰到花茎的一半，在水光的反射下，潋滟如缱绻的画意。

村子坐落在大山脚下，自古以来就少雨缺水，这小小的一缸莲，每日在焦渴的村庄里碧叶翻风，红英照日，简直就是一个稀世景观。每年的夏天都这样艳艳地开着，开得那么安静，那么饱满。在那样一个经济窘困的年代，在那样一个贫困的农家小院，这一缸的花，让教学的母亲产生了好感，由此萌生出对这个小村的热爱来，这份热爱促使母亲不遗余力地去工作，含辛茹苦，教书育人。在母亲的眼里，二婶是美的，是否因那花，成就了二婶的美？我不知道，却知道因那花，母亲才鼓起了战胜命运的勇气。

晚年的母亲爱花草，也爱画画，画柳燕、画山水，今年82岁的她，每周去老年大学上半天课。母亲说，她遗传了外祖父的天赋，外祖父就喜欢画画。外祖父画的大多是梅花：含葩而笑梅花丛里，两只可爱的梅花鹿偎依在梅枝底下，活泼着也喜庆着，暗含着美好的寓意。可外祖父却不是什么画家，他是一位雕刻手艺精湛的工匠，能用珍贵的木料打造成令当今收藏家颇为眼热的家什，能在一块没有生命力的木料上雕刻出栩栩如生的动物、花鸟，使整个家具图案与形态自然天成，古色古香。

外祖父出身于木匠世家，明清时候就以镂花雕刻手艺名声远播。晚清时期经济萧条，家道中落，经历了谁都逃不过的国难家难，为远离战火，四处躲藏，做过满清女人的花盆鞋底，到外祖父这辈已勉强糊口了。外祖父没上过学，但识字，四书五经在家里藏着，闲暇时拿出来读几页。他有个性，脾气倔，读多了“之乎者也”，偶尔赏赏花，画个画，为的是生计，也为了更好地雕刻创作。

我没有见过外祖父，在我出生前他就去世了。我见过他做的两把太师椅，椅背中间雕梅刻凤，细致到不露刃迹，可见非凡的画技与刀功。三十多年前，有人出高价上门求购，可老人们都不答应。不知那对太师椅是用什么木材打造的，岁月的蛛网使老屋在漫长的时光里年久积重，而那把太师椅，却以天然的木质和独有的灵性，在屋子的正堂前威严肃穆，如新的一般光亮，散发出一种古典优雅的气息。

书桌上的木雕

他叫川，是娘给起的名字。用娘的话说，那是一个连盖屋都找不到平地的地方，到处都是裸石山岗。他出生后不久，父亲就去世了，是娘含辛茹苦地把他拉扯大，8岁的时候才有机会送进学校，两个姐姐却从此永远失去了读书的机会，一个早早地嫁人，另一个和母亲一起到队里挣工分，割草喂猪、养鸡生蛋供他上学。他每天需要天不亮起床，带着母亲摸黑做好的饭菜去学校上学。

在所有的课程里，他最喜欢的是美术课，而班主任却是一位数学老师。老师姓张，三十几岁，鬓角已早早地现出白发。那时候的乡下，教员严重不足，许多教师都是从城市支教下来的，张老师也不例外。他在“文化大革命”时受到冲击，妻子提出离婚，儿子女儿跟着前妻生活。到了农村，才找了朴素踏实的女子为妻。尽管有工资，妻子也能干活，但生活比当地农民还差，因为，除眼前的孩子，他还要拿出一部分给前妻所生的孩子作为抚养费用。

由于天生的顽皮，挨老师批成了家常便饭，经常是老师在上面教课，他在下面搞小动作，不是拽同学的书包，就是揪女孩的头发，更喜欢在书本上乱涂乱画。往往是一学期没有学完，课本就已经破烂不堪，边边角角到处都是笔画的痕迹。从小学到初中，

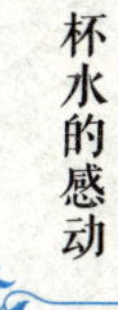

他的课本就从来没有好看过。他也从不整理书包，他乱蓬蓬的头发，经常被同学戏称为鸟窝。想想，一个顶着鸟窝一样乱蓬蓬的头发的乡下男孩迷恋着绘画，任谁也不相信，即使相信也不会坚持太久。

在哄笑面前，他还是一如既往。即使这并不是他的未来，也不是将来的目标。有一天下了课，他又在课本上涂抹，十分钟之后，上课的铃声响了，老师走进教室上课，可他还在桌上画着什么，就连老师走下讲台站在对前都没有发觉。那种专心致志的神态，把同学逗乐了。原来他画的正是这位其貌不扬的代课老师，并且画得惟妙惟肖。“噌”的一下，愤怒的老师把课本从他手中抽出，连同他潦草的作业狠狠地摔在地上。

话不说三遍，错不过三起。错误犯得多了，自然有任课老师把状纸交到班主任的手上。张老师开始找他谈话，讲道理给他听：“人的一生有很多路，但关键之处往往只有几步，尤其是在年轻的时候。”他却委屈地说：“老师，我真的是很喜欢画画，你看那么多小人书，上面画得都跟活的似的，我很羡慕，很想学，真想将来当个画家！”

张老师没有作声，沉吟片刻，把没收的画笔还给了他。那个幼儿的心灵里，到底有着怎样的一个世界，谁也不可捉摸。有一天，张老师把他叫进办公室，一进门，看到一个瘦高个儿，张老师告诉他，此人是当地的一位画家，公社墙上张贴的大字标语以及各种宣传画都是他画的。

他开始跟瘦高个儿学画画，一本《人物素描》递到了他的手上。瘦高个儿告诉他，要成功当一个画家，就得多练笔，不仅要临摹，而且要加强练习写生，看见什么就画什么。画村里的山，村里的水，花朵的开放，草木的生长。一边说，一边取一支 4B 的铅笔，在厚厚的宣纸上轻轻一抹，一棵刚钻出土地的草芽儿就出来了。笔尖指引，一根线条折曲波宕，就是一座座山川。没有绘画用纸，张老师就托人到城里买，没有画笔，就用张老师教他的方法，在罐头盒里装上柳枝烧成炭条当画笔，用起来不错，两人隔几天炮制一回，弄一手一脸的灰。

由于找到了学习的目标，他不再乱涂乱抹，学习成绩也在逐步提高。在这期间，张老师还联系学校让他住校，从家里拿来的饭不够吃，张老师就悄悄给他送来白面馒头，这在那时候的乡下，连自家人都舍不得的。因为他，张老师的妻子除了割猪草，还多了一份工作——挑野菜，人家春天去挑，她是四季不分，用野菜来做杂菜，以补粮食的不足。就这样，他跟瘦高个儿学画三年，跟着张老师同吃同住三年。高中毕业参加高考，成绩揭晓，他顺利地考上一个名牌大学，临走，他特意用一块木头刻了只小鸟给张老师留作纪念。他说："您对我的恩情，无论走到哪里，我都不会忘记的！"

大学毕业之后，他分配在一所美术学院当教师，并且很快在雕刻艺术上独辟蹊径，终成硕果。就当他人到中年，事业如日中天的时候，张老师却得了癌症，生命到最后期限。张老师去世的时候，他正带领学生在外地采风，在一个山清水秀的风景名胜。如果不是这样，他很可能已经出国考察去了。漂泊不定的生活，一如他童年的梦想，抑或他独有的性格，没有尽头。经过了这么多的想过、梦过、潇洒过的人生旅程，他的心也已走出千山万水，早已经忘记了生他养他的那个小山村。就是偶尔想想，也是感慨罢了。

得知这个消息他及时赶了回来，张家的门前已是一片荒草，院中几十棵树木。张老师已经搬家，调进城里去了。妻子受了过多的劳累，身体一直不好，而他曾经那么开朗的老人，也被突如其来的癌症折磨垮了。好不容易找到张老师的家门，他努力地打量着四周。太贫穷了，也不过是一张桌、一张床、一顶熏黑了的蚊帐，还有两件简单的家具。在他的书桌上，摆着那只发亮的小

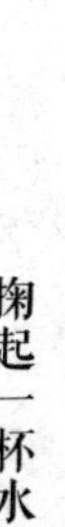

木雕。听同学说，几十年来，张老师的书桌上就摆着那只小木雕，每当有人前来拜访，他都要拿出来，把一个调皮学生的故事讲述给别人听。那眉飞色舞的表情，无不自豪得意，就像讲他自己的儿子一样。

那只小木雕又捧在他的手上，他的心却痛如刀割。是的，那个时候，如果没有张老师的信任，以及物质与精神上的支持，他根本不可能学习画画，并且考上大学。如今，身为国内外知名的艺术家，他的雕刻作品无数，价格不菲。他名字里的那个“川”字，也象征了一种身份、权威与地位。而张老师却只有这一件他人生中最幼稚的作品。他为他自豪，为他骄傲，而他自己却过着清贫如洗的日子。仿佛那一刻他才开始懂得什么叫作感恩，什么叫作不能忘记。咸涩的泪，流出悔恨的味道。

他把这件木雕带回京城，摆在他的书桌之上，有客来时，过去抚摩一下，奇怪它的粗糙与幼稚，以为是小孩子的玩具。他只是笑笑。没有人会想到，书桌上的木雕，还隐藏着一个乡下孩子走出大山的故事。他给这件作品起了一个理想的名字——《飞翔》，用行楷小字标刻在上面，一个人时，面壁而想。他雕刻得十分用心，从来没有过的吃力，一笔一画，入木三分。抚摸遥远的记忆，一颗心，无处不是酸楚，触，又不忍——皆因这脆弱的生命，终究都会夜寒江静、物是人非。

你画的是谁的童年

在几米的漫画里，总有一个沿着悬崖向高处攀爬的孩子，或许是为了前方的那朵花，或许是为了高处的某种诱惑，但可以看见这个孩子望着目标奋力地向上攀登着。奇迹就在那一刻发生了。这样的举止，除了让读画的人觉得有趣，还让我们看到画家不泯的童心，以及这个孩子少年的勇气、天真、可爱、无惧、无畏。

看几米的漫画，总会让人想起自己的童年。

关于童年，我的脑海里最多的是有关乡村的记忆，一丝一缕都紧密相连，镶嵌在生命里的簇簇光阴里。乡村，白墙红瓦的院落、袅袅升起的炊烟，还有一刻不离的村语方言。它们就像帘外檐下的芭蕉雨，总能在一个美妙的夜晚，汇成一片无尽的乡情，悠然浮现于心底。

新麦收场，剩下的就只有麦秸了，这是农家最后的收成，最廉价，也最使人变得富有。收获后的麦子能磨成面粉，整齐柔软的麦秸则能作为烧柴。在某些地处偏僻的山村，水草不丰，木柴稀少，庄稼收割后的秸秆便成了珍贵的柴草。这样的柴很软很软，软到划根火柴就能将它点燃。但是在那个年代，仍然没人舍得扔它。不会将它弃之于沟渠，更不会一把火，把它毫无价值地焚之于田野。

每每庄稼收割之后，就变成了金黄的麦秸垛。那时的麦秸垛，往往堆得高高的，闪着原本的金黄的颜色。远远地从麦垛前走过，能让人闻到一股新鲜的草香，那是从麦秸到麦粒的味道。这样甜美的味道，那么浓、那么烈地钻进鼻腔，就像麦子收割之后，根须之下，都要留下一脉泥土的余香一样。

其实不仅仅是麦子，任何一种作物在收割之后，都会散发出一缕原始的味道。它们的味道，让你想起最初的播种，青青的禾苗，以及风中翻转的柔柔的波浪。这样的收获，总是令人感慨，令人心情激荡。这是庄稼之魂、土地之魄，是人类繁衍生生不息不可缺少的食粮。当把酒样醇香的庄稼收存起来，你会感觉到无比的快乐。这种感觉，原始而古朴，自然而神圣。

麦秸垛堆起来，时令就到夏天了。这时候白天悠长，夜晚星稀，正是儿童玩耍的时候。高高的麦秸垛旁，便成了孩子们的乐园。多少年后，我还记得童年时候的夜晚，和小伙伴们爬到麦秸垛上看星星的事情。草垛像草地一样绵软，坐在上面看夜幕上的星星，星星和白云就离地面近了。

麦秸垛，一般都是垛在村头，隔不远堆一个，隔不远又堆一个，像童话里神秘园中的小房子。村头有几棵古树，踞守着南来北往的小路。蓝天白云，田野远旷。夏天再怎么闷热，风也能吹来一些，吹起人的衣裳，吹起人的长发，一扫盛夏难耐的暑热，送来愉快的清凉，使夜晚的乡村格外的凉爽。

看星星时，多半是约了要好的伙伴，三五一伙，坐在高高的麦秸垛上，一边数着满天数不清的星星，一边享受着惬意的凉风。白天学校里的见闻，小人书里读到的故事，只要觉得好奇的东西，都是我们交流的话题。躲在麦秸垛上说悄悄话，既是一种年少的乐趣，又能产生神秘的氛围。

但这绝对不是什么秘密，小孩子能有什么秘密呢？

如果说小孩子的秘密太多，那就是知道了大人间鲜为人知的事情，转而成为自己的秘密，满足着小小的好奇心。比如小文的姐姐有男孩子追了，小五的小人书被小四拿走了之类的。在20世纪70年代的乡下，民风朴实，这样的游戏没有危害，在幽暗的夜色里，也没有谁想打谁的坏主意。

和三五伙伴爬上高高的麦秸垛，除坐在上面久久地聊天，躺在上面看天上的星星、月亮，也是颇为开心的事。山村夜晚的天空，像一匹浑天而悬的幕布，点缀着数不清的星星宝石，而月亮，就像一只游弋在天幕的小船，在白莲花般的云朵上时隐时暗，照亮了山里的各个角落。

和三五伙伴一起，坐在院中的树上玩耍也很不错，只是树杈低矮，能够攀附的地方很小。如若一群人凑在一起，那还不如索性脱了鞋袜，找个有沙土的地方，将小小身躯靠在一起，把脚埋进潮湿的沙里，抬头看天上的星星，一颗一颗地数着，分辨哪是牛郎，哪是织女，天真无邪的年纪，梦一般的简净单纯。

在田野里看天上的星星，别有一番趣味。这个时候，多是在大人的陪伴之下，一边收割地里的庄稼，一边仰望天空初上的星星。白天劳作不完，为抢时间，有多少庄稼要在夜晚收割。大人和小孩不一样，大人的智慧颇多，用手一指，牛郎北斗，就轻易分辨出来了。每一颗星星，都有一个美丽的神话。动听的故事，更是在晚间收工之后，一家人吃了晚饭，在门厅铺下一领凉席，一边休息一边听家中的长辈讲故事，天马行空，直听得眼睛打盹儿，迷迷糊糊进入梦境。

农家孩子的童年，是在勤劳中成长起来的。他们从小就会剜野菜、割麦子、会放猪、放羊，把父母收工后拾掇起来的家什扛在肩上。有超出体力的劳累，也有跑遍田野的欢快。黄洋树上的喜鹊晚归去了，燕子都入了窝开始安歇。晚饭吃过收拾完毕，老祖母的故事也快要开始了。什么织女飞上天空，牛郎贬下人间，把似水流年的万千古事讲得悠然如烟、凄凄婉婉。不用戏台，脑海里也能扎一道场景，演得出咿咿呀呀的折子戏来。

孩提的生活，比现在的孩子丰富，比现在的孩子快乐。没有现在这么多的樊篱约束，谁会把它过得枯燥而单调呢？那时的孩子，家中没有电视，也没有电脑，不会沉迷于网络，不用去某个地方艰难地戒掉网瘾。不用在父母的严厉训斥之后伤心委屈地哭泣。那时的大人就是大人，孩子就是孩子。大人的活儿永远做不完。孩子们的任务除了上学，其他都与叛逆不相干，甚至不知道什么叫青春期逆反。

除了上学读书、替大人做做家务，他们只沉醉于田野，这片乡村的乐园。他们流连于麦秸垛旁、老柳树下，流连于杂花丛生的菜园。园中，所有的花草都在明媚的早晨团团盛开，夜晚，有萤火虫在这里幽幽地飞翔。而你的眼神，却不仅仅停留在它们的身上。

季节的花盛开在童年的门槛，却从来不觉得时光短促。只是年少的心里，对每一片树叶、每一丛绿草、每一块岩石，都感觉奇妙无比。这里面有愉悦，也有成长的烦恼和寂寞。

因为寂寞，才会产生这么多的奇思异想：天上到底有没有仙女、有没有牛郎，到底能不能舒展长长的衣带，顺着风势向天空飘然而去，低首凡间，瞥下一个惊鸿的回眸。

现实与神话的区别，就是一个可以有血有肉、伸手可及，另一个只能萦然于怀，能将天地万物变得美好无期。

那时候的梦，虽无期却是那么的美，那时候的美，虽遥远却也不像一件易碎的瓷器，虚幻且不真实。那时候的梦是一把梯子，它可以一直竖向天空，让童年的自己缘着梦想的梯子上去，从数星星开始，探访一切未知的秘密。

我在几米的漫画里，就好像看到了童年的自己。

有种颜色写满了爱

春天，是春天了，此时的雨，再怎么下也是暖的，细细的雨丝飘洒在脸上，一种温软的感觉。细雨、站牌，来来往往的汽车、五颜六色的伞，几次把立在路边的林子推搡到一边去，是旁边一棵高大的五角枫支撑着他。怕推搡的不是林子，而是林子手中的那捧鲜花。

三路、七路、十路……林子眼巴巴地望着一辆辆公交停下又开走，却只能继续等待。林子等候的那趟车是二路。二路，是多么熟悉而又亲切！每次林子想到这两个字，心情都会莫名地激动起来，是它让林子的一颗曾经散漫无着的心凝聚在了一起。二路，与林子有关，与林子心里深藏着的那个女孩有关。

如果在往常，随着二路车的开来停靠，女孩便会从车上翩然而下。女孩总是乘二路车来，她供职的单位在城北，而她的家却住在城南。看到站牌旁边的那棵红枫树了吗？那时，火红的枫叶正在爽爽的秋风里如痴如醉地燃烧着。林子就是在那个时节认识女孩的。

也是一个细雨霏霏的天气，疾步行走的林子一边擦着脸上的雨珠，一头扎进那棵高大的红枫树下，刚刚站稳脚跟，刚刚抬手扶正鼻梁上水蒙蒙的眼镜，抬头发现身旁立着一个清秀俏丽的女孩，一把橘黄的小伞擎在她的手中，如一朵盛开的向日葵。

林子只看了女孩一眼，竟然就有点儿紧张起来。以前的林子是从不留意女孩子的，尤其是那种美丽素雅的女孩，那样的女孩虽然不张扬，却能让林子心生一种压抑感，和那样的女孩在一起会使自负的林子变得自卑起来。于是在种种场合，若有那样的女孩展现在林子面前，林子就会低垂了眼眸，流露出一副“不屑一顾”的表情。其实林子很清楚，眼前的女孩恰巧就是让自己“不屑一顾”的那种。

车至，在上下车的人流中，女孩收伞准备乘车而去，这时的林子才敢再次窥视女孩一眼，这一眼，竟让林子的心怦地动了一下，林子隐约感到，自己以往平静的生活或许要有什么变化了。

另一次的不期而遇，是在一个艳阳普照的早上，依旧在那棵枫树下，在林子热辣辣的目光中，女孩悠然转身，依然一双流盼的眼神。

“怎么办呢？一份文件忘带了。”林子搭讪着对女孩说。林子忘记带手机了，而林子正急着给一位同事打电话。非常意外，女孩马上取出自己的手机递了过来，淡紫色的手织机套让林子产生一种温馨的感觉。林子快速地拨打了那位同事的电话，继而拨打了自己的手机，林子不动声色地得到了女孩的手机号码。

从此，林子寂寞的手机不再寂寞。林子忍不住发短信给女孩。林子给女孩发出的前十个短信内容为：你好？又：你好！再：你好。除了这两个字，林子真不知道写什么好了，这也正是憨厚林子的可爱之处。与此同时，女孩回复给林子的短信也是：好！又：还好。再：很好！收到女孩的短信，林子便觉得自己好幸福好幸福，林子真的好幸福！

“喜欢紫……色？”这是林子面对女孩大胆说出的第一句话。“那是我妈妈喜欢的颜色！”女孩轻轻地说，眼睛里闪烁出水一样

清澈的柔光。

紫色……林子的脑海里迅速搜索着生活中一切与紫色有关的材料，好让自己在女孩面前有更多的话说，可是没有。其实林子真的很喜欢那种淡淡的紫色，只是碍于男子汉的脸面，从不流露这一感觉。好像，在什么时候，在什么地方，林子就经常见到这种淡淡的紫色，现在却记不得了。面对女孩一双清澈见底的眼睛，林子陶醉了。

然而，正当林子终于鼓足勇气提出去女孩的家拜访，女孩也终于答应带林子见一见她的妈妈的时候，就在决定林子一生幸福的时刻，女孩却反悔了，女孩既不想见林子，也不让林子去见她的妈妈了。林子给女孩发了好几条短信，女孩都没有回复，林子打她的手机，女孩也不接。犹如从幸福的秋千上跌落。一个多月过去了，林子一直未能见到她，仿佛化作雾水挥发了似的，女孩在林子面前蓦地消失了。

林子急了。林子接受约稿的一个中篇小说刚开了个头，林子的心思不能乱了，如果乱了就很难按时完稿。林子更不能没有女孩，没有她的日子林子想象不出怎样度过？！

林子开始失眠，茶饭不思，头发无心梳理，衣服皱皱的，脸颊迅速凹陷下去。林子一下瘦得皮包骨了。内心脆弱的林子哭了，泪水从林子的脸颊流下，这是林子平生第一次哭。

深夜，陷入痛苦之中辗转难眠的林子蓦地想起一个人来，那人，林子曾一度称她为“姐姐”，林子没有想到，在这样的情形下，自己会想起这个“姐姐”来。

五年前，林子大学毕业分配到远离家乡的省城。单位住房拥挤，林子只好外出租房居住。冬季来临，漫长的夜晚令人想家，寂寞的林子就产生了写作的欲望。林子把自己孤独无着的心情通过文字表达出来，笔墨所到之处，无不渗透着对家园的怀恋。写着写着林子竟然泪盈满眶。林子有着不堪回首的贫困的童年。

林子的几篇散文和小说的发表，立刻引起了人们的关注。与此同时，一个陌生女人打来电话，找林子。话语虽然不多，但缓慢平和的语气里却流露出无微不至的关怀，林子被那充满爱怜的话语深深地打动了，林子从此便称她为“姐姐”，并有了经常的电话以及手机短信的交往。

林子从此振作起来，在工作中，本来就努力的林子干得更起劲了。林子的文学创作也不断丰收，好几家大型期刊登载了林子新创作的中、短篇小说，几年下来，林子还在省里拿了一个文学创作奖。林子的知名度越来越高，好几个文友打来电话，问林子笔下的那些美丽善良的女性原型是谁。

“林子你恋爱了？”文友起哄说。林子只好避开这些话题敷衍几句，呵呵一笑应付过去。小说中的原型是谁？林子也不知道，林子只觉得自己的生活幸福快乐，这就够了。

然而，就在林子陶醉其中不能自拔的时候，却意外认识了那个“姐姐”——一个四十多岁的普普通通的中年妇女。从此，林子陷入了一种深深的困惑之中。从此林子就很少给那个“姐姐”发短信了；林子已不想再给那个“姐姐”发短信了；林子已不再发短信了。林子发出的最后一个短信，是告诉她，自己很忙，心情很沉重，他不想……而林子收到的最后一个短信，是告诉他，她很喜欢他，但自始至终，她把他当作小弟弟一样看待，关心、爱护着他！林子无话可说。林子暂停了自己的手机。林子想还是在那个“姐姐”爱的光环里永远消失吧。

五年了……

猛然地，林子拿起手机，毫不犹豫地按下一个个代表汉字笔画的数码键，一个个方块汉字便和着林子委屈的泪水缓缓地排列出来。“姐，”林子语无伦次地写道，“我失恋了，我在为她哭……我是不是很脆弱？”小小的荧屏能盛下几个字呢？短信写了一封又一封，发完短信的林子心情渐渐平静下来，痴痴地等待着。林

子固执地认为，“姐姐”一定会给他回信的，并告诉他处理这种问题的办法，以前的“姐姐”就是这样地关心他、鼓励他，为他解惑答疑的。然而，三天过去了，林子一直没有等来“姐姐”的回复，林子失望了。

几天后，林子却意外地收到了一封信，洁白的封面上，钢笔书写的字体娟秀而端正。林子忽然发现，在信封的左下角，竟缀着一朵淡紫色的花朵，多么熟悉的格式啊！

是女孩的来信吗？林子急急地拆开信封，抽出厚厚的折叠如鹤的信纸，一张照片掉落地上，林子连忙弯腰去捡，就在这时，林子愣住了：很孩子气的，一位十七八岁的少年，神气地站立在一所高校的大门旁。这就是八年前的林子！

这张照片，是林子刚进大学的时候照的，一共洗了三张，一张林子自己留着，一张寄给了林子那贫困的父母，而另一张，林子则通过母校罗老师，寄给了曾经资助他读书的从没见过面的一位阿姨。

林子还记得，那位阿姨每隔一段时间就给他寄去学费，给他写信并鼓励他好好读书，争取考上大学，用知识来改变命运，并说，这就是她期望的最好的报答。那些信件，林子一直珍藏着。他打开抽屉，找出一个发了黄的纸包，将那些信件一一取出。林子怔住了，他看到，在每一个信封的左下角，都有一朵淡紫色的花，淡紫色，那是紫罗兰的颜色呀！

终于，林子用颤抖的双手打开了那折叠如鹤的信纸，林子默默地读着这封来信，泪水又一次夺眶而出。

信是女孩写来的。女孩在信中告诉林子，就在林子考上大学寄来喜报的那天，女孩的妈妈为了给林子寄去最后一笔学费，在去邮局的路上不慎被汽车撞倒了……许多年来，她一直都牵挂着长大了的林子。看到林子写的文章，女孩的妈妈流了泪，她深知林子思乡情切，她不能走太多的路，只能通过电话来安慰林子，听一听林子的声音也好……林子抽泣起来。

这时，林子的手机响了，林子看到一个曾经那么熟悉的号码，林子的心狂跳起来，接通了电话，林子多想喊一声“姐姐”，可是林子已激动得说不出话来，这时，手机里却传来一个甜甜的声音：“你来吧，我的妈妈想见你呢！”又说，“你坐二路车来！”

“吱”的一声，二路公交车终于在林子的身旁停下了，林子让过拥挤的人群，小心翼翼地捧着那束鲜花最后一个挤上车去。那束鲜花是林子专门从花店里挑选的，淡紫色的花束里，绽放着四十七支火红的康乃馨……

下了车，向左拐，一条悠长的小巷直抵女孩的家。

握住我的手

夜已深，我还没有睡意，陌生的环境，使我不能安眠，我不喜欢这个地方。静谧、洁白，都曾是那么喜欢，然而现在，我却在努力地抗拒。我仿佛觉得，正是它们，压得我透不过气来。

这是一个北风凛冽的天气，高烧三十九度，已是我特有的身体状况给我定下的底线了。由于心脏不好，我很怕感冒，一场普通的烧热就可轻而易举地把我送进病房。药物，抗生素类小的针剂，都已不再起任何作用，我终于向它妥协。住进医院，我每天的“工作”就是亮出自己的手臂，惴惴不安地等候护士前来给我扎针。

病房里，已有两人更早地住了进来。随身的衣物摆满了每个人的病床，显得十分拥挤、纷乱。这些在病人看来必不可少的东西，几次惹得护士严厉呵斥。

和我相邻的2号床，是一位三十多岁的农村大嫂，中间的一张空着，4号是个男孩子，厚厚的棉被埋藏了他整个瘦弱的身体，我从进来就没看到过他的面庞。令我好奇的是，他那堆满了书本杂物的床头上端正地摆放着一顶军帽。

空气里充溢着浓烈的消毒水的气味，那是我最不喜欢的，各种异味更是混杂其中。门外，护士匆忙的脚步使人焦灼，司药车

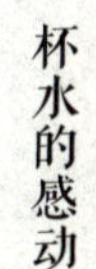

急促的“咕噜咕噜”，令人惊心动魄！

天性不爱交流，但是，却挡不住一颗好奇的心。很快，我就与病友熟识起来。那位大嫂看上去身体虚弱，脸色苍白，眼睛浮肿，却是十分的健谈。她一遍遍地向我倾诉，说自己发病的始末、最近的病状，“花了不少钱呢，还是觉着不停地跳，什么时候它不跳才好！”她说。“就是就是。”坐在床前的男人老实巴交地附和着。查房的医生就笑了，说：“不跳怎么行啊（心脏）？呵呵，我们可没有这个权力让它不跳，我们不但让它跳，而且要让它乖乖地跳呢！”众人就都笑了。

男孩仍旧侧身躺着，把脸扭到一边去。有时是在看一页书，有时什么也不做，就那么静静地躺着，没有一点儿声息。这样的姿势，几乎从我进来就不曾变过。他在我的眼里，情形里并没有多少痛苦，只是那般无力的瘦弱，被病痛折磨得只落得骨架般的人儿，已经让我不敢再多看一眼了。

那些日子，他几乎一整天都在打点滴。护士已进来换过两次了，床头柜上还有三个吊瓶在等着，一只拖着针管的手背遍布青紫，胳膊细瘦而苍白。“白血病。”那位大嫂咬着我的耳朵说。我心里一沉，感觉什么地方被那失血的苍白一下刺痛了！

男孩除了打点滴，每隔几天还要输一次血。那么殷红的血液，从他胳膊上的血管里缓缓输入他的身体。每次需要输血的时候，护士就会提前在门外悄声告诉他的父亲——那个面容憔悴的中年人。“我再想想办法。”我听见他讨好地对护士说，带了些怯懦。等护士转身飘然离去，男孩的父亲便默默地走到楼道的拐角，蹲在地下，久久地垂下他的头去，那样子十分无助与痛苦。

然而却总是非常及时地，男孩又开始输血了，听到“哐啷哐啷”的药车急急地在门外响起，我们全部的眼神也会跟了过去。他那愁苦的、肩背有点儿佝偻的父亲，不知用了怎样的办法，总能让他得到一些维系年轻生命的鲜红的血液。一次一次地输血，那买血的钱，是由他一次一次的求告、奔波得来的。贫困日子里无情地挤压，使他过早地长出了白发，四十多岁的年纪，就已布满六十多岁的沧桑。

每逢集市的那天，是医院允许亲属好友探视的日子，从乡下赶来探视病号的病人亲属络绎不绝。病房里人来人往，一时嘈杂起来，那嗡嗡回荡的千篇一律的问候声、诉说声不绝于耳，令人烦躁，这一天便让人觉得十分漫长。然而这样的日子，男孩的亲戚却很冷落。“唉！钱都借遍了，谁还敢来呢？”他的父亲深深地叹一口气说。

只是，在他们冷清的亲友里，总能看到一个面容娴静的女孩。据隔壁那个神经兮兮的陪护说，女孩是护校学生，在本院实习做护工，先前这里的卫生都是由她来整理的，只因别种原因，在我住进来的前几天突然地被调到外科去了。“就是因为他。”那个陪护朝男孩努了一下嘴，随之怪怪地一笑。

是吗？我困惑不解了，因为女孩很少来，而且每次都要相隔三天。“以前她天天来的。”那人酸酸地说。

我因为好奇，便有意观察女孩的举动。很快我就看出来，女孩和男孩之间确实有着一层不同寻常的东西。往常，女孩来，男孩就要连忙吃力地坐起来，这是在任何场合下男孩都不曾做过的，他总是随意听从人们的摆布。

坐在男孩的床前，女孩削着自己带来的红红的苹果，一双握着水果刀的灵巧的手在果背上优美地旋转，薄薄的果皮便垂挂不断。这一切的一切，男孩都努力睁大眼睛看着，似乎决意要把这美好的画面永远地刻进脑海里去。有时看着看着，男孩便哽咽了，声音渐渐控制不住，抽泣起来。等男孩的心情平静下来，又为自己的失态而难为情，羞赧地藏过脸去，再也不肯转回来。我终于明白男孩一直不正视我们的原因。

女孩每次来，待的时间都不长，但我看得出来，她已在努力延长探视的时间了，因为周围有那么多疑惑的目光盯着她看，有的目光除了疑惑甚至刻薄。女孩每次离去，男孩都表现出十分的不舍，望着女孩的背影，男孩的眼神里分明流露出深深的哀伤和绝望。

女孩最后一次的探视是在男孩的生命弥留之际。高烧已使男孩神志昏迷。回天已经无术，医生暗暗嘱咐男孩的父亲准备后事，男孩的母亲在一阵撕心裂肺的痛哭中昏厥后被家人架了出去。

生命陷入最后游离状态的男孩，一双迷蒙的眼睛却仍无力地睁着，发烧干裂的嘴唇翕动着，似乎在竭力呼喊着什么。一本厚厚的日记，已摆放在男孩的手边了，那顶军帽也已端正地摆放在男孩的枕边。(至此我才知道，它曾经是男孩的理想。)可是，男孩仍然在执拗地“呼喊”。

他的父亲着急不解，恸哭失声。我猛然想起了女孩，我忍不住对他的亲属大喊:“去啊，快去把女孩叫来啊!”不等男孩的亲属反应过来，我已腾身奔了出去。夜色已深，我忘记这时女孩根本不在班上，我找遍了外科所有的病房也没有找到。当我怀着深深的失望拖着沉重的脚步往回走的时候，却看到女孩默默地呆立在病房的门口。

轻轻地，我把女孩拥进门去。

“握住我的手!”男孩终于抬起他那消瘦而苍白的手，喃喃地说，而那声音早已无声，那眼神早已无神了。

毫不犹豫地，女孩上前握住了男孩的手。人们全体凝止不动，就这样看着一双相握着的年轻的手，许久，许久……

“握住我的手!”人生能有几次这样的握手?况且，是与一个将要离去的生命做出最后诀别的握别?我被眼前的场面深深地震撼，泪水潸然而出……

不久，阳光和暖，杨柳吐絮，时间已是第二年的春天。我治愈出院，离开病房的时候，在医院大门外暖暖的春风里和女孩不期而遇。想起那震撼心灵的一幕，我走上前去，很想安慰她几句，却又不知说什么好。默默地，我牵过她的手，轻轻地握着，她的眼眸渐渐盈满了泪花：“姐姐，我对他不是那样的，我不忍看他那么痛苦，所以……人们怎能那样对我呢？”

那一刻，我在女孩那模糊的表白里一下听得怔住了。我猛然意识到，这所有的一切，是否就缘于人类最美好、最难得的一种真情呢？就缘于人间最纤细、最温暖的一种爱心呢？见过了太多的虚情假意，却不知道，透过岁月的沧桑，真正让“真情”二字蒙受几多风尘的，却正是我们这些自以为深谙世态炎凉、备尝人间冷暖的过来人。

十分爱怜地，我抬手为女孩拂开垂落额角的一缕乱发……

有什么比心灵更柔软

那年秋天，女儿要送给我一条泰迪犬，因为从小怕狗，我坚决不干，女儿半哄半央求地说，有点爱心嘛，狗狗挺可爱的。这条小狗是她朋友的宠物，已经喂了一年了，不巧调往他处，爱犬不能同往。女儿曾与这条小狗打过交道，喂过几天，对这条小狗有感情，于是决定由我来养。没想到，这一养就养出了感情，时间不长，小狗就成了我们家的一分子。

每天早起，先带上它去广场遛弯儿，到了晚上，还是一家“三口”奔向广场，在优美铿锵的广场音乐的伴奏下，它也自由自在地撒欢，还被一群孩子围着、逗弄着、叫着——花美，这是我家狗狗的名字。它也显得快乐无比，不管遇到的人熟悉的还是陌生的，都会匍匐在人家的脚下，就像古时威严的国王脚下臣服的士兵。我总嫌它在人面前过于卑怯，然而怎么教诲，它都我行我素，丝毫不知改变。

自从养了花美，我对小动物也关心起来，如果在路上遇见一只流浪猫狗，看它们脏兮兮的模样不是躲藏，不是嫌它肮脏，而是想着怎样去尽一个人类的能力，给它力所能及的帮助。我怕看到它们皮包骨的样子，怕看到它们受伤。只要买饭，就会看有没有流浪的猫狗，给它们放下一块馒头，只要看见有养狗的人家，我就上前和他们交流。我发现，很多人的爱都是纯洁的，他们会把感情毫无保留地投入人类的身上，也会投入那些同样信赖人类的宠物身上。

有一次，我发现了一只受伤的狗狗——一只黑色的小狗，被车撞断了后腿，躲藏在小区的角落，无依无靠。我心里怜惜，却苦于自己无法救治，只好给一个流浪猫狗救助站打了电话，救助站的负责人马上从市区赶来，抱走了那只可怜的小狗。救助站在我们市区，可我从没有去过。那条黑色的小狗被救走后，经过宠物医院医生的拍片检查，发现后股骨断裂，需要手术，群里的会员立刻发起捐助。好在宠物医院没有收费，免费为小狗做了连接以及矫正手术。手术后，医生在它的头上戴了个喇叭一样的东西，以防它抓咬伤口。它却很安静，忍受着骨头锉接的痛苦，伏在笼子里一声不吭。

半个月后，小黑的腿就敢着地了，一个月后，就能在房间里跑跳了，只是活动量还有些限制。它像一个顽皮的孩子，小心又小心的，生怕弄疼了自己。它一点儿也不浪费大眼睛的表情，看人时的眼睛仍然如水一般明亮，它用眼神告诉你它的诉求。大家都说，这狗狗通人性，它的各种姿势、表情，每个见了的人，都会与它达成默契。后来我才知道，那个救助小黑的女孩叫点点，是位二十几岁的姑娘。我加入了她们的 QQ 群。

救助站里有一只流浪猫，名叫花花，就在小黑被救的第二天晚上，有人在市区某个地方发现了它。这只猫很小，估计是肚子饿了，不知哪儿来的胆量攀上一座小楼觅食，失足落入楼下的管道井里，每天晚上都在泣啼。发现者拍了照片传到群里，大家七嘴八舌寻求营救的办法。这时候点点出面了，跟着发现者就去了那个社区。好在管道井是半掩着的，里面的情况像个高高的脚手架。夜深人静，十多米深的狭道未必安全，点点自告奋勇地下去了。她踩着管道井的梯子小心翼翼地下去，数十分钟后，这只浑身泥水的小猫终于得救了。她们给这只猫起名“花花”。这只叫作“花花”的金毛猫咪，从此开始了救助站的集体生涯。

群空间里有一些猫狗的照片，大都是收留或救治过的流浪猫狗，为了让它们尽可能得到领养，大家拍了照片发到群空间里，以便让领养人挑选，每天都有人来咨询流浪猫狗的领养方法。点点说，那些宠物我们只领养，不买卖。常有人嫌弃流浪猫狗，其实动物何罪之有？要不是那些不负责任的人始宠终弃，它们也不会流浪街头，不能自知地繁殖，也不会让这么多猫狗无家可归。

点点有自己的工作，每月工资两千多元，基本都投进救助站里了，房屋的租金使用的是她的工资，日常开支除了群里会员的捐助，点点还开着一个不太景气的淘宝店，以此维持日常支出。前些日子，市电视台报道了某个家属院里有一位孤寡老人，七十多岁了，大概是因为孤单，在家里养了十几只猫，还不断有流浪猫前来投靠，只是家里的卫生太糟糕了。点点看完报道很是伤感，认为那个老人太孤单、太可怜了，以至于把猫狗当作自己的儿女。

点点组织了群友给老人打扫院落，后来又去了不少的义工，他们和点点一起为老人整理出洁净的院子。点点说，只要给老人指导正确喂养小宠物的方法，老人的院子就不会太脏乱差。她用自己微薄的收入，给老人买上煤球炉，点点说，她一定要帮助老人渡过困境，让老人整洁明亮地生活，安度晚年。

点点的话让我肃然起敬。我猜想，是一个什么样的女孩呢？从那天起，我就想写一写她，点点说，你要想写，就写救助站里的流浪狗、流浪猫，让大家多给它们一些关怀，给它们一个小小的地方、温暖的家。这个外表普通的女孩，让我知道世间还有这样一种善发自内心，它让我们的心灵，从此变得更加柔软。

3

第三辑

月色中的栀子花香

杏花 杏花

我一直认为，南方适合种梅，北方才适合栽杏。梅花不畏南方的寒冬，杏花不惧北方的春寒。却不知道，总有一些江南的才子，痴迷于杏花的美艳。有一年去五台山，时令已是阳历的五月，沂蒙山区的杨柳都已扬花吐絮，五台山上的冰雪竟还迟迟没有融化，高山背阴的地方，仍能看到一片片残雪。那时以为，五台山的春天来得太迟。可当我们抬头仰望峻拔陡峭的高山时，却看到一蓬蓬的花树正开得如云似雪。从朋友们惊喜的目光中，我知道了那是些杏花，在海拔三千多米的“华北屋脊”之上，开放得纤尘不染、清丽脱俗，像一群坠入凡间的仙女。

山东蒙阴是我的家乡，这里也多见杏花。沿着城南205国道朝东行驶而去，约四十里外有一座大山，山里有一个村庄叫大洼村，家家户户院子里都栽种着杏树。有的种在院内的角落里，有的就种在夹道之中。每年春暖花开的时节，村外的柳芽冒出浅浅鹅黄，村里的杏花也从一座座院中探出头来，花团锦簇，适时而放，阵阵芳香溢满整个的村庄。

蒙阴是算圣刘洪的故乡。刘洪，字元卓，是我国古代杰出的天文学家和数学家，自幼勤奋好学，知识渊博，一生为官十数载，清正廉洁。《后汉书》说，洪善算，当世无偶，被后世尊为“算圣”。不知当年他种没种过杏花，但刘洪的故乡真的是杏树遍野。那饱满的花瓣均匀地反扣着，像美人指上的五枚指甲，花蕊粉中带红，每一朵花心里都像点进了一撮朱砂，越是新开的花朵，那一抹朱砂越是流露出血一般的殷红，殷红到令人震颤、令人感伤，那种冷艳的美近乎决绝。

对于前来观赏的人来说，这样的美不是接纳，而是拒绝。然而越是这样，越是激发人们对杏花的喜爱，爱到痴迷、爱到忧伤、爱到在它面前徘徊不舍。望着那些杏花，心头总会漾出一丝忧怨的情绪。这种感觉，浅浅的、淡淡的，宛若离别。就如宋人姜夔的诗句：“绿丝低拂鸳鸯浦。想桃叶、当时唤渡。又将愁眼与春风，待去；倚兰桡、更少驻。金陵路、莺吟燕舞。算潮水、知人最苦。满汀芳草不成归，日暮；更移舟、向甚处？”那远去的花，便如离殇的人，虚虚幻幻，真真假假。

《甄嬛传》里有一个与杏花有关的情节，是让人醉到骨子里的——假装生病不见皇帝的甄嬛，在屋子里待得久了，感慨年华轻许，不得自由，无端生出无限的忧愁，为了释放心头的抑郁，和贴身侍女流朱来到御花园里，在满园春光笼罩下的杏花疏影中，一边情绪低落地荡着秋千，一边满怀心事地轻吹竹箫。一声轻叹，秋千架上落满缤纷的花瓣，仿佛是为美景消陨而落的幽怨……

镜头在这时徐徐拉开，箫音在这时婉转低回，声色空灵，正好是那旋律哀黯、基调悲情的《杏花天影》。真是“羌笛何须怨杨柳”，其时雍正恰好也散步在园中，听见箫声自然要闻声寻来。别说多情的皇帝，此情此境，任谁也会心下一动，涟漪丛生。于是一场扯不断、理还乱的感情纠葛，始得拉开了序幕。从一场阳光普照的春光曲，最终演绎成冷若冰霜的秋寒图，你死我活的宫廷悲剧、妃嫔与妃嫔之间的明争暗斗。

《甄嬛传》自拍摄以来，每天都在热播。不知是人们看多了电视剧，有感于剧情的凄美，还是杏花婉丽的倩影，近年来有很多人追寻杏花的芳踪，每年春天杏花开时，游客纷纷驱车而来，把大洼里的泥土都踏实了，把大洼里的浮尘都带走了。他们集联搜对，赏花吟诗，守株待兔般地睡在山里，蹴在杏花树下，等候抓拍饱满微颤的杏蕾，笑向人间绽开动人的一瞬。

那一日，我们也去山里看花，出了村子，顺着蜿蜒细长的山路走去，路旁不时闪出一两棵老杏树，有的树冠蓬松如伞，有的枝干长长斜向路面，像和进山的我们招手示意，热情地打着招呼。细数过去，每一个路口都有这样几棵杏树，枝节遒劲，树皮黢黑，经过了多少年的风雨沧桑，每年的花朵仍然层出不穷，盛开在那些黢黑遒劲的枝上，不失其花的清香、不失其花的绚烂。

大洼的杏树大多一人多粗，有的双臂合围而不到尽头。听当地的人说，这些树都有上百年的历史了，在没有这条上山的路之前，这片杏林除了当地人，再无外人知晓。近几年赏花的人突然大增，每当浅草初萌，柳芽青葱，杏花花期来临，各地游客闻讯纷至沓来，他们从山前山后而来，横穿竖行而来，苦于脚下无正道可走。为了方便观赏美丽的杏花，村里特意开辟出一条山路，以招睐游客，缩短进山看花的路程。

我们抬眼往山上看去，果然有一大片杏园，坐落在数里之遥的半山腰上。望不见枝干，只望得见一团团素白，万亩杏花漫山遍野，浩浩荡荡，竞相绽放，于山风中声势张扬地渲染着春天的活力。它们有的生长在丘岭坝上，有的生长在山谷洼中，丘岭与山谷错落有致，杏树与杏树之间摩肩接踵。欣赏它们，必须时而抬头，时而俯首。无论是在丘岭还是沟壑，这些超然无瑕的杏花，都让人感觉到它的雍容华贵。

我们努力地往山上爬去，一步步接近杏园，把一棵棵杏树团团围住，仰头捕捉着花的清香，捕捉着花的意韵。那枝头的杏花，每五六朵形成一簇，每朵共生五个花瓣，在风中微微颤动，像对

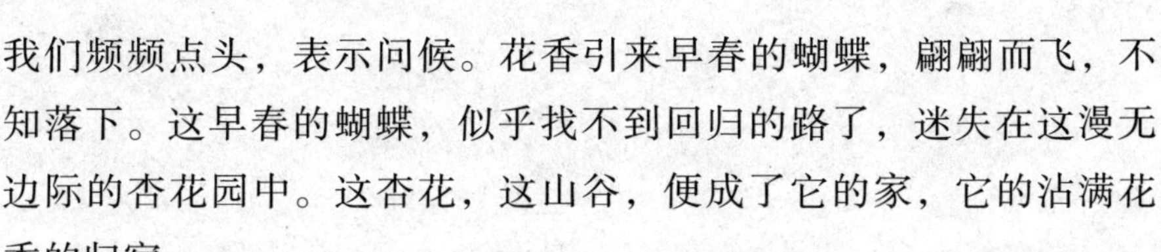

我们频频点头，表示问候。花香引来早春的蝴蝶，翩翩而飞，不知落下。这早春的蝴蝶，似乎找不到回归的路了，迷失在这漫无边际的杏花园中。这杏花，这山谷，便成了它的家，它的沾满花香的归宿。

想起小时候，我家院里也种着几棵杏树，花开时的苦香，至今在脑海里挥之不去。那时候，我常和小伙伴们摘花戴在头上，惹来大人的呵斥。仿佛当地有一种什么说法。后来我想，北方人忌讳发上着素，可能是由于杏花色白、桃花色红的缘故。人们宁愿插一朵桃花在头，也不能着一枝杏花于襟，这小小的偏见，多少令我们失去了许多兴趣。

然而桃花有桃花的妖娆、杏花自有杏花的雅致，我总觉得，头插几朵杏花的女子，是多么娇美清丽！那素素的花，一定会在美人颊上染了红晕，从而变得婉丽高雅起来。在我年少的梦里，就有这样的情景多次出现，只是那些梦中的女子，她既不居住在北方，也不居住在南方。我找不见她的家乡。那梦中的女子，那染了红晕的杏花，宛若一朵浅红的海棠，将生命里的那份纯粹，漾成青春、漾成花样的年华，流动进无数艳羡的目光。

烹茶时，想起“小楼一夜听春雨，深巷明朝卖杏花”。置身于江南的陆游，大概也曾听过雨后叫卖杏花的声音，想象杏花插满美人头的曼妙，所以才在小雨初晴的窗边，看花开烂漫，告诉人们春已深了，让氤氲在诗歌里的暖意冲淡人们心头上的炎凉，冲淡风尘着的世态。那一刻的杏花，不仅开放在诗人的笔端，更是开在美人的鬓上，开满大江南北，开满春天的大街小巷。

朝开与暮落

朝开暮落，是一种花，这种花的学名叫作木槿花。

唐代才子诗人崔道融曾在一首诗里写道：“槿花不见夕，一日一回新。东风吹桃李，须到明年春。”这首诗便是描写的这些树，这些花。

在县城之北，有一个新开辟的公园，建在一座风景秀丽的山上，夜晚散步的人，不分远近地拢来，总能为散心寻找一次机会。他们或住在附近，或驱车数里，将车停放在一个平坦之地，然后再登山而去。山上幽静，空气纯净，庄稼的气息清凉怡人。观景也好，散步也罢，都各人行走各人的路，很少有人对话。默默地，仿佛每个人都在想着心事。

这种游园，不似在县城的广场，一边是音乐喧杂，一边是百人有余的广场舞，一旦亲临其境，就会激活满怀的热情。平日里，难得些闲情，自然也很少去，唯一日，想起这个公园，便和家人驱了车，也是找了块平坦的场地，停下车来，沿着蜿蜒小路向山上走去。正走着，忽听有人叹，呀，木槿花！

这声音如此轻，又如此的静，像丝竹，纤指轻抹了一下，那“铮”的一响，像是一阵风的叹息，又像是一滴雨的落下，虽然不

铿锵，但却悠悠有声。我分明感觉到，那一尾柔柔袅袅的余音，包含着内心的喜悦，掷地有声。

是停不下来的脚步，只把头扭向身后，发现一位白衫蓝裙的女子，正站在一个不盈尺高的坝上，仰头欣赏着。高耸的发髻，显示出她的沉稳，也显示出她的个性。而那道低矮的坝下，果然有数棵开花的树，大朵的花，复瓣且复瓣，开得水灵鲜活，向路人展开娇艳的笑容，仿佛等待一场花与人的奇遇。

恰夕阳西下，八月的彩云，将光亮亮的夕照，组成一幅人到中年的剪影，留在了寂静的山林，留在了那些被她赞过的花上。它们在僻静的山头，在新开垦的园圃之内，不妖娆、不喧哗，如处子般地静立着。不用怎么费力，我就一眼认出，那就是女子口中轻轻叹道的木槿花。哦，木槿花！

从童年时代，我就认识这种花，只是我所知道的名字，与现在的略有差别。那时候，大人曾多次告知说，这种花叫“木根花”。它们要用花枝在泥土里扦插，经过雨露浸润，吸收泥土里的养分，渐渐长出根来，以此延续生命。那时以为，这花是不结籽的，后来才知道，这花也结籽，只是以扦插为主，扦插而长的花，才开得更奇特、更妍丽，生命力也更坚韧。

曾奇怪它的花期，好好的花儿，却开放在灼热的盛夏。北方的天气，暑热难熬，只要不出外做事，一般都躲在屋里避暑，哪儿有心思专门去室外赏花？所以说，木槿花从盛开之时，便是让人辜负的，辜负了那么圣洁的白、那么温情的粉，更辜负了它短暂的花期。

然而，美丽的木槿花啊，却任天气怎么灼热、空气怎么沉闷、雨季怎么难忍，都兀自绽放，且开得稠稠密密，大朵大朵的花，安于现状，雍容满枝。

少时的家中，没种过木槿花，倒是同学家里种有数株，粉、白搭配，笔直地排在天井里。花开时，一树的粉，又一树的白，在那少有绿色植物的庭院里，煞是美丽。娇嫩的花瓣，让人望一眼不舍，再望一眼还不忍离去，每每隔了院墙痴痴呆望。梅雨时，花正开，总是担心地想，花在雨里，还不开成了泪人儿？遂跑进同学的家里，站在院中，眼巴巴地看那雨中花。在我凝视的目光下，一滴滴的雨珠缀在瓣上，垂在叶下，在花叶间簌然抖落，就像是花的魂灵，晶莹剔透。

就这么神往着，直到雨停了，仍呆呆地站在树下，听那一树雨珠的滴答。那时，同学的家里有书，她的哥哥就喜欢在院子里晒书。阴历六月，是当地百姓传说中晒龙衣的日子，一箱子的旧书，也可以在院子里晒晒了，于是木槿花下，便有了一张兴趣盎然的晒书图。所晒的图书，有线条生动的画册，也有厚重大部头的小说。不知是为了去看书，还是为了去赏花，同学的家里，一时成了我的念念难忘之所。

曾为了去看书，假借去赏花；为了去赏花，又假言去借书，像逐花的蜜蜂一样，在人家的院子里流连忘返。有些要求，很羞于出口。且不说我是个女孩，而对方是个青涩少年。《鸡毛信》《雷锋的故事》《小萝卜头》《林海雪原》等，就是在那个时候借读的。正午的阳光毒毒地浇在身上，青春的脸庞挥汗如雨，只要有书读，也在所不惜。

因为这些书，和那一院子里的花，这段美好的经历，从此便刻进了记忆里。而美丽的木槿花，她那美好的名字和花朵，也从此走进我的心里，稔熟而亲切。而如今，如果我会画，定会画一幅《木槿花树下》，画一株粉色的木槿花，再画一株白色的木槿花，花树下，一只打开的木箱，两行平摊的图书，几个恰青春年少的学生，低头翻看着书页，长发低垂，身影单薄。

木槿花还有一个名字，叫“无穷花”。叫这个名字的木槿，是韩国的国花。还有一些通俗的名字：白槿花、榈树花、大碗花、篱障花、清明篱、白饭花、鸡肉花、猪油花、朝开暮落花。《诗经·郑风》

歌曰："有女同车，颜如舜华……有女同行，颜如舜英。"诗经里的舜华、舜英，指的就是木槿花，在这里，它比喻的是女子的美貌；而古代齐鲁人对木槿花的称谓，叫"王蒸"，是言其美而花朵繁的意思。

木槿花和树皮均可以入药，清热止咳，凉血止血，清热燥湿。处方名为"木槿花、槿树花、鲜木槿花，白槿花"，性寒微苦。小时嘴馋，听说木槿花的花瓣好吃，顽皮的我曾采摘品尝，有点儿微甜，有点儿绵软，咀嚼着倒也不苦。后来慢慢长大，知道了花的妙处不在于吃，而是在于赏，便再也不随便吃花了。一朵花，是一种芬芳；一朵花，也是一种生命，它们是高贵的，可以任意枯萎、开放，可以接受世间的无视，却绝不可以忍受人类的践踏与亵渎。

任何一个地方，都不乏生命，不乏岁月里的花朵。我居住的小区里，也有一些木槿花，每当进入炎热的夏季，就一树树开出花来。每天从楼下走过，我都会看到它，不妖不娆、不蔓不枝，静静地，仿佛与人对视。它们就那样安静地生长着，开放着。黄昏里，它们满树娇态盛开，而在清晨时，它们满地芳华零落，而那一树的花朵，仍然鲜活如昨。它像一个懂得掩藏的女子，朝开夕落，却又不让你看见生命的伤口、内心的失落。仿佛它的每一次凋谢，都不是因为愁苦、不是因为生命的完结，而是为了下一轮的新生、下一次的绚丽征程。

闲暇时，我喜欢在木槿花的树下流连，看那一树的花儿，开得舒心、开得舒展，更开得安然。它们不惧炎热、不惧风雨，在炙热难耐的天空下，开出一树的繁荣、一树的芳华。那时刻，满怀欢喜的心，便又生出一份深深的爱惜，恍惚中，总有一缕花香书香，从脑海里萦萦而出，缭绕心间。而眼前，是一幅旧影的片段，数十年前的记忆，便又会在这些斑驳的影像里，诗意映现。

安详的蓝目菊

或许，世间最安详的花，应该是蓝目菊。

数年前，我并不知道那就是蓝目菊，只是那一年秋天，为使女儿就近读书，托人租借过一所房屋，住进了只有一位老人居住的一个跨院里。老人不太喜欢言语，但是非常安详，每天早上起床来到院中，首先梳头洗脸，整理庭院。看到我和女儿起来，面带微笑向我们点头示意，然后打开关闭着的蜂窝煤炉子，开始做饭。

其实，她的饭是如此简单：把卷心菜从包心处扯开，用手撕成片状撒到滚水的锅里，再开一次锅后，把面条加入煮开，盛到碗里悄悄地就吃了。有时候，早晨，也见过老人在院中自由活动，踢腿、甩手、弯腰等活动完毕，她的蜂窝煤炉子上的一壶水也开了，冲碗鸡蛋汤，取一碟咸菜，把头天的馒头撕碎浸进汤里，坐在小石台上慢慢吃完，刷了碗筷走回屋里。

和老人一样，我也喜欢安静，因为还要写一些文章，就不喜欢热闹，不太喜欢家里太吵，为了这个便安心地在老人那里住了下来。一次无意中和老人谈起租房的原因，老人说就因为喜欢我的安静，才把那间偏房租借给我，她说除了希望有个伴儿之外，还希望有一个人陪着，不图那一点点房租。我听后暗暗对自己施加要求，同时也要求自己和女儿做一对真正安静的母女。

老人确实是一个喜静之人，她种着一院子果蔬，每天要从早上侍弄到黄昏，给它们浇水、打杈、松土，做得很吃力也很上心。做完这些空闲的时候，她就拔开闷着的炉子烧一壶水，从屋里拿出一只紫砂茶壶、两只杯，在树下的台桌旁坐下，翻翻报纸。也仅仅是翻看而已，她的目光从来没有认真盯在哪个版面上过。而对于她种下的瓜果蔬菜，却能够久久地盯视。

有一次我的腿受伤，出不得远门，在家的那些日子里就跟着老人转来转去，真正目视了那些瓜果的生长，我用手抚摸过它们，那上面缀满了细小的绒毛，几乎每一个初生的瓜果上都娇嫩如此，似乎每分钟都在变化着、长大着。

唯一让我感到不可思议的，是她种着的一丛蓝目菊。老人太喜欢这些蓝目菊了。蓝目菊花开的时候，颜色就像它的名字一样温和，充满淡淡的紫色、蕊白色和蓝色。早在秋天来临之前，老人就把长势最好的几棵蓝目菊挖到大小不等的几只花盆里，每天对着那些青油的叶片一边翻报，一边喝茶，终于等到花都开了，再一边喝茶，一边赏花。

出于对这种生活的羡慕，有时我倒盼望自己年老时也和眼前这位老人一样，在悠闲的日子里喝茶、赏花，从老人那里学会种蓝目菊，从老人那里学会种满院的丝瓜，也和她一样静坐在秋日的阳光下，守着慢长的光阴看丝瓜长大，每天长出一点点，直到那根丝瓜由一条稚嫩的直线状长成弯曲的模样。

除了那些瓜果，蓝目菊更喜欢在花池里生长，一团团的笑脸仰天怒放。女儿喜欢蓝目菊，又不能采，就拿出画板在上面画出，连并一只浅黄色的小篮子，画中的蓝目菊，就插在这只篮子的边缘……

人到老年，可能多少有点儿怪癖。老人去儿子家的次数多，去女儿家的次数少，多数时间是她们来。因为去得少，老人的担忧就少些。这当然不是老人的自私，应该算是一种家庭的生活方式。大概因为老人的女儿们已人到中年，有任何事情完全可以自己担当——起码我这样认为。

听说，老人有三个儿子，其中一个三十多岁那年突发脑溢血，整整半年人事不醒，是她唤醒了植物人一样的儿子，陪儿子在医院里一治就是数年，直到能够生活自理。是儿媳找人劝她回家的，怕老人的身体就此垮了。

命运多舛，上天安排的事情，谁也不能预知，更不能先知先觉求得避免。我不知道自己到那时还有没有这种平和的心境。人人都有年老的时候。只要身体健康，对谁都不去打扰，任花开花落，一切都赋予平和。而我心目中的人们所追求的美好晚年，却正是这样，也只有这样。

书中说："安详是一种优良的生命质地，是一块智慧的美玉。它与豁达宽容结伴，同宁静慈悲为伍，以成熟丰富为内涵。"安详，无不是来自个人的修养，以及文化气质。

因为久没聚首，前不久，打电话给几位新朋旧友，在老家的院落里喝茶聊天。正是桂花盛开的时候，而院中，也有两株桂花树，在墙角之畔，开得一前一后。周围的花木，早已枯黄，零落得犹如杂草，而桂花，却依旧袭人鼻端，散发出阵阵幽香。

这时，有人送来一盆蓝目菊，淡蓝的、浅紫的、粉红的……修长而扁圆的花瓣，团绒绒的，蓝盘似的心田，像眸子一样嵌在中央，直教人无比的喜欢。它的安详、洁静、明快，顿然间，让其他花容失色，也让所有赞美喑哑。我第一次知道，原来色彩不需要艳丽，花朵不需要摇曳，它只需在眼前一亮。一亮，便是唯一的感觉了，那入心的一眼，就是对它的最佳褒奖。

大概因为都是女性，细腻、关怀之心使然，乍一见面，大家开始相互问候。仔细打量之间，一个个风采不亚于当年。想一想，都人到中年了呀，不由啧啧称赞。红颜弹指老，俗气也罢，雍容也

罢，飞逝的岁月，能够留住青春的尾巴，已是庆幸。君不知，是岁月将女人的纤美磨砺成粗犷，再将女人的细腻修剪出各种复杂的心思，直到无人愿意欣赏。

讲述一个难忘的故事——

那一年，她才十几岁，遵从母亲的指使，去一位老人家里办一件事，敲开门，老人的神态、气质，一下子震撼了她，也吸引了她。那是一位怎样的老人呢？只见她一身湖蓝色卡其布小领装，齐耳的短发，略显蓬松，且整齐地抿在耳后，头顶绾了个黑色的发卡，肤色透出脂样的白净，尤其是那目光，如水一般平静，让人体味到一种从未有过的威仪，从容而端庄。

打听老人的履历，只是听说，她现在一个三线厂工作，职业是子弟学校教师。普普通通，平平凡凡，尽管身体多病，仍坚持60岁才退休，直至60岁退休，也没有离开过工厂半步。还有更让她离不开的，就是她那半屋子的书，后来又听说，她曾是某个大学里的教授。

梦，由此开始，尽管那时候，她还是一个玲珑剔透的女孩子。

我相信生命中总有一种叫作气质的东西，它不仅使人显示出一种高贵，而且显示出无上的魅力，遇见这样一个人，对童年的女友来说，算不上一个奇迹。然而对同龄人来说，算是一个不小的冲击力。后来我发现，所谓气质，应该归功于铅华销尽时的那份安祥。

都说女人喜欢攀比，其实在心底，女人只喜欢和同龄同性的人相比。也许是上了年纪的缘故，不敢和年轻人的生活方式相较，不敢同她们的青春外表相比，但却不能改掉从同龄人身上找差距的潜意识。这也是好事，以便不断地矫正自己。做一个清纯的女人、有气质的女人，是每一个心怀善意的女人所乐道的、所追求的。

无追求不成理想，无理想也算不上一种追求。追求是一种精神，理想则也同时是一种构想。我少年的梦中，也曾无数次闪烁过自己长大的模样。到了中年，脑海里更是反复虚拟年老后的状态。总之来说，我喜欢怀旧。喜欢怀旧的人，大概也难免喜欢观瞻未来，让自己有所认知，慌慌然的，在自己还未到年老之时，就开始匆匆假设一番。鬓角霜雪未染，内心已在拄杖行走了。

我所羡慕的，是生命中的一种安详。我一直认为，如果一个女人能怀着这样一种安详一直到老，即使岁月无情，在她心上划过一些刻骨铭心的苦痛，产生过无数次的变故，也不轻易喜形于色，也不像常见的老妇，眼不观井天，柴门之内怨天尤人。这样的女人无论多么年轻，也不会幸福。

古人说，心慈而貌美，这句话，我从来都是信而不疑。人生犹如诗词，虽雅不韵，何以感人？欣赏一个人的气质，就如同听一曲好歌，读一阕好词，每一次的结尾，都不是老去，而是闲弄筝弦，淡看凡尘。纵是生命逐渐黯淡，也能让人觉得光彩照人。

圣经《传道书》中写道："凡事都有定期，生有时，死有时。"就像那天的聚会，将聊天变成赏花，也是有时。如此推之论去，最佳的说词，就是老也有时，万物不能不老，人也如此。但有一种资本，却永远都不会老去，那就是修养、是气质，对每个人来说，没有"时"。

同样，看佛经，也能放松自己的神经，让陡峭的精神归于坦途，让心处于安然状态。佛，就是让你回到原点，找到本源。找到本源，就找到了安然，至性若淡，大爱无声。

我开始种蓝目菊，秋天，在旭阳之下，把种子撒下，浇水施肥，单等开花。像那位小院的主人，晚年后的老人。

生命里最初的感动

大约在我六七岁的时候，家里曾经养过一只猫，那是母亲为给奶奶做伴儿找人要来的。那天我放学回家，发现身边多了一个奇怪的声音，仔细一看，原来是它，身体蜷曲着躺在奶奶的脚边，样子怯怯的。它长了一条长长的尾巴，浑身灰黄相间的斑纹，可爱极了。

可是，它只在我家里待了一天，第二天就让后院的一个婶婶引走了。这不是故意的。那个婶婶的脚步刚在我们家的窗下响起，这只美丽的小猫听到动静后，两耳立即竖起，我们还没有回过神来，它就像箭一般地跃将出去，一下蹿到婶婶怀里，任奶奶千呼万唤，再也不肯下来了。

那个婶婶长得很秀气，短发，记得头上还拢了一个圆形的发卡，发卡的中间有一个粉色的点，走起路来柔柔的，像春风里吹动的杨柳。那只猫就是从她家里带来的。婶婶的家在农村，因为她的丈夫，所以能每隔一段时间来这里住几天。她和我母亲很投缘，每次见了面，仿佛有说不完的知心话。提起她，母亲的眉心弯弯，眼睛里全是笑。她也是一脸的快乐喜气的样子。她每次来，有时给我和妹妹捎来一对漂亮的小枕头，那可是乡下的稀罕物；有时是一些城里不多见的花生。她走时，母亲就让她带回一袋大米，母亲说这是礼尚往来。

那个婶婶姓什么已经忘记了，只记得她是当了人家的后娘，过得十分委屈。她的长子比她小不了几岁，小儿子才比她小15岁。她自己没有孩子，很年轻，她的丈夫，我们却要叫他伯伯，身材瘦高，看上去没有多少力气，头发都有些花白了。他们两个从不一起来我们家，可能是因为年龄悬殊太大，怕人笑话吧。

婶婶手很巧，在村子里的工作做得也好，因此被推选为了村里的妇女干部。乡里有会要开的时候，她必是匆匆赶到，先在我们家站上一站，给我一个拥抱，再去开那长长的会议。母亲说，她很喜欢我。究竟是因为什么喜欢，母亲和她在我面前抖了一个包袱。我闷极了时就追着问，来不及等母亲说，婶婶自己先将包袱抖开了，说我是她的亲生女儿，因为小时候怕家里穷养不起，才给了我母亲，我一下子就信了。从此我记住，我是她的女儿，我开始很爱她。学她走路，学她说话，学她温柔对人和气地笑着的样子。每当她来，我都想跟了她去，哪怕看看家里的小花猫也好。

那时的小花猫，已经习惯在我们家住了，奶奶拿它像宝贝一样地疼着，喜欢得不得了，给它起名叫花花。花花虽然和我是一家，可是不听我的话。我比它听话，可是母亲总说我调皮着呢！有一次，我挨了父亲的打，婶婶知道了就生母亲的气，我看到她，就想让她带我去她家里，我说不想待在这个家里了，这里不是我的家。母亲哭了，问我哪里是我的家。我说我是婶婶的女儿啊，她家才是我的家。婶婶落泪了，一把抱起我来，紧紧地搂着。然而不久，婶婶又开始喜欢我妹妹了，这一次，妹妹比我还要坚决，5岁的她自己弄了一个小包裹，坚决要随婶婶回家而去，这下把母亲吓坏了，母亲从此再也不敢和我们开这样的玩笑。在我们的心目中，婶婶的确是比母亲的样子亲切的多。

婶婶也有苦恼，我们不在的时候，她经常和母亲拉呱儿，说着说着就泪水涟涟的，劝都劝不住。她说她的儿子们，尽管不是亲生的，但是在三个儿子中，小儿子是由她看着长大的，也是她最疼的。那一年，她嫁给伯伯的时候，那个小儿子还小，才5岁的孩子，头发长得像女孩一样长，乱哄哄地披着，里面藏满了虱子，是她又是剪，又是找人兑草药，一遍遍地擦洗，才没有再发展下去。她的神情很安详，说话时的语速很慢，声音很好听。

每当她诉说的时候，我们都是在一旁静静地听，母亲陪她唏嘘着，回头抹一下眼泪。经常看到她用娴熟的动作替伯伯做饭，缝补衣裳。一双灵巧的手，到很远的一个缝纫店里找来布头布边，眨眼间就为她的小儿子做出一条很合适的裤子。

就这么一年一年过去了，婶婶从如花的年龄，不知不觉就老了，她的儿子们也都已经先后结婚、生子。在这期间，她经历了给儿子们娶妻、分家，持久的家庭大战，“儿媳妇最爱好的是这个”。为躲清闲，伯伯有时也带她到城里来，静静地住上几天，和我母亲一起做做手边的家务活，缝缝补补，日子过得很平谈。15岁的时候，我出外就读，后来结婚，便很少见她，这时候，她家里那个伯伯也已经退休，她随伯伯又一同回老家去了。回到老家的日子过得并不如意，儿子们经常因为家事和伯伯闹，婶婶明面上不敢多说什么，背后也劝不了，只好一个人凄凉地抹泪。有一次家里再次爆发了大战，她对儿子媳妇们一应百诺，渐渐地，伯伯开始不理解她，与她发生了激烈争吵，婶婶一时想不开选择了跳河自杀。她跳的那条河水很深，唯她跳下去的那个位置水浅些，在好多人的急救下，把已经浑身僵硬的她从水里捞了出来。她却没有死去，又缓了过来。

20世纪90年代，伯伯过世，家里已经一贫如洗了。儿子们大概觉得这个家已经滑向没落，再也没什么可得的，便由对她冷淡再视若陌生。最近的几年，她一直是一个人过日子，等她去世的时候，儿子们没有一个在哭，更看不出哪一个悲伤，只是把棺木做得很好。安葬她的时辰终于到了，灵柩上路的时候，按照当地的风俗，长子要摔老盆的，可是老大却没有动，次子见了，最终什么也不讲，上前去把老盆猛地端起，颤抖着摔在地下，随即捧脸呜咽大哭了起来。在场的许多人都哭了起来。

我记得婶婶曾经和我母亲说过，到她老的时候，大概都没有儿子摔老盆的。而那天，婶婶终于如愿下葬，永远安息了。

我去过婶婶的那个小村子，去过那片安葬婶婶的青草地，去那里本是为了踏青，却看到了伯伯和婶婶的坟。婶婶的坟与伯伯的坟相比，很小很小。伯伯的坟前有一块碑，上面刻的除了他，还有另一个女人的名字，我后来才明白，那个女人就是婶婶经常提起的儿子们的亲生母亲。无数次的担心，原来她早就知道，那个位置，不是她的，所以还曾经面对母亲伤感过。

她就这样度过了一生，终年 65 岁。

很少有人在乎她是怎样度过了这一生，然而对于那天婶婶下葬时她儿子的哭，全村人都觉得很奇怪，几乎全部的村里人心里都产生了一个问号，那么冷淡的儿子，为什么？

只有我母亲说得好，她说，世界上没有一个人是不懂感情的，只要他不是铁打的，他的心里就一定有一个地方是柔软的，是知道疼的。虽然没有生他，但看到养育了他一生的母亲就这样去了，他一定是想起了许多，他的童年也是一步步过来的，有与养母一起的快乐，有欢笑，有别人眼睛里看不到的关怀与深情。她给予他的关怀与爱，只有他知道。所以，就在他摔老盆的那一刹那，那些所有的记忆，一下将他心底里最柔软的部分唤醒了，所以，他才悲伤地痛哭。母亲说，这是因为，每一个生命里都会有感动。

写到这里，终于记起了婶婶姓张，确切地说，这并不是她自己的姓，而是伯伯的姓。她从来没有对我们说过她自己到底姓什么。母亲一定是知道的，因为她也是妇女干部，她们一同开过会。但是大家不问，她也就没有提起过。

还记得婶婶年轻的模样。她的姿态，她的容颜，以及她的声音都在我的脑海里记忆犹新。在这温暖的春天的阳光午后，我经常回忆起岁月里的某些人与事物，哪怕是一件很小的事物，回忆这些，就像我们在冬天里怀想与春天有关的所有事物一样，默默地回想，每每倍感温馨与忧愁。生活的磨砺，教会了我对生命的珍惜，我由此懂得了爱，爱一切的生命，爱美好的事物。我记住了母亲的话：每一个生命都是有感情的，只要他经历过，只要人间还有爱存在，只要他心怀感恩，他便会因生命里最初的那份美好的记忆而感动着！

书信时代

2009年的夏天，蒙山丽夏笔会结束之后，收到文友发来的信息，说是要给我寄一封信，里面有我们笔会上拍的照片，从那时起我就耐心地等待。不久又看到她的信息，说信寄迟了，因为在当地邮局买不到合适的信封，所以趁去济南学习的机会发出去，费了好大的周折。我非常奇怪，到处都是邮局，怎会买不到合适的信封呢？忽然又想起，有一次到乡下出差，也想买一些信封给朋友寄贺年卡，也是找不到合适的信封，她给我的信里要装有五寸大小的照片，买不到那种适合的信封是再正常不过的。

信是过了好久才收到的，有一天去单位上班，一进门就看见一封信零乱地摆在桌上，走近才发现信封是被人拆开过的，信纸和照片重叠着放在信封的上面。我不由得产生了疑惑，自从与人书信往来，从没有人擅自将我的信打开过，这次可是发生了什么意外？赶忙伸手拿起信件，果然是前些日子文友所言寄出的那封，但信封上却只有地址，没有名字，找遍整个信封也没有找到“若荷”二字，沉吟半晌，终于明白收发员把信件拆开的原因。

不用说，一定是邮递员把信送到了单位，而单位里的人又不知道收信人的姓名，于是本着负责的态度拆看分晓，这一看，就看到了信封里的照片，照片上的我。于是，信终于得到确认。这封信，是经过如此的辗转才寄到我这里。我的照片是曝光了，然而信和照片毕竟是安全到达了，至此我却要感谢拆信人，如果他们不负责任漠然处理，以收信人信息不全为由退回此信，那么这封信就会石沉大海，遗憾地谁也收不到了。现在还有谁，会为一封没有收件人的信而去明察暗访呢？没有名字和地址的信件，是断不可能有什么归期的。

这封被收发员拆开的信件，自然是让我收藏起来了，与两张照片一起置于案头。想起前些日子，让家人代我写一些信封，也是只写了上半部分地址，然后想了半天才补齐信封上的其他内容，可见书信在我们心里有多陌生。好在我还时常投稿，虽然内文需要打印，但信封上的地址是必须得动笔写上去的。可去年就有一次，我去邮局寄信，当我伏在柜台上飞快填写地址时，竟把收信人地址和姓名一同写在了地址栏，发现这个常识性错误后，只好撕掉信封重写。

不久前，有个文友在 QQ 群中发出一串“笑脸”的表情，问他有什么喜事，他说收到一个朋友寄来的样报，让人忍俊不禁的是那位寄信的朋友，把信封涂改得面目全非，其涂改方法竟像我们平时修改文章那样用笔圈来圈去。先是写错了信封上的地址进行了涂改，而后似乎发现写好的地址又出现了错误，即在收件人与寄件人两个地址之间画了一个大大的回形线，加以纠正，整个信封上，只有收件人的姓名算是较为工整的。

幸而这封标有记号的信件能够完好无损地寄出，现已到达收件人的手中，并且让他为有如此大胆的寄信方式大吃一惊。须知，一封信需要中转多少个分件和投递人员之手？他猜测，那个为他寄来样报的朋友，一定不懂书写信封的要求，不然，就算写错千个万个信封，也是不敢这样贸然投进邮局信箱的，这样的信件能够找到它的主人，实在得为投递员们道一声辛苦。而我分析那小伙子一定没写过信，这才初生牛犊不怕虎，什么要求不要求的，只要信息齐全，一切皆不以为然，就像我们处理一份电子邮件，键盘之上，不可能字字万无一失，如果有什么错误，还能利用撤回的功能。

而邮局有严格的要求，信封上有明确的格式，细节虽小，却会给投递带来很大的麻烦。类似的错误，若是放在十几年前，会是一个天大的笑话。想想，有多少人会认真地把这样的信件摆在案头，先研究一番上面模糊不清的街道门牌，然后费事巴力地投递？幸而现在，我们寄信的次数并不太多，邮递手续也比以前简单了些，只要具明收件人的地址和姓名，一般不会弄丢。人们不会把这些信件看得太重，收到不太明晰的信件就扔到一边，不会用严谨的处理方法，写上“查无此人”将信退回。

仔细算来，自从学会电脑打字之后，已经有好几年没为谁写封书信，然后郑重地把它投进邮筒，焦急地盼望对方的回音，手机信息替代了书信的内容。真不知道，如果再让我提笔写信，我能有多少耐心再和当年那样，苛求书信的文笔之美，将信纸折叠得赏心悦目。

记得第一次写信是在我 12 岁那年，在学校刚刚学会写信，老师就要求我们每人给家人写一封书信，我选择的是给远在数百里外的三叔写信。这样的机会是其他同学所没有的，不是每个人都有一位在部队当兵的叔叔，我为有这样的机会而觉得非常的幸运。我写啊写啊，每写完一封，就给班上同学传阅一封。当那些信在全班同学间传阅完毕，这才知道我们压根儿不知道叔叔所在部队的地址。不过，正是从写这些书信开始，文学从此走进了我的心里，并通过书写提高了我的写作能力。

参加工作之后，我第一件事就是给大姐写信，写年轻人对人生的迷惘，写自己的工作与生活状况。那时大姐在二百里外的小城工作，她从不拖延给我回信的时间，二百里路这个距离，在拥有现代化交通设施的今天不算什么，但是在 20 纪世 80 年代，仅靠交通工具远远满足不了我们的心情表达，况且当时，各县之间

公共汽车往来稀少，大姐每次探亲都是在路上几经辗转，彼此一年见不了几面，书信联系自然成了唯一的方式。

为了把信写得漂亮且有情调，我到处找美观漂亮的信纸，以至于这一度成了我的一份兴趣。记得当年商店里有一种信纸，每页都在右下角印有一个古代仕女图案，让人产生一种淡淡的怀古情绪，我买了整整十本带回宿舍，却压在箱底一直舍不得用。十几年后，还是让我的女儿用了，不是写信，而是用它来练习硬笔书法，字写错了便用橡皮擦擦，擦过的地方也不留一点儿痕迹。有时女儿习字，我就站在一旁静静观看，她的每一次纸页的掀动，都给我带来一份美好的怀想。

史书记载，两千多年前的春秋时代，我国就已有邮政，古籍中“速于置邮而传命”之语，即通过邮递而传达命令的意思，后来这种形式逐渐走向民间，飞鸽传信、鸿雁传书，以寄思乡怀亲之情和羁旅伤感，才使书信的形式得以流传，同时也出现了有关书信的许多佳话。

如今，已不写书信的我们，早就忽略了那些各式各样的信纸，忘记了它们曾经为人类有过无私的付出，充斥在我们身边的是电脑、网络，书案前几乎闻不到各种味道的墨香，那些散发着浓浓书香的信函，穿越千年的风雨，自此只给我们留下一个无限绵长的记忆。

红尘，是槛外的一朵花，我们不需要太多的掩饰，互通信息，交流情感，是一种自然现象。生活在当下，每个人都有不同的感情、秘密，有把这份感情或秘密告诉他人，或得到远方家人友人的生活状态以及感情、友情成分的欲望，除有些当面所不能解决的，剩下的也只有打电话和发信息了。然而，无论是什么样的形式，经过什么样的交流方式，我都仍然觉得，唯有书信承载的那份美丽，才是我们坚持的理由和动力。

果实之美

新年装饰房间，以烘托节日的气氛。低头看见水果篮里摆着的新鲜蜜柑，突然产生一个念头，这不就是一件大自然的艺术品吗？旋即从果篮里取了一串，抬手置于空调的顶端，那里还放了一盆塑料制作的吊兰。原本就有的一蔸蓊郁的绿叶之间，便又增添了几颗醒目的橘黄，把吊兰衬托得更有几分绿意，栩栩如生。家人看了也觉得好，说有一股清新旷久的乡野之气，弥补了冬天的苍白与单调，就如同真的能够散发出一股泥土的芬芳似的。

其实，喜欢以果实装饰居室还是在很早以前，有一年单位组织摄影活动，从大量的来稿中发现很多以表现丰收喜悦的艺术照片，那些用高粱玉米装饰的农家小院，金灿灿的玉米相互交结系在一起，悬缀在院落的树杈和墙头上，简直是一组漂亮的高级饰品，把山村乡景点缀得更加淳朴自然。更有花开千树、果实飘香、漫山遍野、姹紫嫣红、一路鲜艳，那经了拍摄者艺术处理的照片，每一张都充满着季节变换的味道，我把它们归于单位的档案相册里，并题之以《果实之美》。

的确是果实之美！但果实的结出又与劳动有着不能分割的联系，看赵本山的小品《红高粱模特队》，在会心一乐的欢笑里让人联想到一个个劳动的场景，因为劳动的创造便有了收获的愉悦，然后才是欢快的歌舞，我们可以把最后的部分当作劳动者的庆功酒会。整个小品情节安排合理，包袱抖得恰到好处，幽默与诙谐之外，令人耳目一新。通过小品我们得到这样的启发，先有物质生活的前提，才能有精神上的追求享受，如若不然，一切形态之美就都是空谈，这便引申出赵本山的那句话：“劳动者是最美的人。”

当劳动者并不如小品里说的那么简单，短短十几分钟的时间，那些美之果实就与萝卜、辣椒、石榴一起搬上成熟的筐架。我种过葡萄，确切地说是父亲种过葡萄，我不过是给他老人家帮了几次忙，偶尔跟在身后观摩一下，动手捻下一只虫子，或破坏掉一枚绿叶。第一次是刚刚搬家，在沂蒙山区的一个小镇，我们没有自己的院落，长长的一排房子中，我们只住了三间。这样敞亮的天井，无论是种花草还是种果树，都一目了然。西邻种的是花，一墙根的鸡冠花和凤仙草，再就是一盆水滴观音，两盆木本海棠；东邻则种了好几墩葡萄，搭了个大大的葡萄架，品种是当年刚时兴过来的巨峰。单听“巨峰”这个名字，便能想象出果实成熟后的个头。这样的果实一旦收获，怎能体会不到劳动的快乐？

于是我们决定也种葡萄。葡萄的芽苗很小，有六寸多高，据说是父亲的朋友从新疆带回来的，经过几年摸索好不容易培植出来的，名字叫玫瑰红，拥有玛瑙一般透明的果质，味道甜美，闻去芬芳，最适合制造美酒佳酿。在此之前，我从没见过“玫瑰红”，当地普通的葡萄也吃得很少，不管城里与乡下，葡萄种植不广泛，更别说论其美妙的特点了。直到 1982 年，当地家家户户开发庭院种果树，市面上的水果才渐渐丰富了起来。我一直都有一种错觉，乡下水果的丰富，是从我们种植葡萄开始的。

当葡萄发出一枝枝新芽，长出一片片绿叶后，我在父亲的指导下给它们浇水、施肥。它们被纤细的长须牵引着，勇往直前地沿棚架向上攀爬，不久，一串串葡萄花抽穗了，稀稀疏疏的，略显零乱和胆怯。初绽的花很小，小到不及桂花的朵儿，闻上去有一股特别的香气，仿佛是瑶池的芳花来袭，而不是世间普通的味道，有些牵魂掠魄的怪异。几天后花朵萎去，扑簌簌，纷纷坠地，随风而去，小小的花萼上吐出一个尖圆的东西，晶莹翠绿，如镶嵌在戒指上的绿色宝石，直到这时，所有的惊喜、期待、盼望才开始生长出来。

随着葡萄的一天天长大，更加像极了晶莹的玛瑙，只是还没有成熟，品尝不到葡萄成熟的味道。还没有成熟，便遭一种身材很小的鸟儿的光顾，它们在葡萄架上毫无顾忌地叽叽喳喳，跳跳跃跃，仅一天的工夫，便将葡萄吃了个精光。父亲的心胸宽广，他不但不生气，反而看着被吃光的葡萄树呵呵直笑。于是我们等待第二年开花，第二年结果。转眼小葡萄树就长大了，长长的藤蔓上下左右纵横，把整个棚架都爬满了，花穗也抽得多开得密，花落后果实累累，那些鸟儿再也不能将葡萄吃光，葡萄的数量已经大大超过了它们的肚量，这时葡萄才真正得以成熟，红里带紫，晶莹剔透，得到邻居们的喝彩与赞扬。

再一次种果树，是在我家搬到县城以后。那年初春，柳芽还没生发的时节，一家单位为了绿化环境，卖来好些树苗，堆在路口。问及何树，告之是山楂，也有一个好听的名堂，叫大糖球，并取出一棵修长的树苗，隔着马路用力扔到我面前。回家后，我把这棵树苗交给父亲。院子里，父亲早已整理好一个菜园，并在园子的旁边种下了两棵葡萄，窗前栽上了一棵石榴树。新搬的家虽然带着院子，但是有些破败，它原来是一排废弃的仓库，用院墙隔开后单门独户，住进了几户人家。破败的小院，经过父亲的修整、栽种，增添了一些绿意与生机。

父亲在院子里转来转去，最后找了个角落种下了那棵名叫大糖球的山楂树，不管谁来，都要介绍一番，仿佛他新认下的一个儿女，只是还没长出面目。那树也给父亲争气，几年后就长得高过厨房，并且开出花心略带浅绿的白花，开始了一年一度的春摇花枝，秋扶红果。山楂的叶子容易生虫，那种虫喜欢作蛹，每当有这样的虫子生出时，山楂树叶就开始卷曲起来，整个叶子遍布蛹丝的缠绕，成虫的咬痕，每当这时，父亲就开始东奔西走，寻找有关杀虫的药物，药剂买来用水兑好，灌入喷雾器中喷洒到树叶上。9月，山楂开始收获，除去虫咬果残落地的果子，我们还能收获很多，这种收获随着果树的长大年年倍增。有了这些果实，便想出许多山楂的吃法，与银耳放在一起加上白糖放入锅中，煨出的山楂羹味道极佳；把白糖加水熬成糖稀，用竹签扦了山楂蘸糖葫芦吃，如此等等。

2000年夏天，由于街道规划，我家不得不旧屋改造，平房拆除，盖上了楼房，那两株葡萄、窗前的一株石榴，以及那棵曾经赠我硕果的大糖球山楂树，都被无奈之下砍伐一空。世事无常，加之旧年父亲的去世，让我心头恻恻，泪之凄然。砍伐果树的时候，我特意去院子里探望，仿佛是一种人间诀别，我想在那些果树的身上留下最后的目光，可我无法面对它们的伤口。踏进小院，我看到的是枝头横躺，一地落叶，树根被生生锯断，枝梢上还挂着零星的果实。它们没有等来收获的秋天，便抱枝而亡。没有树的院子空荡着，朝向盛夏火热的天空，从此种果树的热情不再。

许多年来，我一直怀念着那些我曾经抚摸过、浇灌过的树们，回忆着当年品尝果实的美好时光。取一枚果实装饰房间，不是为了猎奇，而是有一种怀念潜在记忆中，萦绕在心头。就是这份伤感，让我学会了珍惜，无论是一棵菽还是一粒米，都要懂得感恩。它让我知道，小到装饰品，大到高科技、音像、歌曲、建筑，还有那些精心码出的文字，所有的一切，无不来自生命的坚守与执着，播种的快乐，永远是属于劳动者和开拓者的。

月色中的栀子花香

夜晚散步归来，简单地收拾了一下屋子，和往常一样走向卧室，按亮台灯，准备和衣倚在床上，阅读一本刚得到的散文集。这时候，一股若有若无的香气，淡淡袭来，撩拨着人的心绪。这香气来得突然。下午，我还在打扫房间，把一切不需要的东西重新整理，有的清除，有的抱到室外，然后用抹布将整个家具擦拭一新，卧室里除了清新的空气，再也没有什么异常的味道了。

那时窗户还打开着，窗纱也已绾成花结，如天幕一样分列而悬。无遮无拦的窗上，玻璃透明般地投来蓝天白云的景象。直至黄昏渐逝，夜晚来临，窗外的景象这才逐渐消失。关闭的窗上，悄然无痕地晕着窗帘的微光。当我蓦然闻到这股花香之时，竟猜不出它飘然所在的位置，它所附属的植物类别。就像正在观看世界杯的家人们，兴头之上，永远猜不出谁能立马踢进一球，得分，然后以弱势一方大获强势一方一样。

我在卧室里转了半天，试图找到这股香气的来源，却没有找到，香气无处可循，但着实就在我的身边，仿佛一只带着香气的蝴蝶，断断续续地萦绕着我，步步跟随。它蝶舞翩跹，降落在我的肩头，试图摇动芬芳，动人心旌，却不让你进一步去发现、去了解，哪怕对它抱有千般的爱意、万般的欢愉。

我不喜欢在房间里喷洒任何东西，哪怕对女人来说那些价格昂贵的香水，所以，一切与之无关的香味都让我排除了。我认为，这缕香气绝对是现实世界的香气，是来自能够产生自然之香的物质。是窗外植物发出的花香吧？是来自哪个爱花人家的角落，相邻的阳台或者其他？

我这样一边想着，一边在夜色里使劲地嗅闻，越是嗅，越是能够觉出花香的浓郁，一阵阵纠缠着鼻息，沁人心脾。有了这样的香气，这夜色美好的时光里，便不想再去辜负。若不辜负，不读点书怎么可以？于是打开明亮的壁灯，试图从高摞床头的书籍中抽出一本。这一抽，却使那摞起的重心一下子偏移，"哗"的一声，倾于温馨微凉的竹席之上，一本厚厚的黑皮日记，也从中间一分为二地打开，赫然滑出几朵洁白的栀子花来。

啊，是栀子花啊，这是栀子的花香！为自己的发现而忘乎所以。我清楚地记得，这栀子花的花朵不止一朵，而是三朵或者四朵，为的是它们能够挽成一束。只是现在，它已不再以花束的方式簇在一起了，而是由于书本的重压而变得扁平，就像几枚经过碾压的花样标本那样，在夜晚的灯光下默默地凝视着我，静静地散发着自身的芳香。

这些无意中制作的"标本"，是我去安徽来安的时候，从长山村的村民家的栀子花树上采到的，又从遥远的长山带回，花瓣的边沿已变成浅赭色，但仍不失栀子花的香气，时浓时淡地在我的房间里流溢。本来它们能够挽成一束，但是经过一路颠簸，花瓣有点儿萎蔫，我只好把它们夹进书中，装进塞满衣裳的旅行箱里。数日后的今天，我收拾行李，把外面的包装打开，毫不经意地将箱中的书籍摞于床前。面对这些熟悉的气息，我却浑然不知，完全忘记。

栀子，是一种夏季开花的植物，以花洁白芳香、绿色常青而受到人们的喜欢，栀子花，便是从这种植物上生长出来的。在长山，几乎家家户户的院落里都种植着花卉，从门前种植栀子花这一现象中，我发现这里的人们非常喜欢具有香气的植物，他们不光喜欢种花，更喜欢种白兰花、金银花，尤其是栀子花。在我国传统文化中，花是一种美好的寄予，是兴旺富贵的标志。

栀子花在南方、北方都有栽种，但更常见的是在雨水丰沛、气候温润的南方地区。北方人家种栀子花，大多是种在大小不一的泥花盆里，而南方人种栀子花，却可以种在大门外、院子里，甚至地头上。南方栽种的栀子花期长，植株大，植株存活的时间也更长。在来安的长山村，我曾看到过一棵一米多高的栀子花树，枝叶茂密，主干粗如碗口，走近花旁，满枝香气扑鼻。听此花的主人说，这棵花已经种了二十多年了。

我对栀子花有着特殊的感情，许多年前也曾种过几次栀子花，但由于北方气候不适等各种原因，难以很好地养护，栽种不久便出现黄化病、叶斑病等病变，使一盆盆洁白如玉的栀子花不久死去，伤心之余，发誓从此再也不去种它。可我还是喜欢栀子花，喜欢它的芳香洁白，喜欢它的小家碧玉般的温婉的气质，更喜欢栀子花的花语：永恒的爱，一生的守候和喜悦。

自从搬进楼房之后，家里便再也没有了可以欣赏的绿植，失去了鲜活的绿意与植物的生机，每每闻到栀子花香，我都会生出一丝伤感、失落。第一次在长山发现栀子花时，是在村民李艳的家里。安徽民居一般有两层、三层，李艳家住的是两层带一阁楼。走进李艳的家中，楼上的格局讲究实用，楼下的院子十分宽敞，一半为栽种果蔬之地，另一半为养花种草的天井。

园子又有南北之分，北边种着油桃、琵琶之类的果树，南边种着莴苣、韭菜等蔬菜，地边则种着栀子花、金银花、黄花、月季花。天井里，几个废塑料桶做的花池摆在不显眼的地方，池里生着几枝小叶荷花，花叶刚划开水面，荷箭则略显红润。除了月季、荷花是观赏植物，栀子花、金银花、黄花等都是可用的食材。

我们去李艳家做客，十几号人，坐在厅堂里的一张大圆桌边，没见主人用菜市场的一枝一叶，竟就变戏法似的将一桌酒菜备好了。满满的一桌菜肴，有从头天晚上炖好的鸡汤、青菜炒肉、蛋炒黄瓜，还有安徽一带特产的腌肉、腌鱼之类的。这些腌制品，都是李艳自己亲手腌制的，她告诉我腌制这些鱼肉的方法，想来以后我会学着去做，但北方人的食材里，很少有这样的腌制品，也不太食用腌制的鱼肉。不过那顿饭菜，味道却是极好的，我喜欢上了甘蓝和紫菜，这是两种夏季常见的绿色蔬菜，紫菜，颜色是紫红色的，用水焯一下，以盐和蒜泥拌匀而食，口感特别，味道极佳。

李艳是位非常热情的中年女性，她的做菜手艺不可思议，过日子也令人不可思议。她的丈夫在外地打工，她自己在家照顾上学的儿子，大儿子已经20岁了，小儿子才6岁。在她的教育下，两个儿子都很懂事，守规矩。尤其是她的小儿子，在我们面前腼腆得像个小大人儿。农家出身的她，会种地，会做家务，也会写网络小说。她会用一园子的果蔬，做成一桌美味可口的饭菜，再缀上几朵自家院中盛开的栀子花瓣。只是不太喜爱多说话。但作为一名写手，却可以洋洋洒洒一口气写上十几万字的小说，的确是不简单呢！

在长山村的街道旁，我们坐在一家门廊下歇息，发现有位老人把一束花串坠于胸前纽扣上。老人对我们说，这是新开的白兰花和金银花。如果两种花瓣系一起悬挂在身上，不仅可以香气怡人，而且能防止蚊虫叮咬。南方夏天潮湿，蚊虫很多，人们便想出以此法应对。原来，此物还有驱虫的功效。说话间，一朵金银花从老人的胸前散落，恰好被我接在手上，放于鼻端，果然有股浓郁的甜香渗入心底。

听说，白兰花在当地也有所种植，但更为广泛种植的是苏州人，当你走在苏州的小巷街头，总能看到有人挽着盛满白兰花和栀子花的花篮，用带了糯笃笃、软绵绵，被称之为吴侬软语的声音吆喝叫卖着。我没见过这样的情景，但我相信，那洁白的白兰花、栀子花，一定会带着江南温软的、优雅不俗的气质，开放在属于自己的花期，氤氲在每个美丽少女的发际，就像停落在荷叶上的一枚颤动的露珠，清纯悠然地绽放出一种江南水乡的韵致。

记忆里的雪

因事去济南出差，与几位好友相聚，谈笑间说起另一个朋友正在南方“游荡”，于是一个打电话过去，另一个则发信息问他：你们那里下雪了吗？蓦地，众人抬头，相视一笑——都是与雪有关的问题啊！而此刻，我们这个城市的天空正飘洒着晶莹的雪花，轻盈的它们，伴随着街道上的车来车往，刚一落地就倏地化了。角角落落，没有积雪，只浅浅地濡湿了地面，给这个干燥的北方的冬天留下了一层淡淡的雪痕。

自然，南方的天空并没有下雪。电话那端朋友带了浓重的鼻音告诉说，南方此时不但无雪，而且是万里晴空。却是他，在这无雪的冬天出差异乡，由于劳累加饮食不当病倒了，发烧、浑身无力，茶不思，饭也不想。快点下楼，去药店里拿点儿药啊，我们劝他，光在宾馆里待着怎么能成呢！他支支吾吾说，懒，睡在床上，一躺大半天，躺的时间长了就不想动了。

挂掉手机，拉开餐桌后面的窗帘望外看，看雪，刚刚在门外的大街上，冰冷的寒风挟带着它们，把我们包裹了。星星雪花嗖嗖地直朝眼睛里打，往领口里灌。我们逃也似的躲进一家饭馆里，找了个借口坐下。因为坐在房间里，眼睛可以自由地睁开了，再去

看窗外景色，纷扬的雪花在锃亮的光线里显得更清晰了起来。没有了我们的冲撞、干扰，仿佛那雪也下得更从容、更密实、更疾速了起来，跌跌撞撞地从空中赶赴地面。硕大的雪花一片紧随一片，悄无声息地，在喧闹的城市空间穿梭往来，很有些美丽雪蝶的姿态。

好大的雪啊，很久不见这样的雪了！每当天空飘下几片雪花，都会自然不自然地这样轻轻喟叹。我知道，不久它们就会渐积渐厚地铺展出一地的晶莹。其实心头上是有些失落的，因为这几年的雪，与许多年前的雪压枝头相比，一点儿也不如往日的壮观。雪，对于南方人来说，是不是见到的机会很少？南方的四季大概是不太分明的，一位朋友就这样写道：深圳树不黄，谁知一叶秋？因为没有明显的季节区别，所以南方的冬季也就少了许多的景致。比如雪。北方的冬天，雪花漫舞，零下20℃的气温滴水成冰，对南方人来说是一个严峻的考验。而雪在我们北方，可是进入冬天的唯一的真实景象，是冬大的标记和象征。

记忆里的雪是从五六岁开始的，当冬天来临，我们就在雪的陪伴下度过，上学路上随时遇到一步一滑出门的大人，踏着厚厚的积雪去学校的孩子。冬天的雪景是美丽的，雪后的世界仿佛银白色的宫殿和童话般的冰雪王国。在那苍茫单调的冬天，与雪有关的游戏是堆雪人、打雪仗，把雪握成一团去欺负人家本分老实的孩子。本分老实的他们不会去躲，只会紧紧地缩着脖子，任你把雪团紧追着塞了进去，塞进去的雪团在那些孩子“咝”的一声凉气里不见了，仿佛马上就化了、暖了。沁凉的雪流进脖颈里，谁也不会恼怒，反而开心地大笑大叫，缩着身子追逐嬉闹。

躲过大人的耳目，用手挖了干蓖麻叶子上的雪，握紧了团在手里偷偷地吃，这是童年时候最喜爱的“高级冷饮”。也不知道那时吃着怎么那么香，仿佛里面放了冰糖一样的甘甜，吃得津津有味。吃雪得有吃雪的智巧，如果一口咬进去，冰冷的雪团会把牙扎得生疼，吃得浅了嘴里没有“津甜”的味道。一个雪团吃完下肚，十几双小手已经冻得通红冰凉，甚至肿胀也不会有人吭一声疼痛，找一个草垛，抽几把秫秸，找个挡风的墙角点燃，蹲在雪地里围一小圈烤火，头碰头烤一会儿，笑几声呵口气，手就暖了，再跑跑跳跳、打打闹闹，不久身上的热汗就又出来了。

下雪的夜晚，躺在温暖的被窝里，聆听门外风雪交加的脚步声，幼小的我们没有多少心事，没有压力的心田是那么富于幻想。才六七岁，那时的我们就能分辨得出哪是风声、哪是雨声、哪是雪花打窗、哪是几欲挤进门来的风，它们的呼啸一次次把我们甜蜜的梦惊醒。短暂的清醒，睁大着眼睛，耳间分辨着自然界发出的微妙的声音。而雪的声音是些微的，像冬天令人温暖的低语，像拖着蕾丝花边的曳地裙裾，轻轻划过毡毯，窸窣有声。那些雪，仿佛曼妙多情的小小精灵，从深远的夜空翩跹进入梦境，以一片雪花的姿态，美丽着年少的心，潮润着心灵的土壤、梦和种子，生长成春天的禾苗。

喜欢雪，喜欢那些晶莹的雪，不单是因为它们的纯洁无瑕，而是每当看到那些漫天飞舞的雪花，都令我神思飞扬。有雪的冬天，对于童年的我来说是件最美好的事。童年的我是落寞的，在雪的天空下仰望，雪花洁白、轻盈，犹如从天而降的美丽的舞者，会给我带来一些莫名的感动。那些无声无息的雪花也是孤单的，它们如月宫里的嫦娥，广袖曼舞，清冷寂寞。我经常默默地注视着它们，多少次被纷飞的雪打湿了面孔。下雪的时候，和小伙伴在雪地里踩踏跳跃，欢快得像一只麻雀，或者不出门，全家人围坐火炉取暖，母亲会在缝补之余，用剪刀在彩色纸上剪些雪花的图案，把油光纸折成正方形，沿折线剪出六个角，再在六角形的花瓣上剪出花牙儿来，一张雪花图案眨眼就剪了出来。这样红的、绿的、蓝色的“雪花”放在一起，在母亲的手上，眨眼就变成了一个奇异的雪花的世界。

其实在现实中，那一朵一朵的小雪花，本身就是一幅极其精美的图案，它们既有共同之处，又各具风姿，有的像明亮的星星，有的像细细的衣针，有的像六边形的花瓣，有的又像张开的多边的小扇，真是千姿百态，美不胜收。在胸怀诗意浪漫爱美的人的心目中，雪花更是精美的化身。那年秋末初冬时候，有位女友来北方小城出差，尽管向我详细询问了适应北方气候所需的穿带衣物，以防骤变的温度差异，然而从飞机上下来的她，竟然依旧穿了很薄的一件毛衣。不顾她的劝阻，我到市中心的成衣店里火速买来一件丝绒棉袄。不久，雪下起来了，我们一起冒雪去登山，并特意在肩上扛了一把小红伞。直到她回归南方，还在信里赞美雪的妩媚无私是上苍对万物永久的牵挂，雪在南方姑娘的眼里更诗意更灵动了起来。

喜欢雪，喜欢冬天的季节以及雪花的好，雪可以澄净空气里的有害物质，在雪的天空下深深地呼吸，享受那份清新通透和爽快，是十分惬意的事。雪后的山野，到处铺满了皑皑白雪，树木在与冬天较量中站成水墨丹青，长长的冰凌在枝条上披挂，美丽的景色让我引以为豪。然而这些让我引以为豪的雪，似乎最近几年从我们的生活中远离了，不仅南方难以看到，而且北方的天空也一年比一年更加零落。往往季节已经进入干燥的深冬，北方却仍然没有雪的消息。无雪的冬天或许并不太冷，但是变异的天气让人无法忍耐，每隔几日就来一次蒙蒙的雾气，它们久久地遮蔽着日光，阴翳一般轻易不会驱散。据说那些雾气中含有的大量有害物质能够伤害人类的肺部，前些日子，我的母亲就是在这样一个大雾天出门而得了感冒，到现在上呼吸道感染还没有彻底治愈。

我不懂医学，只知道雾气对人体有害，也是极为讨厌它们的，大雾是气候变化带来的自然现象，我们人类奈何不了它们，可是我们对环境的伤害，能不能加以防范控制？那些来自天国里的客人，许多年前总是在我们毫无察觉的时候突然降临，而如今它们都去了哪里？它们的失约是与我们的怠慢有关吗？它们的失约是与我们肆意挥霍污染环境有关吗？我不用在字典里找寻，答案就写在北方灰暗的天上。无雪的冬天，让人失落的不仅是迟来的雪花，而且有与雪有关的快乐、人体健康，以及与雪有关的成长记忆。瑞雪飘飘，它滋养了万物，大地才变得分外妖娆，这是自然界的规律。以至于今天，在省城济南意外与雪花相遇，给我们带来麻烦更带来了惊喜。那些雪让我们的车子几乎无法行驶，几乎看不到回家的路，车在雪地里打滑，我们不得不一次次下车轻轻地推动，使它不致在启动的时候偏离驾驶的方向。尽管这样，看着夜幕下车灯照亮的翩跹的初降瑞雪，心头仍然无端地涌上阵阵感动。

喜欢一场雪，喜欢它们以芭蕾的身姿飞舞在夜晚的上空，飞舞在孩子们的眼睛里、老人们的记忆中，飞舞成一场人与自然的爱恋，而这场爱恋无关风花雪月，却与人间盛况有关，与农家的欢乐和田野里的收成有关。

哦，雪真的来了，雪来时，我却陷入了深深的怀念，怀念童年岁月里的那些雪，但愿它们以花朵的姿势再次盛开，降临在我们肥沃的土地上，降临在未来日子里的一个又一个冬天，催开丰收的果实，把自然景象点缀得更加美丽、更加壮观。

温暖的炉火

北方的冬天来得早，仿佛一夜之间，寒流袭来，冷露浸骨，路边人行道树上的叶子悉数落尽，只剩光秃秃的枝丫在凛冽的寒风中颤抖。漫长的上午，外面天色清明，室内却越来越冷，空气里包含着一种僵硬的冰质，那丝丝凉凉的空气，掠过鼻端，每呼吸一下都生出寒意，让人越来越感觉到，冬已深了。

在电脑前坐下，浏览网页，无意间看到画家刘峥的作品《围炉取暖》，心中莫名地一动。画中的这只火炉，没有烟筒，由一只筒状的铁皮做成，在这个寒意深深的日子里，它显得是那么朴拙，却又那么温馨。可以想象，外观普通的铁皮内，是传统手工捏成的红泥胎。这么简陋的火炉上，跳跃着一团燃烧的火，熊熊的，让人感受到一股温暖的力量。

看着这一炉火，让我想起了自己的童年，想起了儿时围炉取暖的时光，想起了我的父亲。那时候，父亲也只不过40岁，每个冬天的早上，他都是第一时间起床，爱惜地找取一些干燥的柴火，把屋子正中的煤炉点燃。炉中的火腾腾地燃烧，在房间里不停地跳跃、忽闪，使原本冰冷的屋子一下子变得暖了。

火苗跳跃着，发出呼呼的声响，诱惑着我们匆匆起床，走到火炉跟前，和父母一起围炉而坐，先烤一会儿火，等身上厚重的棉衣暖了，再由父母亲手做一些好吃的，这就是我们的早餐了。早晨的饭是简单的，有时是把冰冷的煎饼贴在烧热的炉膛上，烧热的炉膛，会像吸盘一样把煎饼吸在上面，不一会儿，冷硬的它们就会变软变黄，玉米的香味即刻弥漫。

经过贴烤的煎饼，一下变得干酥而脆，父亲把它们小心地卷起，中间夹几根切好的细长的青葱，或者煮好的切成块状的猪头肉，递到我们的手上。母亲也早已趁着炉火做好一锅稀饭，每人舀一大碗，炉边的小桌上摆着一碟渍好的咸菜，全家人的早饭，就这样围着炉子吃开了。一边吃，一边听茶壶里的水汩汩作声，腾腾蒸汽氤氲着，自壶中散发开来，扑向围坐在炉边的家人。

烧热的炉膛上，也不止贴煎饼，还可以贴红薯片，父亲贴，母亲负责把红薯一片片切下来，递给父亲。通红的炉膛会粘住含水的薯片，紧紧地将它们吸附在上面，等薯片熟透，爆出红薯的香甜的时候，圆圆的薯片，也会自动从炉膛上翘起来，可以轻松地从上面取下了，吹开烫人的热气，凉一凉，吃到嘴里又香又甜。

除了贴煎饼、红薯，还可以在炉膛落下的煤灰里烤苞米、烤豆子。烧罢的炉灰是热的，有星星点点的炭火，趁着炭火还热，扔一把苞米进去，时间不长，灼热的炭火便用余温将苞米烤熟了，煤屑里立刻传来“噗啪”的声音，随即堆积的煤屑也在响声中炸开。只见苞米卷着菊花一样的花瓣，从煤屑里跳出来。和姐妹们烤苞米花吃，是冬天里最开心的事。在衣食不丰的年代里，任何一种香甜入口的食物都可当作世上独一无二的美味。

天冷的时候，邻居们也来家中串门，天寒地冻的时节，拉家常，围炉叙话。老人们讲讲村里的见闻，年轻人谈天说地。老年人每一句都讲得深奥，年轻人每一句都不着边际。如果是大雪纷飞的天气，茫茫白雪封门的时候，总有脚印一串串从门外延伸进来，给门口的台阶上留下几朵雪疙瘩，下午阳光温暖的时候，化去的冰雪变得泥水淋漓。

院里光秃的枝头上麻雀飞起落下，叽喳吵闹的声音入耳不绝。晚来的雪后，初晴的早上，堆雪人，打雪仗，也随着天气的变暖开始了。伸出不大的小手，把雪团成一个晶莹的小团，互相追逐着放入各自的领口，放不进去的，就遥遥地扔到对方的身上，打在蓝色的棉帽檐上，雪团啪地碎了，人呵呵地笑了，笑声震起雪后觅食的小鸟儿——斑鸠和麻雀。人和鸟儿，像中了枪阵的敌对双方，叽叽喳喳。比鸟儿更快乐的是孩子们的欢笑。

阳光总是在这个时候出来，把雪化了，把泥和在雪水里面，路面开始翻浆。母亲新做的棉鞋湿透了，不知是雪水还是汗水，水珠盈盈，挂在额上发上，似落不落。太阳渐渐西斜，凉风起，天气就开始冷了，饿了，各自纷纷回家，大家又围着炉火而坐，烤湿漉漉的棉鞋棉帽。火苗暖暖地映照在面孔上，令人泛起困意。睡梦里的炉火仍然是红的，睡梦里的火苗仍然是暖的，呼扇呼扇，如梦似幻。

时光飞逝，这么冷的冬天，总会让人想起炉火，想起曾经围着炉火取暖的日子。只是岁月已经走远，有些回忆也变得十分遥远。许多年后，父亲在一个寒冷的秋天去世，生活里再也没有了父亲的庇护，从此再也没有了与家人一起围炉取暖的欢欣。

一个家庭，不论什么时候，父母都是这个家庭的核心，像一座屋子的山墙、一个轮子的支架，离了哪个，这个叫作“家庭”的支架都会倾斜。在我的心里，父母就是我们这个家庭的支柱，天再冷地再寒，有父母亲情的家，才有一切的温暖与快乐。

故乡的“外婆菜”

冬天过去，春天就离得近了。吃腻了异乡的饭菜，家乡的味道，也毫不留情地浮了上来，怎么躲都躲不开。这个由来已久的念头，牢牢占据着每天的食欲，味蕾越来越不听饭桌的指挥，每一道菜，都在心里产生一种抵触情绪。味道，是一个顽固的东西，一旦被它控制，就很难将它挣脱，就如我们出生后的第一口乳，咿呀学语后的第一口饭，这个人生最初的经历，影响着你对食物的选择，以及对美味的品判，就像我的思念，永远是母亲做的油饼，而他的思念，则永远是味道悠长的外婆菜一样。

“外婆菜”，乍听这个名字很温暖，有些亲切，有些乡情，有些遥远的有关外婆的忆念。外婆，多么亲切的称呼，亲切的画面上，“摇啊摇，摇到外婆桥”里有她，“小老鼠，上灯台，偷油吃，下不来”的歌谣里有她——那是外婆哄你入睡时的吟唱。情，是血浓于水的那种情；爱，是夏日里望着床前的月亮，听着歌谣的那种爱。外婆的爱，给过了母亲，给予了你。从小在外婆家长大，吃外婆做的饭，穿外婆缝的衣，自然把一切属于那个家的东西都当作外婆的，把一切美好的东西也都当作外婆的，外婆是一个称号，但更是一个亲情的标签。

于是，便有了外婆菜。湘西，那么远的地方，是他的梦里韵水悠悠、小船横直的故里。他说，去我们湘西，你不能不品尝一下外婆菜。外婆啊外婆，在一切与外婆有关的事物上，都有割不断的维系。于是，便跟着去了。坐长途汽车，背一个行囊，沿路观望风景。异乡的风情风貌，穿着打扮，新春气象，刹那间掠过眼眸。从我的北方，长途跋涉到他的南方。我看到，他的眼角湿了起来。想起他为家乡写的诗，诗里提到的外婆，以及文字里反复出现的外婆菜！

其实，他早已离开了湘西，他的父母也先后调到了京城工作。那穿外婆手工缝制的花兜兜的童年已经长大，外婆也已经老了，额满皱纹，两鬓白发，佝偻的腰，都几乎伸不直了。只是，外婆的眼睛还十分明亮，一听说谁家收到家书，外婆就会扶门遥望。门前的小路，路旁的大树，都写满了外婆的目光。在他的字典里，无数次出现一个“老”字，人老，心老，是指年轻的他。可真正老去的，是外婆啊。他用这个“老”字，替代了另一个让人悲伤的字眼儿。

回忆，也是暖的。从小，他就生活在外婆家，外婆常把他搂在怀里，是外婆无人不夸的“男娃”。母亲大学毕业，就跟了父亲，留在离家乡很远的城市。城市的繁华，是外婆所惊奇的，城市的喧嚣，也是外婆不习惯的。一岁的他，被母亲辗转送回家乡，由外婆养到 7 岁，后来，在一片哭声里告别，踏上熟悉的乡村小路，去省城读书上学。可是，他仍然想念外婆，想念外婆菜。不管走到哪里，饭前饭后的时节，那股浓烈的味道会猛然袭来，让他繁忙的心不及躲过。异乡的菜如珍馐，家乡的菜也香味依旧。那一刻，他总会言语哽咽。

终于到达乡里，到处是山，望不到头。足下的路，离外婆家还有多远呢？旅途疲乏，饥渴又至。我们在一家饭店落座。是一家小餐馆，一个三进的天井，有着干净的店面。店主把我们让进小间，吩咐点菜、上茶，笑语里充满了亲切，都是听不懂的话。然后去下菜单。厨房里，香味开始溢了出来，青椒的味道，萦萦绕绕，氤氲鼻端。第一个菜是嫩绿的蒜苗，不是外婆菜。第二个是腊肉炒青椒，到第三个跑进去看，材料丰富的案板上，放着干净的瓷盘，上面已经摆好满满的菜秧。

是外婆菜吗？他挤进来，先我一步问道。当知道我们专门为这道菜而来时，师傅一边炒，一边介绍：外婆菜在湘西也叫腌菜，是湖南湘西地区的一道家常菜，原料多选用野菜、湘西土菜，以湘西传统的民间制作方法，晒干放入坛内腌制而成。在后期成菜加工时，放上肉泥、辣椒、植物油、食盐等，是难得一见的家常湘菜。外婆菜，喜与粗粮搭配，菜香加上饭香，是一道不错的佳肴。难怪人们常说，现代都市的繁杂，更让人向往自然环境，向往简约淳朴的美食，一杯老酒，几碟小菜，越是简单越好。简单朴素的土菜，就更像是一种生活态度，不张扬，不奢华，无论品尝者身居怎样的位置，它都散发出朴素的味道。幽静唯美，不在于官高，浪漫悠闲，也不是清贫的表现，而是一种格调、一种清雅、一种生活的追求。

品着家乡的菜，他余味甜美地笑了，其实，这还不是外婆菜，外婆的菜，不仅仅指的是这个，外婆的菜还有好多好多。比如外婆的楼前，那青绿的菜园；外婆的田地里，那金黄的稻米；外婆的锅灶上，永远飘着的那种腌制的味道，外婆菜，还有一个家庭惯常的品味。而现在，外婆的旧楼前，已没有了油菜花黄的景象，楼内陈旧的客厅里，已没孩童喧闹。外婆的家里只有一个年迈的舅舅，守着外婆，以及那个空寂的充满回忆的家。

哦，我知道了，他心中的那道外婆菜，或许永远都不可能吃到。故乡的外婆菜，那不过是一个概念，品的是滋味，念的是乡情，无论多少时光，穿风越雨多少年，那些对外婆的记忆，才是悠远的怀念，是说不尽的乡愁。

4

第四辑

盛开在掌心的花朵

敬畏流年

每当我们打开邮箱，在邮箱的眉际处，都会看到一些励志的简语，那些经过反复点击、刷新、跳跃出来的文字，一看就是有心的设计，就好像时光老人，附在我们耳边的轻轻低语。

有时候，首页上的简语换了，但新的一轮更有意思：“雪花吹响了冬的号角。”这样充满诗意的字眼，立刻让坐在温室里的我振奋不已，仿佛眼前真的有一场雪，急急的，纷纷扬扬的，犹如一支时光的长缨，鞭策着你，而且，我听见了冬天的脚步声，那是时光老人的督促。

雪是北方的产物，如果没有雪花的点缀，也就失去了冬天的那份韵味。雪从天上飘下来，把前后左右的地面覆盖，这时你再看，天地间一片茫茫雪白。那灰黄的雾霾是经不起雪的过滤的，雪一下来，把农田覆盖，把城市里的房屋覆盖，所以雪后的空气格外清澈。雪是以这样的姿态展示着它的精灵之美。

雪后的那天，和朋友在小茶馆喝茶，谈谈文学，听听音乐，是很惬意的事。我们喝红茶、绿茶，没有定式，也没有特别的习惯。尤其是点茶，看上去就很笨拙。我们的方式，招来邻座的笑意。这善意的笑，并不使我们尴尬，相反，让我们感觉到了一份温馨。

于我们来说，这样一个幽雅的环境，听一曲高山流水，品一品茶，静一静心，才是最为重要的，并不在乎茶艺的高雅、茶叶的优劣。

一起喝茶的时候，曾遇见过一个朋友，我发现他有一个习惯，每喝完一盅，都会做出仰天叹息的样子，叹息的是一天天老去的年华。与其说是喝茶，不如说是去发感慨。年华多么美好啊，想起年华，让他十分痛恨时光的流逝，直到茶水凉了。

记得有一次去杭州，也有一个朋友和我们一起喝茶，他很懂得茶经，我被他对茶的理解和悟性所折服。更欣赏他那淡然的心境，在品茶的那一刻，仿佛超然物外，眼前除了渺然的乐音，氤氲的茶香，一切都化为空灵，目光里的安静与神志里的空明达成那么高度的一致，仿佛能看透一切。

他早年家境不好，苦苦求学，后来考上南方一所学校，学的专业是农科，有关花的培育与种植，毕业后，他留在了南方，在那里和当地的人们一起，种茶、育茶。作为事业，他是一个成功者。可在经济上，他是一个落伍者，靠工资生活，不富裕，也不贫穷。后来，自己开了一个茶艺园。他的家里，就有一个茶室。有朋自远方来，皆以茶水招待。茶，给他提供了一个安静的环境，也教他悟出了人生的道理，那就是：不管人生有多坎坷、曲折，坦然面对似水流年。

曾经也痛惜过流年，可转而一想，是我错了。对于人类来说，流年是无情的，却也是最公平的，它无意带走什么又带来什么。流年的实质是具体的，但又是虚拟的，你看不见、抓不着，就看你怎么去把握，这才是考验生命过程的时刻。

对于每一个人来说，流年不过是一份空白的答卷，你若不去填充，那它就会空白下去。生命在流年里空白下去，是件可怕的事情。但流年就这么铁面无情。你若看重了流年，不使生命一天天轻薄，那就努力把自己的时光填满，使它丰富、华丽、美观。

我有一个女友，早年就很羡慕读书，有一次却和我说，我现在不看书不学习，等我的新家布置好了，书桌板凳配上，我再读书。那时我们学习的地方很简陋。至现在，或许书房电脑都已经配好，却仍没看她有什么成绩。后来有一次遇见，除了额角多了些皱纹，面目增添了些沧桑之外，也没有什么变化。

从此，我开始感激流年，它对我是多么眷顾啊，让我早早地知道了人生的空白需要填写，我终于补上了这份唯恐不能完整的答卷。我用勤奋迎接着流年，用健康、用亲情、用笔下的文字把人生填满，不至于让自己在多年后空虚。

当有人把一生的财富联系在一起时，又让人觉得流年与财富无关。有些人由于透支生命，尽管身家上百亿上千亿的人，却在匆促与繁忙中戛然而止。生命的失去，照样错失流年，于是人们更羡慕那些把世事看得开的人。生命何其宝贵，怎么可以任其挥霍?过早地透支，也是对生命的不负责。不图生活的奢靡，不恋富贵，一切随缘，顺其自然，人生或许更圆满。

当陌生向你微笑

我是一个惧怕陌生的人，从小受的教育，就是一个人不要去陌生的环境。2011 年夏，我去北戴河参加一个笔会，这是我第一次出远门，早在之前也坐过一次列车，但远没有这次出门令人紧张。我带着两个旅行包，拉一会儿再推一会儿，随着人流好不容易进入站台，却被告知自己不在这段车厢上车，我只好小跑着找到自己要上的车位。

匆匆进入车厢，过度的紧张使我气喘吁吁，就在这时车开动了，移动的风景缓解了紧张的情绪。靠车窗而坐，对面时而是一位彪形大汉，时而是一位文弱书生，时而是一位年迈老人。小孩子是坐不住的，他们在车箱里跑来串去，仿佛这并不是置身车上，而是在学校或幼儿园的游戏室里，表现出初生牛犊的天真无惧。

我的目光跟在这些孩子后面，注视着他们每一个自娱自乐的游戏，自然的笑容渐渐地流露在眼角。有人朝我看过来，笑笑，再笑笑，尽管是那样陌生。在这之前，我并不知道，陌生有时也会向你发出一个微笑，就像我给陌生一个微笑一样。偶尔把头转向窗外，闭锁的车窗外，有绿色的庄稼大片逝过。一些庄稼矮矮的，开着白色的花，到底是什么花呢？又是什么样的庄稼？

在列车上，我遇见了一个女孩，上衣着短衫，下装是牛仔裤，厚厚的打扮，有点与盛夏的季节不太相合。可过不了多久，我就发现车厢里的冷气越来越重，原来车上一直开着空调。她这一身打扮，才是正适应车内的温度，我穿得少，便有些冷了，一个小时过后，忙着加衣。我们开始聊天，问她从何而来，说是从遥远的南方而来，到北方看海。

我以为，因为她太爱大海，所以才去那么远追寻。奇怪的是女孩的家就在南方一个沿海的城市，如果她真的喜欢大海的话，大可以去离她不远的东海等地，无须只身一人千里迢迢到北方看海。这是一个喜欢说话的女孩，眼睛里流淌着智慧与诗意，并不拘束我是一个异地相逢的陌生人，对于我们的交谈，权当长途列车上的消磨时间。

任她消磨，我也会把我们的聊天当作一次有心的采访。经过十个小时的旅程，列车终于到站，我与这个女孩分手，随接站的朋友乘车而去。在宾馆住下，洗漱完毕，谁知又在出门时遇上了她。她也住在这个宾馆。活泼的她，从楼梯飘然而下，已由短衫和牛仔裤，换成白衬衫配天蓝色长裙，在强烈海风的吹掠下，轻盈地像个天使。

夜色来临的时候，我们向沙滩走去。她神秘地问，你知道我为什么来北戴河吗？不是为了看海吗？我猜了下又说，或是为了什么纪念吧？她甜甜地笑说，什么原因也没有，就是想独自出趟远门享受一下孤独的感觉。那种感觉可真好啊，自由、无束、放纵。她从小就在城市里长大，她听够了城市里的噪声，一直以来都渴望旅游，寻找一份属于自己的天地，听一听自然的声音，只要不是人流如海、人声如潮，哪怕孤独也会舒意。

孤独也是一种享受吗？我竟一时惘然。或许她是迫于生活的压力，生于20世纪80年代之后的人，压力太大，总有一种青春飘零的感觉。但再怎样，也不至于专门寻找一份孤独。我从小最怕

孤独。我怕孤独，是由于从小受环境的影响，孤独对我来说是一种恐惧与无助。而我总是那么孤独，孤独像影子一样缠着我，如影随形。我不仅不喜欢孤独，而且也不喜欢大海。幼年时的一次没顶之灾，差点儿夺走我的生命，这个教训使我终生难忘，蔚蓝的海水无论多么清澈有趣，都永远摆脱不掉那种窒息的感觉。

大海边，风轻轻荡漾，海潮逐起白浪，海鸥展翅飞翔。沙滩上，伞花缤纷，彩装夺目，游人笑声起伏。女孩长发扬起，追逐着翻卷的浪花。此刻，她早已抛了鞋子，光着脚在海边嬉戏。不过两天，这个原本要享受孤独的女孩，已和常来海边的几个人相熟悉，在早上散步时相互打着招呼，并且还有一个外籍妇人。在我眼里，她一点儿都没落入孤寂。

我并不常去海边，会议结束，我就躲在房间里看电视，枕着浪涛浅寐。海边是这样安谧，没有一点儿机器的喧嚣，没有建筑工地切割金属的声音。我甚至听见海的浪涛轻轻拍打，像是一种生物的呼吸浮摇在耳，吟出“睡眠”二字。海的声音如此曼妙，无不得益于海风的播送、夜晚的吸纳，其实海离我们很远。

整个晚上，我睡得很好。在家乡，在我临行之前，我家楼前便有人在搞建设，高楼已经盖起一半，彻底地摧毁了我的睡眠。睡至夜半，除了切割磨砂之声，经常听到刺耳的高空抛物的声音，重重地砸在我的头顶。而今天，我仿佛真的得到了一种享受，一觉睡到天明。走廊里有人在轻轻咳嗽，也是压抑着的，并不打算让人听见。周围除了海风的声音，就是一片幽静，就连晨曦都像是悄然地给窗纱打上一抹鱼肚白，仿佛告诉人们：嘿，醒来吧，黑夜消失了！

原来，我也一直在渴望这种独处的幽静，只是我没有感觉到寂寞，幽静比寂寞更美，它让你的思绪在空旷的视野下飘移，任想象在心田上踱步，我不曾着笔，脑海里早已跳跃出几行优美的文字，去赞美海风、蓝天、黎明，以及海边上人为的安静。是的，我并不觉得一切都归于自然，如果没有这份“人为”，这么好的海景之下，是否有挖掘机的轰鸣呢？是否有种种高楼崛起，市声从此开始鼎沸？

我当然知道，我们所追求的幽静，不过是久居陋市的一种心态，也更知道，寂静的心永远寂静，喧噪的心永远喧噪。可我们仍然在不断地寻找，甚至远途奔波，不辞辛劳。我们所逃离的不仅有身边的环境，而且有我们日渐夷弱的内心。当陌生怀着善意向你微笑，没有邪恶，没有企图，我想到的是一种生命的本色、一种人性的原朴。这才是我的精神世界，这才是我的人间美好，我的江河风光和我们每个人的完美纯净。

心轻草亦香

有人说，超凡才能脱尘，很多人都这样认为，且自以为与众不同，开始渐自清高起来。其实，不是每一个人都有超凡之心的，但几乎每个人都能享受脱尘之境，这便是一个人的“静”。能够安于“静”，是福气，也是一种高雅的生活方式。静的本身，就是一种修养，是一种深入心灵的养护。有人能身处闹市，却做到外面的繁杂闭耳不听，这，就缘于静。

身在闹市，却如远离之心，将一切市声置之身外，自然不能前来侵袭，不是经过几天几夜就能修来的功夫，而是本身就具有恬然的心境、超然的定力。拥有一定的修养，才得一份恬静。所以古人会说性由心生。佛教文化源远流长，它渗透在中国人的生活中，影响了我们的生活观念和习惯。不是每个人都拥有这样的心境，因此也不是每个人不受外力干扰，都能够做到自我调节情绪、净化心灵等多方面需求。

我有一个朋友，性格外向，活泼开朗，但也偶尔喜欢静。活泼时，绘画写字，赋诗作文，无所不好。安静时，几乎听不到他的动静。也正因为他的静，静得非常有个性，每当有什么活动时，我们都喜欢叫上他。他能发现许多我们发现不了的东西，展示出一定的观察力。这些观察力，包括了他对自然景色的热情。

一个安于生活、喜欢观察、乐于欣赏的人，必有一颗善良的爱美之心。每当出门游玩的时候，总会拍一些照片上传到空间里。虽然花朵那么微小，但在近距离的拍摄下，那花瓣却大如掌心，占满了我们的视觉。相片上传之后，我的朋友们看到了，纷纷跟随留言，赞叹那些粉红的、大红的，象征着永恒的春光、美好的日月，这些美丽的画面，仿佛将时光定格了似的。

那些琐碎而细小的，几乎没人发现过的自由的生命，在相片中充满了蓬勃的生机，无不点缀着碧绿流翠的画面。经历了一个苍白的冬天，这些走向季节深处的事物，它们的千姿百态多么令人感动。比如一丛恣意生长的小草、一只憨态可掬的昆虫、一片毫无奇趣的山野，都会成为我们眸光中流动的风景。

有一天去山里，在上山的路上，我发现只要看到几朵不起眼儿的小花，他就随手用手机拍下，发送到微信。在他的身上，我看到了生活的两面，一面是严谨，另一面是对生活的朝气蓬勃。试想，春天不是对哪个人而来的，花儿的开放也不是只对哪个人开，人们面对的只是那些大大小小的花树，却忽略了比那些花树更有意味的草木春秋。

那天，他继续往山上走，发现一对蜗牛攀缘在两根旧年的草梗上，缓慢地凑到一起，用触角相互抚摸，继而深深地紧紧地缠绕在一起。这个情景也令他称奇，这幅画面让他捕捉到了，同样拍照发到微信，引来大家无数的感叹。或许这就是动物间的爱，在我们看不懂的世界里，一些动物也和我们人类一样，去细细地感受着，毫无防备地“爱”着。

这一幅幅画面，竟然让人觉得那么有趣。动物之间平和相处的方式，竟是那么令人羡慕。这让我觉得，我深深喜欢着他的单纯，渴慕着他的天真。

那天上山的路上，还有几位好朋友，他们也端着手机，可除他

之外，再也没人发现过什么，一朵花或一根草，在眼里都变得那么普通，更不必说两只可爱的蜗牛，还有蜗牛亲吻在一起的照片了。这样的情景，我竟都不能发现。这是一颗什么样的悠闲之心呢？

之后他说，如果不是走得匆忙，他还可以感受到更加微小的事物，感受到更加细小的情节，比如闻到草香。说完，他把手顺风扬起，在鼻端轻轻一挥说，你看，我现在就已闻到了草香！草香，草本身就有着特别的气味。那些浅浅铺展的青草，不光是季节的点缀，不光覆盖土地、保护植被，它还有净化空气的作用，与田野中城市里那些硕大而粗壮的树木相比，草的气息更加浓厚、更加清新怡人。

由此印证了一句话：好的风景就藏于你的脚下、内心，只要你能及时发现且由衷地爱它、欣赏它。然而，那些花香一般很轻，需要驻足、凝神，才能察觉到周围空气的异处。

很多人觉得自己很累，经济上的利益追逐让他们疲累不堪。有人因经济不好而叹息，有人因事业受阻而垂头丧气；有人终于拥有不菲身家，操劳半生之后，身染重疴，不得不放弃所有欲望，接受人生当中漫长的也是短暂的治疗，甚至生命逝去。那些生命中只有经济利益的人，是看不到这些花草颜色的，亦闻不到这些草木之香。思想自有一道重负，怎会轻易放下看淡一切的包袱？

那些忽略世间美好的人，浪费的是时光，掠夺的是自己的生命。

每个人都有不同的感受，性格也决定了心理的差异，关键是不同个体的独特的体验与实证。人的心境不同，就不可能用相同的方式取决相同的问题。就比如我们饮茶。茶在杯中，每个人的品味不同，决定了茶香浓淡的程度。各人饮各水，却有不同的感受。

换言之，内心丰富，精神自然就会丰富，拥有丰富的精神世界，才能享受生命的愉悦。让我们静下心来，慢慢欣赏人世间的一朵花、一株草。心轻草亦香，就验证了这个浅显的道理。

草叶的生命

在我关注的所有生命中，除了和我同样的人类，还有我们脚下毫不起眼的小草。草绿无声，春来秋往，每当行走在熟悉的山乡小径上，面对连绵的土地、山峦，目光与山石沟壑交汇在一起的瞬间，那些轻轻荡漾着的生命，就会齐齐地映入我的眼眸，它们似水波般包裹着我，自那刷刷涌来的地方，向天而歌般地铺成绿色的海洋。

草是一种这样的植物，该沉静的，从不喧闹，该豪放的，永远是那样挺直了腰杆。草棵如是，花叶也如是。无论是高昂着头，还是谦卑地垂着花束，都那么充满朝气，顺其自然。当春天，它们刚从地下钻出地面，剥离厚重封冻的泥土，脱离冬装，让大地浅了深了绿了的时候，我常怀了惊喜望向它们，追逐它们梦幻般的波浪。那一层层渐密渐深的浪涛，时或挟了轻轻扬起的风儿，轻轻地拂动，拂动得不留一丝痕迹，时或像调皮而放纵的顽童，将草叶摇动惊天，或许那就是它生命的律动，是献给所有生命的歌谣。

当夏天，大地一片蓬勃盎然，草儿们便躲藏于花叶的下面，把源源不断的养分供给花儿，把精力朝向最为美丽的一面。草儿从来不计较与花儿争芳，它们不开花时，是草，开了花，也叫作草。草有时无名，沉默无声，若偶然让人知晓了名字，这才大感遗憾，惊叹原来这就是那般珍贵的草药呀！是的是的，更多的草是可以入药的，它是经过神农品尝，并且进入洋洋 190 万字的《本草纲目》，1892 种草本，医方收集 11096 个。入药的草是凡间的宠物，医治最多的是普通百姓。

秋天，草的生命近于枯竭，面临死亡的草仍是毫无惧色，它像往常一样坚挺不折，任秋风劲扫和霜雪的击打。草叶的生命力，让人生出一种战胜命运的力量和勇气，让人生出对美好生活的向往。草木无心，却同样有着高贵的荷香，开着高洁的兰花。有点滴的经历，有精彩的世界。草叶的生命何其短暂，一春一秋就是它的生命旅程。然而它那微小的花束，却从不曾空留叹息，而是粒粒饱满地留下结实的种子，经过了风，经过了雨，经过了无数欣赏它的眼睛，无数自它身边倏忽而过的小动物的携带，把另一种花开的日子寄向更远的地方，再次进行繁衍新生。

风吹打过它，雨浇灌过它，贫瘠的山岩，也干涸过它，但它从未放弃过让生命再生的勇气，总是“野火烧不尽，春风吹又生”地展现在泥土中、山岩上、石缝里。更为奇特的景观，是在一个秋天的山里，下山的路上遇到一处被人废弃的老屋，草苫的房顶，灰瓦沿脊的狭缝里，竟然长出几蓬摇曳的荒草。主人已经搬走，不知道他们是否住进了城里，却把所有的往事和老屋一起留在了这里。车过那座老屋时，院中早已找不到人迹，可不知怎的，我却从屋瓦缝中的草儿们身上，看到老屋主人的影子。是年老了吧，这老屋。可是在当年，这是他们唯一的遮雨挡风之地。

屋后种地，屋前种树，树荫的底下长满了青青荒草……在山里与草相伴，温饱是不成问题的，他们喂鸡养鸭，他们上山放羊。草籽、坚果是鸡们的美食，无尽的草儿是羊们的饲料。后来，他们有了孩子，孩子们长大了，进城了，他们也老了，于是抛弃了老屋和一院的树木、一地的黄草，抛弃了老屋后面的荒山，也抛弃了与之有关的记忆，跟孩子们同去。可是，谁说那片如画之山不是一片宝山呢？那片山如今成了国内外旅游胜地，成了无处不能入画的写生之地。屋瓦之上，秋风吹拂着草儿们孤独的叶梢，风中的它们摇啊摇，像在召唤着什么，令人感伤。草，仿佛是在召唤这里的旧主。

记得那个秋色无尽的早晨，霞光绚烂，我去另一个山沟里采风，我打开背在身上的画板，只顾描摹山岩上的皴披，无意中被一根横着的树枝绊倒了，脚下一滑，人就向那面山坡滚去，尽管我竭力保持身体仰躺的姿势，努力不使自己更加翻滚，但我还是顺着光滑的山石摔向沟底，最后轻轻地落在柔软的泥地上，原来是一丛厚厚的荒草托住了我。那一次我迷路了，我陷在那片草丛中久久不肯离去。我亲昵地拥着身边那些软绵绵的草儿，感觉自己也化成了其中的一棵，从遥远的什么地方迁徙而来。

或许草是没有什么灵魂的，不过是我将它们生命化了、灵魂化了。和草那么近的一起呼吸，我才能够发现草的生命有多么坚韧。不是吗？当冬天来临的时候，漫天下起无边的大雪，草叶被雪压在厚厚的雪被之下，然后慢慢腐朽，化成泥土，将它的灵魂赴远，但等春风吹而复生。其实，草真的是人类离不开的植物，无论是在山区，还是平原，或是土地更为广袤的地方，是草丰沃了泥土、净化了蓝天、护住了河流、养育了人类，只是不让我们知其所踪。化为春泥的草，才是我由衷敬佩的草、感恩的草。

印象里，草最洁净，再高贵的人，也愿与草为伍。《红楼梦》第八回写宝玉项上的玉，是“落草时衔下来的”。落草，源称婴儿的出生。满族女人临产时，将炕席卷起，压块石头和草在上面，将孩子生在里面。草不高贵，但当人们觉得自己尚且高贵的时候，也都不忘自己曾经落草为生，芸芸众生，一一相同。和我一样，想念着那一棵棵草，在它们身上寻找自己的影子，加以衡照而后自豪。当某些人正在追求人生大富大贵的时候，草却贫且无处发迹，最大的所得，是灌之以清泉一泓，只要一捧清粼的泉水就够，再也没有过多的奢望，没有过多的渴求，不用悲观，也无须失望。它们虽然喜欢临水而居，但也从不因为生长在瘠土光岩上而生出怨忿。

草无言、无私，草不张扬。草不像树，绿叶如盖、摇曳多姿。草属于平凡一族，它只给我们许多的启示。美国诗人惠特曼有意选择了“草叶”这一既简单又复杂的意象，作为他诗集的总名。草叶是生命力的象征，不论高山平地，不论地方宽窄，它都能扎根、生长。草叶又是发展的象征，它自发性地生长、繁殖，不需要人们的照料、栽培。草叶又是理想的、自由的象征，两者的意象是合二为一的。正由于此，我又爱上了读鲍尔基。原野的文字，他的那本《草木精神》被我当作枕边书，读到如痴如醉，临睡前若不翻看一番，就觉得心里无处着落。他笔下的草木岂止是草，还有人类，有动物、有树叶、有玉米、有泥土、有高山、有大地、有憧憬、有向往、有可爱、有天真。植物和人类、草木和灵魂，在他眼里都是理想的化身，没有高贵，也没有卑贱，有的只是出身。草就是草，草不超凡，但它的心田、它的精神，都是朝向泥土，却又令人仰视的，所以，才有了《草木精神》。

不知有多久没接近草了，昨天我们又结伴去了山里。我想在它还没枯黄的时候掐几节下来，用它挽成一个小小的花篮，让它满满地装了我的花儿去。深秋的时节，是没有多少花可采的，我便用相机拍摄，那浅笑的野菊花、浅紫的桔梗花，还有狗尾巴草。一边是夕阳的光辉，一边是草儿们的沉默。在乍寒还暖的秋日里，捕捉它们日升月起的岁月。沉默的草儿在我眼里，更像在思索。思索让事物变得如此美好，就像从一个角度探访另一个角度，从一个生命看待另一种生命一样。我探访的是草，草一枯一荣，就是一生。草不懂“路漫漫其修远矣”，它只管面向黄沙，它只管竞显生命！

盛开在掌心的花朵

我看到他坐在我面前的时候，本想叫一声大伯的，可当我询问了他的年龄时，被他的回答惊了一下。他说自己才58岁，但58岁的他，已是一脸皱纹，满头雪霜。他是我们遇到的第一个林场工人，他那粗壮的手背上青筋涨满，恰似无声的语言，诉说着长年累月植树、养树、护树的艰辛。而热切、沉稳的目光，则洋溢着林业工人特有的自豪与执着。

在后来的各地林场，我经常会看到这样一些人，他们从不主动和人讲话，坐在离我们略远的角落，显得有些拘束、沉默。就像所有的语言都让林涛给占去了，只剩山样的沉静、山样的性格。然而，一旦步入森林，他们就又目光炯炯，谈笑有声，仿佛变成了快活的百灵，有山歌的吟唱，有愉悦的吆喝，山涧溪畔，到处活跃着他们矫捷的身影。

他们给我们讲解有关种树的经过，教我们认识各种各样的树种，再小的或再大的树木，都能说出那棵树的名字，只要是在他们的林场，他们就成了一个计算器、一本教科书，林场里有多少种树，占地有多少亩，每棵树种植的年份、时间，都清楚于心，了如指掌。我从来不知道，原来这里的每棵树，背后还有这么多的曲折故事，有特殊时代的特殊背景，不平凡的经历和身份证明。

巡山护林，对他们来说驾轻就熟，条条山路，攀爬登高，曲曲折折，伴着林海涛声，沐着清风明月，方圆数十里的山头，每日不怠，如履军令，敏锐的目光，不放过一点儿蛛丝马迹，哪怕是只小小的飞蛾，也要看它是否害虫，威胁到树木。他们守护那片林子，犹如守护自己的家园，守护自己的阵地。他们虽然没有隐居文人那种饮月听风、枕石漱泉的风雅，但他们一年四季与森林为伴、与山雨为伍、与风涛共眠。

山林里的日子是孤独的，孤独到只有自己的影子，吆喝是自己的，哼唱也是自己的，巡山时的脚步声也是自己的，唯有秋雨风声的落木萧萧，不是自己的。

只要进山，他们都要带着干粮，几棵葱、一包咸菜、几个馒头、一壶水，就是护林员的两餐，因为午饭、晚餐只能在山上解决；一张嘴、一面三角红旗、一只小小的喇叭，就是护林员的装备。山里没有电时，他们用蜡烛照明，山里没有水时，他们取岩缝里的细泉饮用。遇到阴天下雨，就找个山洞躲躲。经常是星光作烛，雨水烧饭。他们在山上一住就是十年、八年，有的甚至几十年。几代人，代代相传。

由于山路遥远，任务特殊，他们几乎足不出山，山外的繁华，对他们来说十分陌生。倒是有些常客——松鼠、野兔，以及各种小动物，在身边活动，悄然注视着他们的一举一动。有的还跳上他们清冷的灶台，像一只林中的“哨兵”，窃窃窥探屋内主人的动静。若是被发现了，便会旋即从高处跳下，一溜烟地窜出门去，眨眼就看不见它们的踪影。

看到这儿，他们就会心地笑了。护林看树，本就是维护生态，图个和谐，几只野生动物算得了什么？他们把这些小动物当作自己的邻居。邻居来了，自当欢迎。有的小动物来得多了，就在他们的领地驻扎，就像《聊斋》里面通些人性的狐子，陪着他们度过林中的漫长时光，迎来无数个日升日落。

就这样，每天朝着一个方向，每天巡视一片山林，每天要步行几十华里的路程。一路环绕下来，白天也就变成了晚上。经冬历夏，披雪沐雨。

他们，有的我能叫得出名字，有的却不能叫出，因为“他们”实在是太多太多，在我国的南方、北方，无论走到哪个林场，都有他们守护的身影。一座山林，要有两三个“他们”，才能调动整个森林的防护工作，连绵百里的林场山头，要由他们时刻不停地巡查，才能完成相当艰巨的任务。

据说，省里的电视台来采访过他们，市里的电视台也来采访过他们。他们有一个共同的特点，那就是，即使你从他们的身边走过，也未必一眼就能发现他们在附近端坐，可他们却能用鹰般的眼睛捕捉到你，防止一切隐患带入山林。

他们守山护林，他们同时也播种育苗、植树造林，为林场增添更多的青绿新幽。他们中有年逾七旬的老人，有年富力强的中年人，也有朝气蓬勃的青年人。许多的年轻人，就是这样在漫长的护林工作中变成了中年人、老年人，岁月留给他们的是两脚泥巴、一身尘土、满面风霜。唯有森林公园里枝繁叶茂、葳蕤葱茏，野花烂漫、果实飘香、百鸟啼鸣，才是大自然给予他们的丰厚馈赠。

是的，他们有一个共同的名字：林场人，或者他们有个共同的身份：护林员。

有这么一段佳话，至今在林场职工中传颂着。20世纪60年代初期，两个年轻的知青，他和她，同时分配到不同的林场进行劳动锻炼。人生中意外相遇，使两人彼此产生了诚挚的感情。当知青返城的大潮来临，他们选择了留在林场，结婚过起了林业工人寻常的日子。他们的家具相当简陋，衣食匮乏，可他们的精神生活却异常富有。不久他们有了自己的孩子，孩子随父母住在山上，十几岁了，不知道山外是什么模样，直到有一天走出山去，这才发现天地是这般广阔、人群是这般热闹、积木玩具是这般灵巧。好奇的孩子，从此每月要求下山一次，就是为看看城里的车来人往，看看楼房、商店、集市，那些精美的图书和玩具……

现在，这对夫妻已经年逾六旬，他们的孩子也如山中的小鸟，展开翅膀飞出山外，可他们依然坚守在那片属于自己管辖的山中，守护那片绿色如同守护自己的孩子。他们种植了一辈子树，有的树长大成材，绿冠擎天，可他们一辈子都没走出山里，不知道现代化交通的快捷，没用过高级家用电器，没喝过几元钱一瓶的纯净水，没赴过一次亲友豪华的晚宴。

还有一对佳偶，在嵩山林场，他们也是树木的种植者、山林的守护者。他们驻守在不同的山上，平日里只能“隔山相望”，倾听彼此的歌声，直到被一片片树林淹没。除此以外，每个月见不上几面。林场的职工都和他们开玩笑，说他们过着“牛郎织女”的婚姻生活，然而他们却微笑着对人们说，这里远离县城，人烟稀少，工作条件固然很艰苦，但漫山遍野的林子总得有人来看护。不管多苦多累，他们都能支撑下去，无怨无悔。

他们拥有三个“家”，一个在此山，一个在彼山，还有一个，是孩子跟着爷爷奶奶住着的家，那才是在享受天伦的山下的家。孩子在慢慢长大，山里的生活艰苦倒不怕，怕的是孩子没有学校就近读书。他们唯一的愿望就是让孩子和其他孩子一样，在优越的环境里学到更多的知识，为孩子将来有个好的出路。

每到一个林场，我们都会看到，山上的树木茂密森森，绿盖擎天，这些树便是当年的林场职工亲手种植的，绿化是他们的追求，种树是他们的工作，每人每天，种多少株树，是他们必须完成的任务。山上土地瘠薄，水源缺乏，每种下一棵树，就要从山下运水来到山上，一瓢一舀地浇灌到树下。百年树木，十年树人，年复一年，树终于长大了，坚守岗位的护林员也老了。

对他们来说，有三个时节是最令人欢欣的，一个是在春天，阳光温淡，万物生发，植物在这个时候播种，大多能萌芽成活。另一个时节是秋季，秋季植树，落叶后，树液基本停止流动，水分蒸发减少，树木易成活，这个时候种树，不会损伤一枝一叶。再一个时节是雨季，梅雨连绵，这个时候种树更容易生发繁殖。然而也就是这个时节，是最让人受累的时候，需要加大种树量不说，为了保证把树种活，还要忍着脚下一步一滑，在光秃秃的山上抢植抢种。我们所看到的那些林场，那些茂密的森林，几乎都是这样用人工镐刨锹挖，一株株种植出来的。

他们的手，几乎看不出哪双是老林场职工的手，哪双又是年轻林场职工的手，满手心的老茧，都变成了黄褐色的。是被荆棘扎烂了，是被铁锹磨破了，各种迹痕烙印在掌心，仿佛给我们讲述曾经的艰辛。对林场工人来说，这些老茧代表了一个过程，对我们来说，这些老茧代表的是一种坚韧、一种挚诚。老茧如花，每一个手掌之上都盛开着几朵。

不再恐惧

曾经走过一次夜路，一个人。路的两侧是长满玉米的土地，我在玉米叶子的沙沙声中飞也似的行走。夜伸手不见五指，一颗心紧张得激烈跳动，两条腿就像绑住了一样难以迈动，越是想快些跑回家去，两腿越是迈动不得。当9岁的我哭着跑进家门，一头扎进母亲怀中的时候，半晌才止住惊怵的颤抖。那段特殊的经历从此便疤痕一样在我心头凝结下来，使我本就不大的胆子更加胆小如鼠。如果那晚的路上突然杀出一个图谋不轨的坏人呢？如果那晚的路上突然现出一匹隐伏在四周暗影里的大灰狼呢？

那是一个偏僻的小山村，那条沙石拓成的公路刚好修在入村的一个高岗上，地名听来也令人怵心——王坟岭，地形依岭势自上而下蜗旋至坡下。在那个年代，狼是那个群峰连绵的山里出没最多的一种动物，它们经常在夜晚或凌晨出现在村庄路口。我上小学的时候，学校教室的门前就发现过白灰一样的粪便，一位青岛籍的漂亮女教师曾经被夜半狼嚎吓哭过好几回。我父亲曾经在深夜晚归的路上，与狼赤膊搏斗直至把狼累跑。所以，那里的人们从来不敢一个人在夜晚行走，何况一个小小少年？那次经历，从9岁一直到长大成年烙印在心头，直到许多年后的一次，我再次到那个山村去，探险一般拣那条山路做暗夜行走，经过了大张旗鼓的一番准备，才发觉此时此刻的我，早已不是彼时的心境。

那次，我借着一个最暗的夜晚只身进入那条山路，那时适逢工作、生活各方面的压力，便想给自己找一些体验挫折的理由。重走当年的夜路，便是最后的决定。我孤注一掷。

于是，我只身回到那个童年的乡村，在离当年的路程不远的一个地方住了下来。我的计划是在晚上深夜里行动。住下的当天整个白天我都没有出门，虽然也很想到老房子里看看，我一直怀念那所童年时候的老房子，那种怀念不亚于对父亲深压心底的那种怀念。然而，我不敢正视当年的家的方向——家已不再是家，早在十几年前我们就已举家搬迁到城里去了。父亲去世数年，母亲现在城里的家中寂寞孤独地独守晚年。但是，那个家的方向总会让人想起父亲，想起他的身影、他的笑貌，还有他那爽朗的声音。仿佛身材高大的父亲一直就站立在那个方向，面对着我，使我不敢抬头用正视的目光。我怕他看到我，会恼怒到脱口说出“逃兵”二字。以军人的标准衡量一切，这是父亲当年的禀性，父亲生前最看不起的就是逃兵。可是他不知道，在许多事情上我还没有学会迎战，他就匆忙走了。我是父亲最疼的、最痛的，因此，我经常要在父亲的面前装作非常的坚强，心内却很脆弱。

我借了好多书，一本一本地去看，眼前却是一片空白——单等夜晚来临，重复体验一下当年那个只有 9 岁女孩曾经承担的恐惧与惊险。房子是现成的，隶属单位所辖的一个小小院落，人不多，有几间空房，门窗、墙壁装饰一新，齐全的碗具及床上用品。由于偏离城市，这里的职工除了值班人员，大部分人员都搬到城里的楼房里去住了，这里的平房便冷清到蜘蛛结网。那条山路还在，岁月流年，沙石的老路已经不在，新修的公路经当地政府的努力拓宽了三分之二还多，陡坡也降平了，路面铺上了柏油，白天在太阳下平整一新，夜晚幽幽泛着柏油的光亮，这多少使我感

到失落。

两边的庄稼依然，也正是秋天，玉米和高粱地里的秸秆笔直耸立，叶随风动，沙沙作响。也是一个人迹冷落的夜晚，我选择了山路东边开始向西走，这是那条路的方向。一个人，穿了平底的布鞋。然而，那天晚上的情形让我失望。我竟然没有一丁点儿的害怕，也并不感觉有什么紧张，而且心里总有一种好奇感，嘴角便带了一种恶作剧式的笑容。我从院子的一侧上路，沿着小道绕到最先开始的地方——童年的我在那天晚上就是从那个地方气喘吁吁地跑步回家，令父母大惊失色的。我在确认自己已经回到童年那条山路起点的时候，夜幕降临，天色不一会儿就已经大黑。为了压惊，我特意在手里拿了一本书，卷成一个圆筒形握着。八点钟左右，我开始迈开脚步，从那条路上疾步走过，疾步，急急地走。路上的人陆续散尽，路边小卖部里的灯光还在惨淡地亮着，我在这样的环境下重复着童年的历险。然而我却发现，这次的历险并没有新的惊悸与恐惧，此时的所谓历险已成了一次自由散漫的月下踱步。

那晚的月并不明亮，冰凉如钩，两边除了庄稼，还有几户人家住着，有灯光透过来，落在脚下，我深为那些灯光淹没了我的黑暗而扫兴。我甚至有些困惑，路还是脚下的那条路，却因不一样的年龄、不一样的时刻，便全然不再是一样的感受。马路是平坦的，四周灯光通亮，昏黄光照下的山岗之上，早已感觉不到当年阴森的气氛，静谧的原野如温柔的少女一样围绕着你，玉米地里沙沙的叶响便是她缠绵如丝的情绪，风在暗香浮动的叶子上唱着动人的歌，那声音却是这样的美妙而抒情。我轻轻松松地，几乎是带了一点儿快意，就把那条原以为悠长的夜路走到尽头，以至于一边走，一边琢磨不解，当年心中的那份恐惧呢？当年的胸中那颗怕得就要跌出的脆弱的心呢？一路上，我给自己制造出各种虚幻的假象，以便能够再现当年的情境，但任凭我虚拟、假设，都以失败告终。

令人意想不到的是，犹如大山般裹挟了我整个童年的负担，在那一刻一扫而光，就像卸掉心头的一个沉重的包袱，我从此不再惧怕在暗夜里行走。尤其是在父亲已经去世，年迈的母亲不仅不能保护于我，而且要独在身边的我这个女儿照护的时候，那种无依无靠的感觉，是不是像极了那种暗夜里的行走？看看那些与我差不多年龄的熟悉或陌生朋友，透过他们模糊的眼神，我从中看出，每个人都有过暗夜里行走的经历，尽管每个人的故事都不尽相同。我知道他们也如我一样有个暗夜行走的故事，或者是在过去，或者是在现在，只是不同的时间罢了，也和我一样铭心刻骨。他们也许不会和我一样做出如此的举动——在回想那段经历的时候，设计怎么样才能让那个暗夜再现一次，去体验其中的惊险，以便使他们在重复、磨打中警醒自己。但是他们早晚一定会发现，当年的那种恐惧感早已离他远去，不知不觉中，成熟了的自己，他们已经撑得住更多的惊怵和岁月的沧桑了。

有了这次体验，我便不再害怕黑暗，一个人暗夜里行走又有什么可怕？后来有了女儿，经常因工作繁忙不得不将她独自锁在家中，从五六岁开始让她一个人经历在家的那种惧怕和孤独，我忍着心疼和泪水，任她怎样哭闹乞求也不去理会，不能理会。渐渐地，女儿由哭泣到平静再慢慢适应伏在桌上安稳地写字画画了。在那些日子里我人虽然远离家门，但一颗紧张的心却牢牢地系在女儿身上。我知道，所有这些，总有一天她也会铭记心上，仿如我童年时候的心情。最初被关在家中的女儿开始做噩梦，每次半夜梦中醒来的神情比当年那个9岁的我的表情更恐惧。我知道女儿在重复着我的故事，这多多少少给她快乐的童年留下一个心灵的“疤痕”。但是我相信，这个“疤痕”不会保持太久，总有一天会在我对她的关爱下慢慢抹平，然后在某一种人生环境下独自回味。女儿啊，或许她也会和当年的我一样，在某年的某天重复一次自己的故事，并在心情极为沮丧时猛然醒悟，将跟随她多年的暗影一笔扫除。只是方式不同。

但是我知道，她绝不会重复上一辈人的人生，总有一天她会自豪地笑对着我——她的母亲，以及她的儿女，用无比轻松的语气讲述她的一个个成长故事。可那时候，她是不是已经人到中年，而我，是不是也已经老了，满头白发，满面皱纹，一举一动都是生命的折缝，一颦一笑都展现出岁月的沧桑。

对我来说，暗夜已经失去了神秘，失去了原本的恐惧思想，这是值得我庆幸的。没有了恐惧，我心里就再也没有了黑暗，坎坷挫折也就不拿它当作什么了。在暗夜的静谧里，我习惯了一个人看书、写作。阅读给我的人生思考注入了理性的元素，文学帮我抵御着物质对精神的入侵。我的心里充满了文字的花香，如同落霞点染春江，如同鸟语萦绕芳甸，书房则是安顿一颗不安的灵魂的净地，在这里，我写出自己、写出他人，给那些同样喜爱文字袒露心迹的朋友报以更多的鲜花和掌声！

当暗夜真正来临时，我将不会再用恐惧拒绝，我由此懂得，坦然应对才是你唯一的选择。当所有压力向你铺天而来时，你需要的不是落荒而逃，而是百倍的信心、沉着的应战以及翻越人生大山的勇气。尽管黑暗仍然在夜的周围漫漫存在——芳华暗转，爱随风逝，沧海桑田。然而，当回忆成为往事，当曾经的脚步不再慌乱，我才知道，这时候，心中的千万重沟壑，已掠过万水千山。

一声秋到

今年的秋坎低，就像出入自家的门，不知不觉地就进了，特别是入秋的方式，既不像屈原那样，是看得见的，“袅袅兮秋风，洞庭波兮木叶下”，也不像李白那样，是可感知的，“秋色无远近，出门尽山寒”。秋，是我听见的，是那些些微的秋声，让我突然发现，秋到了。

楼下有一片菜地，原本是安寂无声的，记不清是哪一天了，朋友的儿子金榜题名，全家人欢喜之余，邀我去助兴。我喝了一点点酒，很少，也就是半杯干红，回家就迷迷糊糊地睡了。也是迷迷糊糊中，就听见了一些声音，时断时续，声声如鼓，时而清脆，时而婉约，似乎还有一点儿缠绵，如指尖拨动的丝弦，声声悦耳。仿佛是梦，又仿佛是在现实之中。

就这样，在似梦非梦中，不知过了多久，我才确认，那声音来自楼下的菜地，用不着多想，我便知道那是蛐蛐，一种学名叫蟋蟀的昆虫。哦，对了，还有青蛙，也在凑热闹般地唱和，一声紧似一声。人到中年，睡眠越来越不如从前，时常在夜半里辗转，每个细微的响动，都弹拨着敏感的神经。有时晚上睡不着，或半夜醒来之时，青蛙和蟋蟀的声音就汇成一种鸣奏，一阵紧似一阵，透射出一些不安的躁动。常常就有些令人厌了。可是，那天的感觉却不一样，自然、悦耳、亲切；更为重要的是，从这声音里，我听见了节令的脚步，秋天来了。

不久，蛙鼓的声音消失，蟋蟀的歌声却依旧，㘗㘗，㘗㘗。没有了青蛙的鼓噪，蟋蟀的声音听起来有些柔软动听。那音调不高、不低，不野蛮、不粗犷，仔细听，能让人涌动起心潮，生出一丝莫名的感伤。白天，它们蛰伏而缄默，只在夜深人静的时候，才发出㘗㘗、㘗㘗的声音。当你专心地去做一件事时，或者沉入梦乡，它便悄然地退隐而去。只有在孤独烦躁的时候，这才发现它们浩大的存在。我笨拙的文字，无法描绘出它真实的样子，只能用耳朵去倾听和感知它的声音，它的存在。

而不久后的一天，又是一个黑夜，四周十分安静。七夕刚过，眼看就快要到中秋了。“人悄悄，帘外月胧明”，这朦胧的月，很容易让人陷入寂寞的情绪，轻轻叹，感喟时光的流转。这时候，听蟋蟀的叫声，就更会生出许多的联想，比如留守的怨妇，或者年迈的老人，还有回不去的岁月。每一种联想，都带有一丝浅愁。少时，听老人们说，蟋蟀是位勤劳女子的化身，她前世的名字叫“促织”。蟋蟀的叫，是催人收起夏季的单衣，清点秋冬的衣裳的。其实，它真正隐含的秘密，远比人们想象的要丰富得多。

再一次让我听见秋到，是雨。

也是夜里，感知不到渐凉的风，也看不见飘零的落叶，却听见了淅淅沥沥的雨声。今年漏秋，雨水就特别的多。白天晴朗朗的天，晚上却下起了雨，断断续续，日复一日。连续下了几场雨，逐渐驱走了夏日的炎热，抬头望，一穹蓝天，被雨洗得十分明净。但从白天的雨中，我并没有意识到节令的更替。发现秋，还是在下雨的夜晚，具体地说，是听见。

那天周末，几个朋友相约外出游玩。大家都很放肆，爬山过水，你追我逐。顾不得艳阳高照，汗流浃背——早秋的太阳，其实并不比夏日温柔，依然的火辣。累之已至，待到夕阳西下，回到家，才觉得什么都不想做了，只想早点儿休息。

是带着白天的艳阳入睡的，连梦也有阳光的气味。雨不是在清晰中降临的，没有打湿身子，也没有打湿心情，而是带着声音走来的，淅淅沥沥，淅淅沥沥。不管是疏，是密，那步子都很轻，暗藏着偷窥之意，仿佛待月西厢下，在墙头窥望的张生，蹑着脚，小心而行的红娘，生怕踩响了地上的蔷薇叶，或者绊倒了凳子，迷路在回廊……

我相信，不是雨声惊扰了我，让我在梦乡中苏醒，而是有某种心的灵犀。总之，很疲倦的我，就这样莫名其妙地醒了。四周一片漆黑，雨声是我首先的也是唯一的照面。并没有通常情况下初醒的迷迷糊糊，我感到很清醒；清醒的我，不仅一下辨清了雨声，而且辨清它与往日的不同，不同于夏雨的狂烈、冬雨的纤细，也不同于春雨的温润。哦，秋雨，只有秋雨，才有这样的声音，淅淅沥沥。岁岁年年，年年岁岁，又是一个秋之到来，心里竟升起莫名的惆怅。我在想，是不是我丢失了什么，或者获得了什么，一些我不情愿获得的东西？

确实是秋到了。明明是事实，却还经历了一个小小的插曲。

清早起来，天已放晴。我还在想昨夜的梦境。可是，雨停了，窗前没有了雨打的声音。甚至地面也干了，好像昨夜压根儿就没有下过雨。我便有了一些怀疑，怀疑昨夜的雨，怀疑秋之已至。

我的怀疑，得到了另一种印证——那些花。

花很美，一副乱春的样子。就是我家阳台上的那株三角梅，有的已经绽放，鲜艳，娇红，放肆，目中无人；有的则紧跟其后，亦步亦趋，不甘花后。一朵一朵的花，次第而开，不同的程度，展示了花开的整个过程。太美妙了，从一串花的行走中，我窥见了花事的生命过程，这是过去从未曾有过的。我索性下楼，走进小区里。我发现了更多的花，紫茉莉、玉簪花、秋海棠。尤其是清秀挺拔的夜来香，它碧叶莹润，花色如玉，黄昏后，更是芳香四溢，整个楼道都是它的芬芳。

在一道道篱笆上，缠缠绕绕，开放着粉红、浅蓝、淡紫色的喇叭花。新开的花朵娇艳无比，仿佛汲足了空气里的水分，湿漉漉的。这种花，看似泼辣，其实非常娇弱，倘若摘下一朵，只几分钟的时间，边沿就会卷曲、干枯，毫无生气地敛在一起，再没先前的生机。让人想起那句话：越是柔软的心，越是容易受伤，越是美好的事物，越是禁不住时光。所以，我们见到的喇叭花，它只开在秋天的早晨，趁时光尚早，尽可能地展现它们的妩媚，开出一份不可亵玩的高贵。不为得到一声喝彩，只为不虚度这短暂的一季。秋是我们的季节，也是它们的季节，更是它们的年华。只要静静地绽放，哪怕像露珠一样，同在叶尖上消失，同在时光里苍老，也在所不惜。

曾有一种思维定势，提起秋天，就将目光投向丛林、山川、田野，认为这时的风、这时的色，才是秋天的使者，是秋天开始的标志。还包括那些成熟的庄稼，大豆、高粱、玉米，以及挂在墙头上磨得发亮的镰刀，歇在场院里的那些笨重的碌碡和乡下闲不住的农人。唯独，我忽视了花和花开的声音。

比如此刻，就在我再次来到阳台，俯身静静地注视那花，那些次第开放的三角梅时，我忽然听见了一种声音，它细若游丝，从虚无之处飘来，美妙、优雅、迷幻，富有诗意。这声音不像春花那么狂野，也不像冬花那么孤傲、夏花那么妖媚；它脚步轻细，甚至无法度量脚步间的距离。它的声音，不是由脚步发出的，而是内心。因此，需要用心贴近，带着真诚才能听见。

我断定，只有秋花，才有这样的声音……

落叶的心田

院子以外，向远延伸了几条小路，窄窄的路面蜿蜒着，朝一片树林伸展，那里遍植了白杨。每天晚饭过后，附近的人们就要到树林的小路散步，从春天到秋天。

春天，万物生发，一边漫步，一边似乎就能听到树叶抽芽的声音，空气里流动着嫩芽的清香，长长地吁一口气，压抑在心头的一切郁闷便会释散殆尽，它给你带来春天的愉悦。而秋天，亭亭笔直的树干撑起的蓬松的树冠，在飒飒的秋风中，逐渐变幻成灿灿的金黄，或有几株其他树木掺杂着，于是，在那浩浩荡荡的金黄里，又显现出一抹浅浅的火红，正是这斑斓的色调，才让人忽然觉得，秋是深了。

深秋时节，随便走到哪条小路，都会有不经意的叶片从枝头飘然落下，擦过你的肩头，凋落如花。这个时候，我总要俯身拈起一叶，铺展于掌心，默默地欣赏着。

我喜欢树木，以及所有满溢色彩的植物，并欣赏着它们的每一片叶子，绿的、黄的，各具形状的，常拿欣赏的目光抚摸它们，看到它们依旧保持着葱绿的光泽，心中便安然了些。最欣赏它脉络的分明，那一条条网络般的筋脉里，仿佛记载了无数个未可知晓的故事，缠绵而哀怨，待我们去细读，而我们却在欣赏它的同

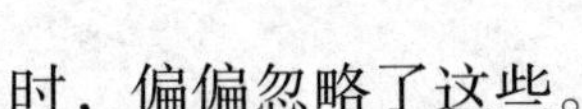

时，偏偏忽略了这些。

我一直认为，树和叶是生命相异的不同个体。树的生命可以久远，活百年千年，而叶的生命却极短，因为它在短暂的生命时光里，使我们的空气得到更新、过滤，便觉得它是一个超凡了的生命。

一直以为，叶是没有年轮的，它生长的时日有多久，生命就有多长。它把标识岁月的刻记给了粗壮的树干，它把展扬生命的色彩给了高举的树冠。它从新绿萌生至落叶凋零，只经历了三个季节，三个季节，一度春秋，几百个阳光明媚或阴雨无常的日子。

仿佛还在昨天，它还笼罩在春意萌动的绚丽光环里，还在人们发现它的一瞬惊讶里，它的绿意清新照人，凝神听，耳畔尤闻风拂过后的绿涛歌声，而今天，它已如一片金色的蝴蝶，翩然飞落了……

也许，它曾怀有一个梦想——将自己化作一抹轻盈的绿云，全心身地融入一片森林，它要用自己那青葱密致的叶片，把山野渲染得更加葱翠！凡是山川秀美，水脉充沛的地方，都有它纷繁生长着的同宗姊妹，一簇簇、一片片，姿态绰约，风舞翩跹。它知道生命有多厚重，知道时光有多短暂，因此，它期望自己能够自由而萧洒地度过生命里的每一个时光。平平淡淡也好，轰轰烈烈也罢，只要兴之所至，都可随意生发，展示一派悠然的自然风貌！

而今的它，只有在这寂寥的马路边，以人类看惯了的姿势，一行行、一列列，绵延成无休止的样子，忍受着人世间的尘嚣，尽管这样，它仍然神态安然，蔚如绿云，坚守着这片属于自己的天空，与这里的人们相依相伴。

它经受着四季之风、之雨、之雷、之闪电，肩负着人类赋予它的真诚瞩望，在朝日满满的蓝天下，在古老厚重的大地上，全神贯注地站成一种美丽的风景。风舞起它的叶掌，为它撼动出激越亢奋的生命喧响；雨浸润着它的躯体，替它濯洗去直面人世的仆仆风尘。

它经过了冬天孕育的艰辛，春意萌发的欢悦，万紫千红的憧憬，终于，在一个万类霜天的早晨，竭尽生命里最后一丝力气，悠悠然燃烧成一树金黄、一树火红，而后，静静地旋舞而落，寂无声息……

随便走在哪条路上，一种高大的绿色植物迎面而来，有了它，生活里才有雨打芭蕉的诗情、才有田园牧歌的意境、才有山青水秀的景色，我们叫它树。

一棵树的生长，有多少叶片在枝头繁响过、闪耀过，一片森林的生长，有多少叶片在枝头燃烧过、辉煌过？面对满地落叶金黄，我数不清，更说不出。当我呼吸着周围清新的空气，当我欣赏着景色旖旎的秋色时，我总会将感激的目光深情地抚落在它的叶片上，凝视着它，便如同和它做心的交流，将许久以来因无以归属而散漫着的那份爱，倾注在了它的身上。

那条秋天的小路，我不知走过多少回，每一回，都给我一种无边的想象，它让我领略到了叶落之美，领悟到了它生命的深意。我因此而无数次地仰望，目光穿过春天与秋天。在我寂寥的视野里，总有那么一些甘为尘泥的树叶，在生命最后的日子里，做美丽的飞舞。

人生如叶，漫漫人生路，本应接受，或选择一种洗礼，一种爱的付出与放弃，这就是人生的意义吧，正如诗人所写：生如夏花之灿烂，死如秋叶之静美。

从秋天的小路走过，叶落纷纷，四周虽无绿色，但是，我仿佛感觉得到，在我捧起的掌心里、在我脚下走过的土地上、在那黄叶覆盖的心田里，一种精神正瑰丽茁壮地生长出来……

5

第五辑

海边，夏日之诗

烟雨蒙山

杳无人迹的山林里，掩映着粉墙红瓦的度假村，我在这个安静的地方休养、写作，早上起来，发现外面下起了春雨。想起前番夜读的诗句:“水边山，云畔水，新出烟林……”不禁感慨万千。曾几何时，这里还充溢着浓厚的颓腐之气，经冬的草虫独来独往，穴洞之内偷自安生。仅几天的日月轮回，便焕然“喜泥润，燕归南浦”，天地之间花香之气漫烟缕了。俏丽的紫云英垂下紫韵、低矮的蒲公英探出花盘、朴实的荠菜花风中摇曳，就连无名的小米粒花，也毫不显弱地绽出花蕾，青草、碧树、新芽，玲珑剔透，令人目不暇接。

一阵清脆的鸟鸣从空而落，扰乱短暂的思绪，望着山头笼罩的雨幕，不由得欣赏起这早春的雨来。一开始，雨下得很小，像天空洒下的薄霭，然而不久便洋洋洒洒起来。是那杏花开时常下的杏花雨。早春的雨，有一点儿微凉，但并不觉得有半丝寒意，果真是“沾衣欲湿杏花雨，吹面不寒杨柳风”，人置身其中，别有一种轻凉柔美的感觉。想，天气和暖，杨柳吐青、杏花盛开的时节，细雨蒙蒙，挟着杏花的芬芳，衣衫和袖，渐沾渐湿，伴着轻风细雨，悠然徜徉在春色里，欣赏这杏花天影，百鸟啼啭，是何等的惬意。这原本的明眸流睇之美，如今罩上了雨雾缭绕的神秘，这种若即若离的状态，莫不是出自春天的手笔。这样的一种景致，难免叫人动情动心。

蒙山的雨，是花香浸润过的雨；蒙山的风，是花香浸润过的风，烟雨隐没了万壑的耸峻，空山流转着脆鸣的鸟语，使山林绿意更浓、空气更加纯净。我沐着春雨，举伞信步向山林走去。山路修葺得规整扎实，一桥一柱、一石一阶，无不曲折逶迤，有力地利用着山崖的走势。沿着台阶，行至流碧桥上，依偎栏杆俯瞰桥下的深涧，一块巨形的岩石形成了平展的坡面，传说八仙喝酒的场所，又说是王禅看戏的地方，名曰“戏台石”。细观，果如一个旧式的舞台，只差霓裳的仙女扬起水袖，台前幕后奏响丝竹管弦。如今，戏台石已被山溪占领，就像浮于涧中的一片荷叶，四周卷曲，边缘棱起，“荷叶”里面水波如镜。我把这里称作“莲花台”。这里没有山花的妩媚，没有瀑布的喧声，唯有山泉清冽，淙淙流泻于石块之上，响声悠远，婉转动听，流水打着弧状的伞花，形成水帘倒卷的自然美景，一份清泉石上流的境界。

雨无水不流，水亦是无雨不欢，两种情态之下，或汩汩淙淙，或声响交杂，方显雨中蒙山的厚重磅礴。雨中的水声，从山涧幽谷传来，和雅清澈，悠远潺湲，犹如梵音的美感，怪不得有乐曲取名《云水禅心》。曾在博客里听过，古筝婉转，如竹林扶疏，泉石相映，仿佛天地万物，全都融在亦真亦幻的意境之中。抬起沉醉犹疑的目光，前方可见一挂瀑布垂天高悬。瀑布之下，奇石横亘，鸟鸣涧中，悬崖绝壁，风光独绝，眼前的仙境，可谓配得上这幽谷中的梵音，而比这空中梵音更真切的，是响彻满山遍野的《沂蒙山小调》，曲调悠扬，歌声甜美，采用琵琶的独奏，一字一句，袅袅余音，打破了远方的寂静。这熟悉的歌声在蒙山响起，一定有着特殊的意味，它唤起了人们对蒙山沂水的浓烈的乡情，其中的亲切在不言中。

沉浸在蒙山的雨中，我目光遍览，茫无目的，却又身心满足。一排绿影从眼前闪过，我惊讶了，原来是一蓬修竹，于雨中亭亭而立。竹为人类所喜之物，自宋代以来，被誉为梅、兰、竹、菊“四君子”之一，它的虚心而刚直，因此被看作高洁、正直的象征。很难想象，冬季寒冷的蒙山，会有这么一片挺拔常青的修竹。竹本青翠，雨中的竹，更加葱茏，更加秀美。我在心中赞叹不止，于竹林里听风观雨，又是一番绝好的佳地。翠竹独有的气节，令人肃然起敬，山里有了翠竹，便有了精神面貌，有了生命的活力。一声吆喝，划破了湿凉的空气，我转头，听见另一面山坡的呼朋引伴。有谁比我更早地进山赏雨呢？隐隐约约的远山，但见悬崖峭立，树木更幽，有松树、衫树，还有众多说不出来的树木，皆被雨雾绕裹，就像披上一层素白飘逸的绢纱。

这茂盛的修竹，这飘逸的森林，不一会儿便随着身影的移动，一步步隐入了桥西桥东，隐入了另一个岩石峭陡、古木斑驳的世界。继而，画面里出现了金黄的连翘，长长的枝藤从灌木中伸展出来，一簇簇挂满了山崖，一坡连着一坡，美丽的花朵，开得金碧辉煌。蓬勃的生命，构成了山野诗般的绚丽。我知道，蒙山的春天不乏山花烂漫。这烂漫的山花，正好让绷紧的心弦可以自如地放松下来，缓慢徜徉，浏览欣赏，获取修养身心的享受，体会它的深邃精妙之感。孔子说，“登东山而小鲁，登泰山而小天下”，这话深有道理。不论山有多高，都是以人为尊。人在山上，山在脚下，方知“小鲁、小天下”。物像如此，心境亦然。

雨落蒙山，淅淅沥沥，缠缠绵绵，不急不躁地下着，落向山林、山涧，盘枝儿花上，给山南的春、山北的春，通通笼罩上一层神秘的薄纱，使绯红的春色更加缥缈迷离。雨，把森林和道路糅在了一起，把山花和岩石糅在了一起，给人一种很不真实的感觉。雨润泽着新生的绿叶，清洗着凡世的埃尘，使蒙山的景色更多了几分清透，更添了几分悠远的惬意。一路停停歇歇，攀攀爬爬，不知不觉，发现身旁新添了无数的伞花：桃红、碧绿、天蓝、云紫……若春雨蒙山里的朵朵奇葩。我蹲下身来，仰起相机的角度，随机拍下云霭缭绕的画面。雨滴落下来，我感觉到睫毛上的凉意。湿漉漉的一滴，瞬间渗入干涸的心底。

最为美好的，是从山上归来的意外遇见——几棵含苞欲放的

玉兰，紫、白各有两株，大朵的玉兰兀立枝干，仿佛那不是花朵，而是落在枝头上的白鸟、紫鸟，只因春光的无限，才驻足敛翅停止飞翔，栖息枝间，单等季节一过，它才倏地一下飞离枝头。而现在，它们也被细雨笼罩起来，如同素装淡裹的仙女，端着盛满玉液琼浆的白玉和紫玉花樽，千杯万盏地敬献给人们，敬献给人间春天。洁白的玉兰，紫色的玉兰，弃一切世俗之物，碧枝高悬，而山中的野海棠，则雍容华贵、从容优雅，尽显一派天香国色，俨然一幅“玉棠富贵”的画面。

蒙山的春雨，来得悄然，走得也无声无息，正当我欣赏玉兰花树之时，一道明媚的霞光跃出云端，只剩一层薄而洁白的雾纱环绕低处的山腰，宛若玉女身上的轻纱，形成了它唯一优美的余韵。河流变得澄明透彻，混浊的空气被冲洗得清香怡人，阳光升腾出千万缕暖意，像一束束饱满的野花，扑啦啦开放，将天地映照得绚丽迷人。只是那雨，仿佛从没有下过，山路光洁，草地青葱，一洼积水不见。再看远处的景致，杨柳和风，山桃润红，杏花粉白，梨花胜雪，风一吹，花瓣漫天……让人想起那句：宠辱不惊，看庭前花开花落；去留无意，望天上云卷云舒。淡泊，宁静，致远，悠然于天地山川草木之中。

这时的蒙山，不再是一个人的蒙山，僻静的棠梨树下，悬索桥旁，游人摩肩接踵，开始了新的攀登。当人们远离自然，涌向城市之后，寂寞的便不再是山中的风景。绿色地行动在祖国大地纵深拓展，丰富的动植物资源得以更好的保护，追求自然生态之美已深入人心。“久为簪组累，幸此南夷谪。闲依农圃邻，偶似山林客。晓耕翻露草，夜榜响溪石。来往不逢人，长歌楚天碧。”此时此刻，诗人柳宗元的诗句，正印证了当代人回归若渴的情绪。一张一弛，劳逸结合，从来都是文王武帝治国的方法，何况我们黎民百姓？等旅途结束，不妨再继续“晓耕翻露草”“晨兴理荒秽”的日程。千幢山影之中，我仿佛听见新的登山杖上，又一轮笃笃行进的跫声。

漫步景观路

“吱——”的一声，一只知了从我身边的树上飞走，浓郁的绿，瞬间淹没了黑色娇小的身影。我听见它那急遽扇动着的薄薄的翅翼，像两片透明玻璃一样在空中摩挲出一串纷乱的声音。此时的我，正在一条离家不远的马路上散步，我是客人，知了才是这片树林的主人。

这条马路的两边，各是一片倾斜的土地，它们在这里的身份是保护路面的护坡，上面密植着各种各样的绿色的树木。每次到这里散步，我的心里都在辗转着这样一个欲望，那就是想看一看这片树林里究竟生长着些什么样的植物，但总是因为散步的时间是在每日的落暮黄昏，以至于现在都没有完成我的心愿，林中不能识别的植物，便成了一种神秘的诱惑。

多少次，我用随身携带的手机拍摄，试图留下天边定格了的落日余晖，然而每次它都不是我预先想要的那朵。天空、夕阳、云彩，它们共同组成一幅层层分散又一层层斑驳的画面，组成一片被夕阳染红、被烟岚点缀的霞天，不同的角度，不同的天气，制造出不同的景色奇观。再晚还能看到一轮月亮，衬以沉静安谧的淡淡的云朵。照片定格了一个个多彩的季节，每个黄昏都是一幅不可复制的图画。

马路两边的植物以杂树居多，靠近边沿的才是丝尘不染的柳树，长长的枝条垂拂下来，掠及路上行人的肩头。柳树下面是一条平展的绿化带，上面种植着低矮油亮的冬青，叶梢顶端被整齐地修剪了去，像飘逸的视觉下衬托的一道古板的图形，使整个绿带显示出一种人为的严谨。我相信这是一种专门的设计方案，一种唯美、规整的园林艺术的体现。

这是一条铺设在郊区的马路，离单位住宅不是太远，信步闲逛一会儿就走到了，好的环境是居住在附近人们的福气，是散步健身的得天独厚的条件，除冬天大雪封锁无法到此散步之外，春雪融化伊始，来这里散步的人就络绎不绝。他们大多是些老人和中年人，年轻人是不太喜欢来这里散步聊天的，他们好像也没有时间享受一下生活的悠闲，只有中老年人甘愿在这怡人的环境里兀自欣赏，自我陶醉一番。

紧张而忙碌的晚饭吃完，各家女主人将饭桌收拾完毕，出门散步的时间便又到了，马路两边的岔路上，成双成对的身影如期而至，汇向这条马路、这片树林。这时的车辆往往开始减少，停泊在两边的私家车载的多是远道而来休闲的人。这些人或散步或径直走进路边的树林里，森林茂密的地方永远是隐藏秘密的角落。这个时候的马路是安静的，有种沉默的热闹和安闲的静谧。

路是沿一条东逝的河流修建起来的，然后形成一条蜿蜒悠长的景观带，南面的树林紧依着那条百余米宽的河流，这条河的名字叫汶河，发源于泰莱山区，汇泰山山脉、蒙山支脉诸水而流。以前这里是一片广阔的水域，后来两岸修筑河堤进行护岸治理，清流中能看到浅底而翔的鱼虾。不知什么时候开始水草在这里生长，芦苇也在这里扎根，不久遍及两岸漫漶河道，这便引来许多的水鸟在此安营扎寨，利用芦苇的弧度建起了自己的安乐窝巢。

我在路边散步的时候，就听见过苇丛里传来雏鸟的鸣叫，能看到成年老鸟箭一般地从苇丛里飞射而出，掠过水面然后在四处盘旋觅食，这些失急慌忙的鸟儿，会在你稍不留意的情形下快速返回，随着风中芦苇的晃动，“扑棱”一声，一头扎进幽暗浓密的苇丛里，缩进自己用乱草编结而成的温暖的巢，喂食嗷嗷待哺的幼鸟。

经常在这个时候一边散步一边观鸟，观鸟是我散步的乐趣之一，顺着路南的护坡下去，就是水流明净的汶河，除了观鸟水边还可以垂钓。稳稳地坐在这里当一回姜太公也非常不错，那神情足以超然物外。若是看见有人把车停在路边，肩上背负大包小包进入树林，那么此人一定是垂钓去了，他们肩上的行囊就是盛放钓具的地方。

我在这里过着简单的生活。春天我到田里去看望庄稼，秋天进山里和种植果树的老人们聊天。我离不开这种有山有树有河流的自然景色，离不开湿润的泥土和与我毗邻着的农家小院，我甚至不能离开这条能够让我散步的马路，这里的一块乱石、一棵草叶、一株让我感觉那么亲切的弯弯老柳。

有一年夏天我们去了一趟省城，想在那里购买一套属于自己的住房安居，我们查阅了无数的资料，考察了几个新开发的楼盘，最后在一个已经完备的小区的前面，发现了一片茵茵悦目的广阔的绿地。这块绿地就像一块绿毯一样向着远方铺展而去，直到几里之外的一个遥远的山脚，我们一下就喜欢上了这里，并为此激动不已，以为遇见了一个非常人性的幽雅之地，不能临湖而居，起码可以揽山望月、绿草为毡，以宜人风景颐养出个豁达了然的心境。

我们想象着将来的某天，在这片平展无波的绿地上漫步，在柔软舒适的绿色地毯上打闹嬉戏，铺一块防潮花布依偎在上面，抱一摞书摆在上面安静地在书香里畅游，绿色的草地，在我的想象中是一片神圣的净地，是当年陶公悠然采菊的桃花源，草地衬托着远方的山峰，心情在明媚的秋天里天高云淡。

我迅速地办好了买房的手续，单等一年之后的如期交付。今年6月我再去省城，本想观览一下尚在建设着的“新家”，谁知赶到之后我才发现，那片本就不大的绿地不翼而飞，取而代之的是正在开挖的又一座新的楼基，消失了的绿地之上，又有几座楼房悄然在我的视野里拔地而起，在建成的和正在建设着的小区路面，是园林工人新栽的树木和刚刚植种的草皮。

从省城归来，我立即加入了这些散步者的人群的行列，我想趁着省城的楼房还没有交付，我还没有真正地交付入住，多一些地亲一亲我的小城，调整一下被嘈杂城市打乱了的睡眠。读南朝梁简文帝的《筝赋》:“丹荑成叶，翠阴如黛。佳人采掇，动容生态。”让我感触至深，是啊，一切健康的、美好的、和谐的事物，都是我们时光和生命迫切需要的“生态”。

海湾的早晨

下车，沿着站牌向海岸线走去。远远地，我闻到了一股咸腥的味道。这一定是海水的味道，因了海水的缠绵，海风也变得多情起来、潮湿起来，潮出一片明朗的海、梦幻之海。

广阔、苍茫、天壤相接，那是朦胧又壮观的景象。

风轻软得像真丝绸带，一下一下地，温柔地拂打着裸露的肌肤，撩得人心软酥酥的。温软中，它竟带了一种无形的力度，像扑面而来的一只大手，挥手间，透出一份不可改变的坚持。衣衫和发丝，便在这样的风中不停地扬起。云浪在天上翻滚，周围的一切都在这样不停地颤动、变化。在这样炎热的夏天，这种被风猎猎飘起的感觉，有种说不出的快意。

目光便会在这样的情况下举起，遥望海边，忽而被早起的游人吸引，忽而又被巨大的岩石掠走，即便几声鸥鸟的鸣啼，也能掀起心中一阵阵的惊喜。压抑在肺腑中的沉闷一下被驱逐了，周身上下的神经，仿佛都被海风海景激活了。

巨大的岩石之上，雕刻着几个深红色的大字，被朝阳染红了的海水，把它映得辉金描彩，越是努力去看，越是被灿烂的晨光耀着眼睛。终是看不清了，看不清了，可我却记住了它，这块海边的巨石和巨石上方红色的字，记住了这个海域，这个并不唯一的标志。

这是一个8月的清晨，我是远道而来，寻找一处放飞心灵的地方。在日照，在那片平展如毯的金沙海岸，我和我的同伴一起面朝西北，看尽游人与海花的嬉戏，怀着一颗无拘无束的心，无拘无束地将自己肆意放飞。

目光里的海天，气吞山河，极尽寥廓。

天空不是很蓝，海水也是浑蓝色的，近乎灰白的天空，容纳着浩淼浅蓝的海。因了它的容纳，海，方透着海的宁静。激浪竞相涌向沙滩、游人，涌向此起彼伏的海岸。沙滩被踩出片片坑洼、只只脚印，一次次被海浪抹平，就像抹平生命里的每一丝记忆。记忆大约三种，一种写在纸上，一种写在心里，一种洒在风中。有苦，有甜，有若咖啡滋润唇间。每一丝记忆，都充满了人生的曲折与传奇。

人声鼎沸。浪花翻卷着，激起游人一阵阵的欢笑，激发了前赴后继的冲浪者。浪涛山一样卷起，海鸥被浪花之下的串串尖叫惊起，它们穿过密集的、各形各色的人群的头顶，于低空中奋起而飞。尽管他们身着遮蔽极少的泳装，斑斓如花。没有人讪笑，没有人相互打量。没有任何负担的赤裸，也是一种原始的美。

海水波涌，海面漩起巨大的浪花。就是这无数的雪浪，把海面掀起一道又一道更高的浪潮。海风在海面上拍打，形成无数浪花的轰鸣。这就是海的声音，浪花的声音，沙砾经海水摩挲的欢快的声音，声音挟起浪涛。

浪头聚起，海风以拔海之力，试图将海倒卷起来，将其鲁莽掀起。浪花和风，奏响海面又一种新的潮声，哗、哗……浪涛打在人们的身上，赤脚的人、赤裸的人，还有那些没来得及穿上泳装的人。浪涛在追逐，在与接近它的每一个物体嬉戏。哦，这就是海，卷起风、卷起浪，卷起远方招展的彩旗，卷起人们飘扬胸前的丝巾，也卷起人们敢于冲浪的意志。

一块块沉默的礁石，宛然安卧。在它面前，海浪就像调皮的顽童，围着它，不分轻重，不分昼夜地嬉戏捉弄……

海岸上，种着一些青幽的松柏，一些无名的小鸟在这里隐匿而居。这些隐匿而居的小鸟，被从海面袭来的晨风惊起，顿时，脆生生的鸟鸣四散开来，一边鸣叫，一边用力地翱翔天空。太阳挂在海的尽头，就像被一只无形的巨手托举着一般，四围现出层叠的重影。这些重叠的影像幻化成一层层云彩，使天空更加立体、高远，天之阔、海之蓝，使大海更加生动，由浅及深，渐次分明。

上午九点，阳光开始照耀在建筑之上，在周遭的窗玻璃上，金光熠熠，光芒刺眼，碎金一样的跃动，闪疼了行人的眼眸。面对朝气蓬勃的晨景，我站在那里，迎着风，在腥咸的空气中欣赏了半晌。有人和我一样从身边走过，时尚的遮阳帽下，深藏着一双双好奇的眼睛。

阳光，海岸，沙滩——想象不出，大海原来是这么美！在这里，它不是江南的款款情调，不是江南的含蓄、温婉，而是北方山水的粗犷和野性。它，让人想起奔腾的骏马、激越的腰鼓，咚咚、咚咚，咚咚作响。这就是北方的大方与豪气，这就是北方之海的美。

亲临海岸，几乎没人忘记试一试海水。

卷着泡沫的海水，是极为凉爽的。双脚踏入海的波浪，顿然感觉细沙的拥吻。散沙在脚心流动，仿佛轻踏着一个个细软的生命。是那么美妙的感觉，它们是否可以呼吸的海沙之魂？其实我也知道，这是海水浪涌的结果，这种细微的感受，恰好证实了大海的温软与活力。

我一直认为，海是难以接触的，海的威严、海的神秘、海的变幻莫测，不是凡人可以掌握的。对生命而言，它容纳了太多，太多的新生、太多的死亡、太多的不可想象。对人类来说，海有海

的冷酷，海的多面性。对于大海来说，或许这才是大海的包容与侵入。

清晨的大海，万物苏醒，就连海鸟，也像是大海里的信使，飞翔如斯。

在松柏翠竹的树林，我找不到这些鸟儿的巢穴，只看见它们飞翔的身影，箭一般地从身旁穿过，那般肆意，那般纵情。它们一会儿飞向深海，一会儿又匆匆迁身低回，一会儿又冲向长长的海湾，在密密麻麻的礁石间盘旋穿梭，隐入，再也找不见它们的影子。它们的目标不是那么明确。

很久很久以前。听大人们说，精卫是海鸟的前身，为报葬身之仇，衔石填海，不知填了几千年。精卫是上古传说的神鸟，原是炎帝的小女儿，名叫女娃，一日游于东海，溺水而死，后化身为精卫鸟，每日填海不止。

这些海的鸟儿，我宁愿它是上帝的使者、吉祥的化身，就如凡间的喜鹊，给人们架一道昭祥的彩虹，以它那纤弱的翅膀拍打海浪，为渔人传递平安的信笺。让那些远海捕捞的人们有个在远方叙叙亲情的机会，叽叽喳喳的，全都是渔家收获的喜讯。而我愿与它们共同栖息着的，是一排排停靠在岸边严阵以待的渔船，桅杆林立，船帆悠闲。

面对大海，你也会不知不觉地变成大海的一只飞鸟、大海的俘虏，或者亲信。

海边，夏日之诗

在我看见大海之前，以为世上凡是与水有关的事物，唯有雪花最美。曾在下雪的时候，迎着从天而降的雪花，用手接于掌心，观察它们晶莹的花瓣，直到化成手心里的温度，变成微小的水珠消弭而去。那不规则的六角形，没有一枚不是形态精致，也绝无一枚重复，不由得令人慨叹，雪花是这样的美，美得无与伦比。

来到大海之后，我才知道浪花也是这样美，像一簇簇白雪，在起伏不平的海面上层层叠叠。只是白雪是静止的，浪花则一浪浪不停地翻涌。难怪杨朔当年在海边采风，能信笔写出散文《雪浪花》，以优美的笔触写出对大海的认识和感受，从而成为一个时期的文学经典。

深不可测的海水，呈天蓝色，波涛承载着浪花，在广阔的水域里自由来去。海浪静止的时候，海水也是流动的，海水激荡的时候，才有雪浪在簇成一束束浪花，海面前赴后涌。就像一群调皮的顽童，那一声声哗然呼啸，就为逗弄一下你的裙裾，舔一下埋在细沙里的脚踝，然后倏忽退去，将坑洼不平的沙滩抹平，只留下细沙如金，唯美晶莹。

在日照金沙滩海滨浴场，我站在海边浅水里，潜流自脚心簌簌暗动。沙滩，人群，任浪花拍打着，享受着海风的潇洒。大海透着清澈，却冲刷着无尽的污浊，与河流相比，我知晓了海水的坚硬，也更懂得了河水的温软。咸腥的海，让我体验到了两者之间的差异，感受到它的执着与坚实。

海燕是与大海同生的鸟类之一，以不惧怕惊涛骇浪而著称。在日照石臼港口，到处可见这种鸟儿，贴着地面低飞，它的叫声被欢腾的人声浪声淹没了，几乎听不见它的声音，但它们那矫健的身影，却在海边随时随刻地出现。海是百鸟栖住的领域，鸟类是大海美丽的陪伴，是这些灵动的鸟儿，让博大的海洋生动起来，充满了生命的韵味。

在海边，最具吸引力的活动，叫赶海。海的富有，养育了海洋的生物，也养育了海边的人们。无论大人小孩，都可以前去赶海。赶海需要固定的时辰，晨曦中，暮色里，到处可见赶海的人们。挽着篮儿向海滩走去，挖取或捡取新鲜的海贝、蛤蜊，等等。它们是海中繁衍的生物，寄生在沙滩和礁石上面。它们随着大海的潮汐出现，又随着海水的退却而去，深入细软的海沙里了。滩涂上，茫茫远方，是弯弯的海岸线。

不大的渔村里，竖着几行赶海的标志。问询当地的渔家，指引我们来到赶海地方。海上的飞鸟在这里盘旋，似乎在寻找属于鸟类的美味。有趣的是，一种螺蛳一样的小不点儿，人称“海瓜子”，也在浅水里爬来爬去。渔人告诉我们说，蛤蜊分三种，一种是白蛤，一种是花蛤，还有一种是纹蛤。其中纹蛤最好，一只纹蛤，可以炖出一盘鲜美的蛋羹。恰巧，我们当中就有一位有经验的营养师，他也点头证实了这点，大家为挖出纹蛤而跃跃欲试。

采挖伊始，大家都没有经验，在沙滩上找了半天，收获不大。游人不断从岸上下来，进入刚退潮的浅水。新来的游客带来了经验：贝类不光在海水里生存，它还钻入细沙之中。我们用带来的工具，经过几分钟的翻沙深挖，就把几只海蛤挖出来了。清洗之后看去，洁白的贝叶，略带些暗影，问之，说这是白蛤，我们的第一份收成。

我不知道，如果自己也换上那样一身泳装，是否也会现出不规则的身体，弯的凸的，暴露无遗？在海边跳跃一番，以证实身体还比较轻捷，不至于和身边的人一样笨拙。

在海水浴场，孩子们玩得很好，比起刚才的赶海，他们在水里玩得更有兴味。扑打是孩子玩水的一种方式，用赶海的小铲子挖沙，再填向海里，五六岁大的孩子都在这么浪费着体力。我看得发笑，想起填海的精卫鸟。面对大海，这些孩子，竟是不知疲倦的，无数次的往返、填充。大海吞噬了他们手中的沙子，并且无所谓地，让浪花在沙滩上掀来卷去，舔着他们的脚踝，可就是不告诉他们这种行为是多么徒劳无功。

徒劳也是欢欣的，笑声惊扰着沙滩上的燕子。操着各种方言的游人，撑着蘑菇一样的花伞，裹着海风立于海边。情侣们坐在沙滩上，相互撩拨着沙子，或沉醉，或陶然，或喧闹嬉戏。想起一首浪漫的诗歌：因为我爱你，所以在沙滩上写下你的名字，只是浪花瞬间把它们抚平……

沙滩上写下的名字，很美好，也很悲凉。在爱情的纷飞细雨中，灵魂找不到出口，唯有在沙滩上写下对方的名字，才能化解相思之苦。爱情是那么短暂，心灵是那么脆弱。相爱时，誓言凿凿，失去后，痕迹了无。再多的碎片，也难以凑得完整，恢复如初。

不为爱情所动的人们，大都下海了，在离海滩几十米远的地方冲浪。等海浪一波一层地打过来，再奋力跃起，冲出水面，躲过浪头的拍打。不识水性的人，是不知这个规律的。依托腰间的救生圈，极力保持住身体的平衡。一个浪头打来，把他们卷入浪涡之中，几经沉浮，呛几口水，也是常事。

初进大海，大概没有几人不呛几口海水的。来到海边，如若不感受一番海水的咸涩，也是一份遗憾。为此，我看到同行的女伴，抓起一把海水蘸上舌尖，品一品，立刻皱着眉头吐出，笑着说，好咸啊！海水的咸涩之味，如岁月里的人生，不好好品咂，是品不出真味的。

海浪盛开的八月，海岸边上，各地涌来的游客达到了顶峰。不同的衣服、装饰、阳伞，在海滩上花色斑驳地汇成一片。我站在蔚蓝的海水里，望着茫茫的大海和热浪滚滚的天空，真想把自己投进去，和海中游鱼一样恣意漂游，只是苦于胆小，只敢在浅水中留连。

在海水浴场拍了许多照片，身着泳装，这是唯一一张与众不同的照片。身后，浪花滔滔，很有北国夏日之气势。离开海水浴场之后，我们驶向一座跨海大桥，从这里俯瞰望去，海水浴场里的人群拥挤如蚁。难以相信，自己曾在那样拥挤的人群中站立，并且观察着每一个冲浪和不冲浪的人。

到日照，问起美食，总有人推荐文心蒸包、水晶蒸饼、煎饼合子、松香脆金鳞等，更为得意的自然是吃海鲜。可正巧与我一起去的同伴中品尝过一家餐馆的家常豆腐，即豆汁、豆乳、豆腐煎包，于是热心地介绍给我们。从海水浴场出来，我们径直赶往那家餐馆。

当地餐馆很多，大街上比比皆是，然而经营豆腐并且最为令人称道的，仅坐落在迎宾路上的“岚山渔家”。街灯点燃黄昏的时候，终于来到这家餐馆。马路南边的方向，有个不大的四合小院。红瓦粉墙，看上去很平常。进入餐馆的大门，三面房屋通连，东西两厢的房子是餐厅，里面一排是厨房。院中间有株硕大的女贞树，一堆海螺在树下环绕着，像特意摆放的花坛的裙边。

想拍照时，天色已不容许。看看灯火四起，匆忙地各自入座。此时桌上已摆好了杯中的豆汁，大家举杯深呷一口，顿时被一股浓香震慑了，这哪里是豆汁，明明就是一杯上好的饮品。它有些甜，有些香，还有一种浓而沾唇的感觉，据说是由于配料十足的缘故。朋友说，这正是此家豆汁的妙处。

抬头看，餐厅的墙上有一幅图，图上有字，清晰明了。顺序依次是：淘洗，泡豆，磨汁，挤浆，点卤，压成豆腐。最后一幅图是一个顽皮小儿，端了一只平整的盘子，上面摆着一块四角分明的豆腐，图文并茂，情趣盎然。透过图画，足以看到豆腐制作工艺之古老，令人生出许多的联想。

这家餐馆还有一种绝佳小吃，那就是面煎饼，它入口酥脆，瞬间变软，咀嚼后唇齿生香，香有豆香、米香、面香，另外就是芝麻香味。也许根本就没有放芝麻，只是那种隐隐的感觉，类似于芝麻的香，令我们胃口大开。

到海边游玩，却不谈鱼吃鱼，有违常理。可有这样美味可口的豆汁与煎饼，谁还在乎菜肴的多少呢？

大海，我来了——我在乘车赶往海边的时候，教孩子们这么说，离开时，不用我教，孩子们就开始自由发挥了，诵唱般地对着大海，对着沿途的海岸，反复喊：“大海，我来了！”“大海，我走了！”车窗摇下来，清脆的童声扩散开去，如同银铃摇响，浪花拍岸。海浪，总是伴着童真的。此刻，海浪的呼啸声，似乎也在身后遥遥响应。海风真的像迎宾的使者那样，迎我们而来，又送我们而去，路途舒展，车流匆匆。

是啊，大海，我来了，大海，我又走了。背对着海风，背对着海浪，背对着五彩缤纷的欢乐，我们又将投入新的生活、新的工作和日程。这是我和孩子们的故事，是我们的夏日之诗，它簇成了岁月里的浪花，成为生命里珍贵的记忆。

古韵泉林

山东省泗水县素有“泉乡”的别称，这里既是著名的儒家文化所在地，又是我的血缘之地、祖籍和故乡。该县泉林之畔，有多处知名的泉水，是古老泗河的源头，是集观泉赏景、亲水品鱼、休闲度假为一体，为生态园林型国家级 AAA 级旅游风景区。这里名泉荟萃，泉水众多，有“子在川上处”的历代文人墨客朝拜的诗文墨迹，还有清代皇家御苑等遗址景点，以独特、自然的人文景观闻名遐迩，著称于世。

时令已至深秋，我约朋友前去采风，据说这个时节不宜出行，问其原因，是叶落花枯，景色凋零，就连那拥誉无数的景点，都无法面对萧瑟的秋景，何况这静若处子、不羡闹市的林泉，除非这些景点具有浓厚的历史文化背景。这话诚然。按照一贯的认识，秋天应该是枯瘦的，无论是日月中的广寒，还是大地上的事物。还有——那泉。

是的，它真的是有点儿瘦了，如果许多年前，我没有到过这泉，没有亲眼见过它如涌珍珠，没有掬过那冬暖夏凉、飞珠碎玉般的泉水，我就不会一意孤行，赶到季节的最后一站，去泉林观泉，看那涌之无尽、汩汩不竭的泉，一帘帘腾如碎雪、蔚为湖泊形成的奇观。否则，我也不会自豪地对他乡游客说，这是我故乡的水、家乡的泉。

可就在这个季节，我还是去了，在蓝天白云、秋日暖阳的陪伴下，去看那泉，那片映照心底的水泊。看环岸的杨柳，依依拂动，翠竹亭亭，干练凝重。不是江南的“杨柳堆烟，帘幕无重数”，而是北方“金风簌簌惊黄叶”的时候，溯泉而上，访古寻幽，凭吊贤喆，踏进这个曾经的皇家圣地，历代文人墨客目光里的诗意胜境。

穿过那块御笔书写的文武官员下马石，飞檐斗拱五彩绘制的牌坊，眼前的泉，便若“红石”、若“涌珠”、若“甘露”、若“双睛”、若“淘米”，挤挤挨挨，扑面而来。站在历史深处的古御桥上，我一边寻找历史遗迹，一边听身边的游客说，今年的雨水稀薄，泉也随着地下水位的下降而不太旺，几片泉水汇成的湖泊，也比往年同期浅了许多。但那集聚而来的各路水渠，仍然滔滔不绝，丝毫没有给人枯瘦憔悴的感觉。

去泉林，是为去观泉，像“形的泉”“雪花泉”“繁星泉”“金聚泉”“莲花泉”“石豆泉”，依次而现，移步皆泉。那静止的泉，纹丝不动的一潭，就像一块透明的琉璃，波澜不惊，清澈如碧，漱玉一般，泛出大大小小的气泡，如万斛蕊珠，涣然如莲。这平静的潭中，旧的水源刚刚流出，新的水源就赫然融入，一股新鲜的活力，已不动声色地悄然倾注，而那如镜的水面，却不现一丝的纹路。哪怕轻轻，浅浅的一点。这就是泉林的泉，看上去静止，却细流涓涓，仿佛只有这样，它才不涸不竭，潆洄终年。

而那浅浅的纹路，是否就能划开一点儿声音：“哗——哗哗——”，让我们听见。不！泉林的泉，要么泉眼无声，要么水势滔滔、玉屑飞溅，因而，它们又被称作“鸣玉泉”“响水泉”“石缝泉”“趵突泉”。明代太守张文渊有诗为证：“万壑吉间见此泉，分明文豹突平田。热雄百涧宜皆殿，声振千林让独先。”工部官员王宠也在《观泉亭记》中描绘：“其泉之巧，有若人博而涌激者，谓之曰‘趵突泉’……”

去泉林，为的是听泉，而不仅仅是观泉。于林中，我乐于听风，于山中，我乐于听雨，而于泉林之薮，我乐于听泉，听，自然是在眼里、在心上、在与古人今人共日月的诗情画意中。

泉林的泉，不像高山流泉那样，有着不可阻挡的气势，泉流之声，声震百涧。泉林的泉，像个娇羞的少女，在静的水波里荡漾，在寂的绿荫里沉醉，她似梦、似幻；它清新脱俗，婀娜多姿。据《泗水县志》载，泉林“大泉五十有四，小泉不可胜数”，见于典籍记载的就达一百多处，被誉为“山东诸泉之冠”。专注于当地文史研究的作家郎兴启先生说它：“泉源密布，珠联星列，五步成溪，百步成河，泉溪相连，互相灌输，挤挤挨挨，难以计数，其密集程度绝无仅有。”

我去听，聆听一位儒家老人在陪尾山下泉水旁边留下“逝者如斯夫，不舍昼夜”的慨叹，于是那些泉，便与儒家文化有了一定的渊源，成为点缀在孔孟之乡的一颗璀璨明珠。沿着历史的传说我去听，郦道元来了，李白、杜甫来了，苏东坡来了，于慎行来了，康熙、乾隆两位皇帝来了，几记清越的锣鸣，我听见，从岁月深处深深巷道里隐约传来的那声威严的喝令……

泉林的自然景观美不胜收，文化底蕴也相当丰厚，无论是“品推黑虎胜，合作玉虹流”的黑虎泉（明代治河都御史章拯诗句），还是“冷冷清泉苦斗奇，蕊珠万颗弄涟漪”的趵突泉（明代县令张祚的诗句），都留下了文人骚客的足迹。就连唐朝诗人白居易在其《长相思》中也有“汴水流，泗水流，流到瓜州古渡头”的名句。他们写下的诗词歌赋、美文妙句不胜枚举。每一处景色，都留下了文人墨客的身迹。最值得一提的是，清代康乾二帝就先后数次驻跸泉林，并且在这里修建御苑，更加使这里声名俱显。

此次去，我找不到记忆里那个石舫了，寻了半天，竟把它与黑虎泉旁莲花桥面相混淆。就在我放弃寻找时，一位来自上海的游客给了我一个提示，说公园深处还有一个古石舫，让我豁然开朗。在他的引导下，终于找到位于东北方向的石舫。这艘整个行宫遗址中最有标志性的古迹，长二十米，宽约数米，用整块巨石打造，舫舷与木质层楼衔接的契口依稀可见，舫舷与舫侧的浮雕行云流水，线条飘逸，足见设计与雕刻的精致。

泉林的石舫建于1757年，是为乾隆游览泉林湖光山色而建的，供乾隆皇帝赏景品茶所用。泉林的水甘甜爽口，煮茶则色清味正，酿酒酒冽生香。史书记载，乾隆二十二年正月十一日，以免江苏、安徽、浙江累年积欠钱粮，赈江苏清河等十九州县水灾，乾隆帝奉皇太后启銮出京师，开始第二次南巡。于是便有了这艘古石舫。在我国，古代君与民的关系常用舟与水的关系来比喻，“君者，舟也；庶人者，水也。水则载舟，水则覆舟”(《荀子》)。“舫”的形象与舟相类似，筑于水滨，便成了皇家园林中富有情趣的建筑物。比较著名的有北京颐和园石舫、苏州狮子林石舫、南京总统府石舫、北大燕园石舫。

泉林之泉众多，形成浩渺水泊，有水就有舟。舟是以石头做的，深置于园林的水中，不用缆绳去系，也不用担心像木船一样顺水漂走，所以这些石舫，往往都有一个“不系舟”的题字。古诗中说，“野渡无人舟自横”，就是中国传统文化下出现的绝妙之句。中国文化讲究含蓄，在园林里面建石舫，不仅是为了证明水是活的，可以行舟来游，而且能证明“舟自横”，很有一番“野渡无人”的境界。

泉林之林，是泉水的重要依托，泉林之美，最巧妙的，莫过于泉、林二字的结合。水泽丰沛，林木茂盛，于是泉林，不仅是泉水如林，多如牛毛，而且绿树繁茂，环境优美。明代于若瀛曾描写当时的景色：“陪尾之南，修木千章，苍翠落水，上下一色。”那么当时清行宫御苑，必然也是景致错落，清幽如画。康熙皇帝专门为此而著《泉林记》，一句“密柯重林带野烟”，构画出一幅迷人的人间仙境；乾隆皇帝也有“林色泉声欣始遇”的诗句留存于世，他们都把林木作为泉林的重要景物，且赏且歌，陶醉于林光泉韵之中。

康熙在位时重农治河，兴修水利，不知是否与此有关。他还亲自参加农耕，询问百姓农事，感慨颇多。有报道说，广西梧州市倒水镇农民，在维修村中石枧河拦河坝水利设施时，在河谷的石壁上发现几处乾隆年间修建的水利设施石刻碑文，这段水利设施在使用了整整二百五十多年后，仍然发挥着一定的灌溉作用。这也与乾隆帝重视水利，应用于农耕、生态不无关系。

正因如此，这位关注水利、乐于农耕、才情飞扬，被誉为盛世之帝的乾隆皇帝，才能曾兴会淋漓地写下“川气滃然连古树，暮春邈尔隐遥岑”“拂埭竹篔常入座，摇窗松盖亦籠岑”“嫩绿初看拂籁轻，春烟一片忽来横”“芳勒杏花春未放，素皴杞树雪初晴”的诗句，那种春光融融、如诗如画的万千姿态，呼之欲出，为美丽的泉林增添了一份尊贵的帝王之气。

沿着这些古籍的字里行间，我看到了明代太守张文渊的“万壑中间见此泉，分明文豹突平田。势雄百涧宜皆殿，声振千林让独先”，文学家于慎行的“林麓黝儵，大木千章，非楸非梧，轮囷离奇，臃肿浮著，如芝如菌，如鸟雀巢，效奇呈巧……”。古时的文人崇拜自然，敬畏自然，对大自然充满感激之情，所以才有了这发自内心的由衷赞叹。这让我想起了《吕氏春秋》的一段话：“竭泽而渔，岂不获得，而明年无鱼；焚薮而田，岂不获得，而明年无兽。”远在战国时期人们就有了关于环境保护的意识，而当前，我们许多人中对环保还感到陌生，不仅陌生，甚至忽视它、破坏它，这不能不让我们深思。

俗话说，出人杰之地，必有灵秀之处。古老的泗河孕育了东夷文化和儒家文化，成就了泗河文明，这缘自泉林是个“圣源”。乾隆皇帝曾经九下江南，每至泉林，都谒圣揽胜，联想到圣人登临陪尾山而发“逝者如斯夫，不舍昼夜”的人生慨叹，目睹诸泉跃珠喷玉、永无衰竭之状，遂写下“泉林岂是泛林泉，圣迹昭如云汉悬”，意为泉林绝非一般林泉相比，而是“圣源”，“圣泉”，称颂“林是儒林泉圣泉”，并将其泉林行宫的居所命名为“近圣居”。

至今天，虽然历经风雨圣迹不再，但步入泉林，仍让领略泉林美景的我们感受到那些穿越千年的人文古韵，使面前这些流经岁月的泉、生态的泉、生命的泉，焕发出无限的绿色生机。

梯云寻梦

“梯云人家”，指的是江西婺源的一个古村落——篁岭；“寻梦”，是说不久前我刚来过这里。

篁岭，位于江湾镇境内，坐落在石耳山下的一座山丘上，距婺源县城三十九公里，是个典型的山岭居住村落，自然环境相对封闭，可是自古以来，村里风水人气却相当旺盛。从婺源乘车约一个半小时，就可抵达篁岭景区入山口，此地有直达景区的索道，坐着缆车可以俯瞰篁岭下面的全貌。若乘车也可通向山顶，从篁岭新村到山上，筑有一条蜿蜒逶迤的盘山道。

篁岭以梯田而著名，周围山上皆绿树环抱，梯田环绕，梯田上面种有密密麻麻的油菜花，每年3月下旬时，油菜花儿次第开放，花团簇簇，热烈奔放，遂成一片油菜花山、花海，远远看去，整个山野一片金黄，就像一幅色彩鲜明的立体版画，雕刻在这片浅春深绿的大地上，彰显着篁岭的自然美景，山水秀色，行走在悠远空灵的景区，你会感觉到阵阵浮动的花香。

我对徽州文化一向充满了敬意，曾去过安徽黄山等地，也只是匆匆。读过有关西递宏村的文字，期待有一天一游，但终因事务繁忙，难以成行。谁知没有计划，胜似计划，2015年的初春时节，应篁岭景区和“三清媚”女子写作营的邀请，竟意外有了一个机会，让我不顾一切地前行。

这真是“一生痴绝处，无梦到徽州”，明代戏剧家汤显祖的千古绝唱，应验在自己的身上。汤老先生一生向往人间仙境，可做梦也没有梦到，当有一天来到徽州，竟然发现他所期盼的人间仙境，原来就在徽州。可以想象，当年老先生一脚踏上徽地，举目而望，原来徽州之美，才是仅凭想象抵达不到的地方，那一刻，他是怎样一种意想不到的惊喜？！

篁岭给我的印象也是一份欣喜。篁岭古名篁里，是个拥有一百七十余户人家的村庄，已有五百多年的历史，居住着从安徽歙县迁移而来的望族曹氏，也就是清代父子宰相曹文植、曹振镛的故里。篁岭山多田少，整个村子依山而建，高低错落，层层叠起，远远看去，如同挂在山坡上。而篁岭之下，则是层层梯田，弯曲回绕，使村庄显得更加恬适、安详，故称为“梯云人家”，又名“天街”，是个“隔篁竹，闻水声”的幽静之所。

踏进篁岭，极目皆是上下的石阶，平坦光滑的青石板路，狭窄而悠长的街道上，布满时光的痕迹。房屋则多是粉墙黛瓦、雕梁画栋，极为精美，颇有先民留下来的古风遗韵。从铺满青石板的街道上走过，抬头是古老雕花的木制门窗，檐下悬挂着大红灯笼，到处散发着古旧的气息，让人从岁月沧桑的缝隙里触摸到了浓缩的徽州历史。

最有代表性的是“五桂堂”，建于清乾隆年间，因先祖生有五子，于是主人选种五棵桂树于庭院中间，寄寓枝繁叶茂，子孙满堂之意，故取名“五桂堂”。“桂”是“贵”的谐音，也暗示房屋主人不同寻常，是个显赫之家。“五桂堂”砖雕门楼，鱼池庭院，前后天井，前堂后厅，屋内二层建筑，一楼是主人与长子居住，二楼属于闺房，抬头望去，天井上沿，一圈木栏斜倚，据说是传说中的美人靠。门窗上的木雕更是精美大气，端庄气派。

有意思的是院中的坍池，不像北方的池塘或方或圆，它只有一半，不圆满。所谓此消彼长，物盛则衰，是万物发展的一种规律，故而称作“半池”。从半池的意思去看，出自《周易·丰》中的“日中则昃，月盈则食”之意，体现了徽州人的谦逊与智慧，以及淡泊、达观的处世理念。此屋原主人曹廷启，是曹文埴的生父。曹文埴，字近薇，乾隆二十五年（1760）进士，官至户部尚书。显贵之后为不忘身世，出巨资兴建了这座“五桂堂”送给父亲曹廷启，以报生身之恩。

徽州人家高墙如山，厅堂与天井合二为一，崇尚上善若水、上德若谷，信奉智者动、仁者静。认为山川不会重样，所以宅院也不会重样，设计精心，风格考究。在这多变的房屋中间，却有一份不变的郑重。八仙桌、太师椅、条案、两座一几，中堂、对联、匾额、条屏等，这些物件象征着主人待客的纲常、待客的礼节，所以必须摆放得规规矩矩、有条不紊。

正堂厅上除了八仙桌，还有两张半边桌，各靠在左右墙边。此桌一般不用，除了当作休憩依靠的地方，基本闲置在家，成了别具一格的装饰。原来，徽州男子多半出门在外，或做官或经商，女人独守在家，等到男主人回到家中，这两个半桌才可以并到一起，名为“合欢桌”。所以，我们看到的半桌，很少在厅堂中相依。以这种方式代表那份不变的敬爱之情，可见徽州人的用意之深，更不失为家居巧妙的设计。

若说篁岭的每间楼阁都是一座观景台，那么篁岭的每扇窗就是一面画屏，站在任意一扇窗前，都能看到村外的景色，池塘、毛竹、野生的花丛、参天的古树，沿着山路，绵延衔接。流水潺潺，从石罅中流下的水声不断地拍击在耳，流水附近，绿萝垂挂，五颜六色的蝴蝶兰香气四溢。雨后的篁岭别有一番韵致，远近的山林被雨水濡染，在迷蒙的雨雾里如烟似黛，在这样的天气里倚坐窗前，逐一品读对面云雾缭绕的青山，蔚然壮观。徜徉在天街古色古香的小店，还有篁岭五色斑斓的晒秋人家，走得越近，越让人惊奇称赞。

晒秋，是篁岭景区独有的农俗景观。篁岭地势崎岖，房屋层叠，为了既不占地方，又可晾晒衣物，人们在自家的屋檐上固定一排三四米长的木棍，用竹匾晾晒收获来的农作物，久而久之，便成了农家生活的一部分。“窗衔篁岭千叶匾，门聚幽篁万亩田。”红红的辣椒、白色的笋干、青色的萝卜，在硕大的筛匾上铺展，五颜六色，旖旎温馨。他们晒茶叶、晒茄子、晒豆角、晒稻谷、晒大豆、晒蕨菜，随着不同的季节，所晒之物也在不断地变换。

迈进“春和楼”，就如同迈进篁岭二十四节气的长廊，周围墙壁上绘有以各节气为主题的图解，配以“立春天气暖，雨水送肥晚”“惊蛰快耙地，春分犁不闲”“懵懵懂懂，清明下种”等的简明农谚，展示出婺源人的春种秋收，和每个季节里踏实劳作的景象，同时还以情景故事、立体雕塑的形式，生动活泼地再现婺源民间婚嫁的风俗文化。

从“春和楼”出来，逐一走向夏耘亭、秋实亭，不远就是水口林。水口林，当地人简称曰“水口”，是篁岭百姓心目当中的风水之地，居于村落入口和出口处。篁岭地形呈U字形，俯瞰下去，这里的地形犹如一把太师椅，村头和村尾则是这个村子的两个扶手，据说这样的地形对居民颇为有利，聚气，生财。为了使风水更加敛集，先民们便在这里种植了许多树木，其中不乏一些珍稀的树种，比如红豆杉、香樟、香枫、翠柏、桂花树、香榧树，等等，栽植密集，枝冠参天，浓荫遮天蔽日。走进这里，就像走进一个安详静谧之地。徽州人讲究村庄的风水，他们认为在水口种植树木，能给村庄“藏风聚气”，使人脉兴旺发达。在这里，随便找出一株大树，就有数百年树龄。一棵红豆衫有五百年树龄，一棵枫香树竟然已有一千二百多年的树龄。

那些树木、那些草地、那些毛竹，就像生在美人眼睛上的睫毛，无须刻意近观，只要轻轻地、缓缓地回一回头，它们就在你有意无意间清晰可辨。篁岭的春天，眼神明媚，腰身婀娜，淙淙潺潺。水流积蓄下的池塘可是她的眸子？窄窄的石桥可是她的裙带？满坡的紫云英可是她的披肩？她像一卷不断回放的胶片，每一个片断至今都在我的脑海里潆洄潺湲。

仰天山秋行

我相信，仰天山，我来得还不算太晚，正是时候。虽然夏已尽了，但其轻轻曳过的裙角，还没有完全褪尽花色的鲜艳。余热尚存，我穿了一件薄薄的单衫，从山上闲杂的树林里穿过，与脚下金黄的野菊花跃动媲美。婉转的小路载着我，脚步轻盈，心情放松到极致。

是谁，在一路轻歌？哦，我听到了，是一个愉悦的声音。摘一串熟透的野果，丹红，叫不出名字，因而不敢吃它，拈在手里。空气仿佛过滤一般，饱满的负氧离子使人精神，猎猎的风涛，也让人平生意气。

仰天山，这才是真正的天然氧吧！茂盛的绿色植物，擎天的树木森林，像仰天山上的齐长城一样，护卫着山里空气的清新。没有商业目的人为开凿，没有大面积的林木破坏。山透着绿色，风也仿佛透着绿色。站在山上，立在风中，具有仙风道骨般的衣袂飘然。

听说，那晚的山上，也来了几拨客人，他们不为赏秋而来，而是趁了夜幕降临，每人挟着摄影器材住下，凌晨时分，与星光一起隐入山里，为那精彩的画面潜伏去了。那是一些精神更加富有的人们。一直以来，他们追逐着生态与光影的组合，通过有形的视觉艺术，塑造美好自然的影像，构成一张张无与伦比的精彩画幅。

和我相比，他们才是自然的钟情者、生活的热爱者。他们的目的不仅赏秋，而且要留住秋色，把人世间的美定格在取景框里，如同定格在心灵之中。世界上，有什么可比心中的画面更加永恒的呢?

与之不同的，我是大张旗鼓地来，虽不曾吆喝着歌声，却是迈着舞蹈一样的步伐。我是惊叹着山间的茂密丛林而来，惊叹着那一串串鲜红的山果而来，我的心中愉悦而忐忑。我怕季节不等我。

来这里，我分明感受到自然给予人类的丰厚的馈赠；来这里，我分明感受到一种时光的匆匆与更迭；来这里，我分明找到了失落已久的心绪和激情，仿佛一股澎湃的热血，直至将脑海占据了，变作涛涛的林声，变作目光里充塞着的浓浓的绿色，心中冥想着的，是这多彩的山峰，是这满山遍野的簇簇绿叶、红叶。

迎着这样的美，驶过游蛇一般逶迤蜿蜒的九龙盘，在曲折山路上拾级，我来到这座被称作“一窍仰穿，天光下射”的仰天山，继尔登上了八百米高的摩云崮。放眼四围，每一座屏障，都仿佛是仰天山的锦带，而它周围的团团树冠，则是锦带上的琉璃七彩，如珠点缀。说它七彩，一点儿也不为过。满山树色，像极了调色盘上的颜色，有的浓重，有的浅淡，浓淡相宜，水一般融化在一起了。

季节的颜色，因春夏而不同，因秋冬更相异。春是宽容的，包容着各种颜色，可以单调，也可以五彩缤纷；可以绿得生腻，也可以粉红似美人两颊上的胭脂。而秋对色泽的要求，从来都是严格的，像浪漫而严谨的画师，哪些颜色是黄栌、哪些颜色是苍槐、哪些颜色是低矮的灌木，都做了细致的安排，界定在精心勾勒的线条中，布局分明。

后来，我才知道，我只是踏进了这座山里，我只是看到了眼前的景色，更多的风景还在高处，还在第二天的行程之中。所谓登高，才能望远，踏进深山，才能拜得古寺。吃过早饭，我们动身，去仰望天山的主峰。从地图上看，东侧有一平台，南、西、北三面皆为悬崖，幽林仙境，高耸的绝峰，简直就是佛家圣地。

深山之中，探出一角寺院飞檐——文殊寺，俗称仰天寺，占地四千五百平方米，是我国现存的三大文殊寺院之一。寺院古老，文物丰富，名人题刻俯仰皆是，寺内外各处石碑，以及附近的峭壁上、山岩上，随处可见摩崖题刻。以文字为证，说明该寺初建于北宋初年。文殊寺，在佛教活动中占有特殊的地位。明朝嘉靖年间重修寺碑中记载：当年宋太祖赵匡胤遨游天下，见仰天山好似梦中见过的境界，以为菩萨显灵，即命在此立寺。

这里悬崖当头，绿树染金，尽管是在秋季，叶荫仍然遮日蔽天。一路走过，最先看到的大树，当是文殊寺门前的槐树了。槐有两株，分列文殊寺正门前方，树龄已千载有余。此为国槐。枝繁叶茂，秀姿挺拔，如同点染了仙风道骨。每年暮春时节，槐花都依次盛开，花香馥郁，溢满整个山谷。只是两株槐树花期不同，前后相差数十天。一株开放，二十天后，另一株才姗姗绽放。此状让人感到甚为奇妙，不意又成为山中一景。

站在文殊寺内，透过阳光照射，绿树掩映的缝隙，能看到寺院后山上的佛光崖，峭壁上的佛像非常清晰。文殊寺旁的道路条石砌就，十分规则。拾级而上，景点繁多，简直是一步一景。比如牛女洞、文昌阁，佛光崖、千佛洞、望月亭……

牛女洞，传说是牛魔王的女儿，因憎其父恶行，屡劝不听，故独自出家，居于洞中，再不回头，表现出非凡不俗的决心。文昌阁，位于仰天寺北山崖之上，内供奉着文昌帝君。旧时附近进京赶考的学子，临行前都要到这里进香膜拜，以求功名。明朝状元赵秉忠和清初状元刘墉，在进京赶考之前都曾到这里进香膜拜过。

文昌阁外，面对青山，道路曲折。站在阁上，可一览文殊寺全貌。

史书记载，佛光崖顶部圆形，呈褐色，下部土黄色，间黛色墨迹，山崖右下部有北宋时线刻如来佛祖及两个童子像。如今，穿过千年的风雨，佛像及两个童子像仍然清晰可辨。如来佛祖神态从容，衣袖线条乃及莲花座的云字花边雕刻得栩栩如生，极度精美珍贵。

这里的悬崖，综连一起，如神工斧削过一般，形成一个高达数丈的长形绝壁，垂直耸立在山上。在一些特定的时间、特定的天气里，可以望见佛光崖佛光普照，如同海市蜃楼。明朝工部尚书钟羽正在《仰天山文殊寺佛光崖放光记》中写：万历四十八年四月朔，佛光崖放光三日，夜则穿月两垂，色明如银，昼则映日园下，色耀如金……

佛光崖放出佛光，是一种自然现象，在这方面，早就有一些科学的解释，它是当地球和太阳形成一定的角度时，其角度与光线变化的一种反射。《仰天记事》中就记载了天启七月，佛光崖放光的奇观。我游走在古树的中间，不断地仰头看天，阳光透过斑驳的树隙，烛照着历史文化的身影。

这里，还是世界最长的回音壁。在佛光崖附近站立喊话，满山谷里都会有回荡之声，婉转而神秘，令人悄然神往。这时的悬崖绝壁，便变成了一座名副其实的回音壁。为试真假，果然就有人长长喊了一嗓，一声洪亮的吆喝发出“哟喝喝……”，声音如同受到物体的撞击一般，变得更加粗犷浑厚、悠长悦耳。

我是很想放声一喊的，然而不管怎么努力，也喊不出来。在大自然面前，我突然变得羞涩起来，渺小而拘束。城市生活的种种锈迹，在这里赫然暴露无遗。我觉得自己往常的日子，像树影一般斑驳惨淡，没有一丝令人自负之感。悻悻地抬头，我去寻找望月亭，恍然在一个虚拟的世界里呼吸。

望月亭，是明朝工部尚书钟羽正所建。明朝嘉靖年间，文殊寺得到重修，工部尚书钟羽正在此流连，发现这个山岗是观月的最佳去处，于是叫人营建望月亭。该亭全部用石料和黄泥做成，拱顶无梁，门窗四达，使明月与群山、丛林四面相映。亭门上方有“望月”二字，是钟羽正亲手题书。据说望月亭的顶部生有三棵结义柏，树龄在三百年以上。而我们见到的是亭的左侧，有一棵平地而生后又分杈的柏树，直径一尺有余，两柏相携，像姊妹一般。依松柏的生长规律推算，此柏生长在此，恐怕不止三百年。

穿过三百年风雨，望月亭依然可以望月，只是没有怡然如古人的心境了。人生太多匆匆，为钱财和生计、为前世的徒劳和后世的安逸，谁还有心掬一杯清茶，与友人一起端坐望月亭下，欣赏普照春华秋实的月亮呢？时光不居，月依然是那个月，人却不再是那个人了。站在望月亭中，我渐而生出一种幽古情怀。

离开望月亭，再往前走便是千佛洞。文字记载，千佛洞古时称白云洞，又名太祖洞。洞阔数米，深六十多米，高三十米。洞内供有铜制佛像一千零四十尊。2007年，美籍华人、著名佛画大师夏荆山居士曾考证，此为“天下第一大佛洞”。洞顶有一天然石隙，仰可见天。每逢农历八月中秋午夜，月悬中天之时，能看到月华倾泻于洞中，形成“仰天高挂秋月圆”的著名胜景，仰天山即因此而得名。

而我们去仰天山的时候，不巧适逢月半，尽管如此，月色还是比山下明亮了许多，半轮月色，依然清凉如水，将山峰照了个晶莹剔透，到处布满了月的银辉。人影树影，飘摇绰约，更觉山峰玲珑，恍若仙境。从山上下来，晚间闭了客房的轩窗，有厚重的窗纱遮蔽，本该能够安然睡去。哪知这一夜，帘纱也挡不住山风，呼啸着钻窗而入，比白天的景色更为好客，几度使窗前的纱影摇曳。

这尘嚣中无可听到的风声，在山中竟能清晰入耳，吹起秋天的萧瑟，也吹起月光的清明。是夜深了，却无眠。我起身，伏在窗前，对月观望了许久。我知道，对面便是绝顶断崖，幽暗峰峦，而半边的明月，恰好衬出满天的云朵。我能望得见它，它却看不见我。关闭纱窗，窗户内外，若天地相隔。山里的夜晚，黑得如此静美，如此寂寞。一时间，我为这严密的黑夜而安心起来。我感动于自己，终于走出城市的喧闹了，远离光和声音的残暴，而不再惧于它们的威力。

我有些飘飘然起来，为这超越凡尘的机缘而暗自感叹。花前铺毡、月夜登高，莫不是文人墨客所乐。行于山水，若有一日，能够在此山上，为了一个神往的旧景，想念的人，或者其他，微雨凭栏、飞雪围炉，是何等诗意多情，浪漫随兴。只是这种雅兴，这种耐人寻味的情致和境界，于今天的人们生活之中，早已是难得齐全了。

这一晚，终究还是睡着，梦里，我闻到了莫名的花香。秋天，是生命的绝响啊，何来的花香？这也许是一个梦幻，是我流浪多年的精神，在这安静的夜里，与我心交神归，以花香谈天。我知道，在人生的滩涂上，总有一些物质不会死去，悄然存在着、存在着，在一个无人知晓的时刻里，得到生命的涅槃。

6

第六辑

蝉声的河流

春到溪头

年少时，当教师的母亲的柜子上，摆了一本厚厚的小书，虽然印的是些繁体字，但是也能断断续续地读下来，并且对照里面词语的释义，感觉已经略读得“懂”了。可是当我升至高中、大学再读之时，却越来越感觉其妙。它们不但有诗歌的节奏之美，而且有一个个优美的故事，就连一个传情的物什、一丛普通的野菜，都能让我们看到那些无法掩饰的朴素的诗情。

这本书就是《诗经》。而我记忆最深的，就是《关雎》。关关鸣叫的雎鸠，在河中小洲的左右，面对长长短短的荇菜，有位美丽的姑娘左右采摘——也许是这首诗太著名了，每当春天到来的时候，面对和煦阳光里的一地碧绿，自然就让人想起关关雎鸠，更想起“窈窕淑女”与“君子好逑”来。

“参差荇菜　左右采之”，这流传了三千多年的《诗经》里的每一首诗、每一句话，其实就是一个个美好的画面，反映出古时人们的日常行为，情感生活，就好像诗者对生活的一种歌颂、一种诗意的表达。参差荇菜是一个画面，左右采之是一个画面，窈窕淑女与在河之州的关雎，以及隔岸相望的君子，又何尝不是一个个画面的组合呢？

参差荇菜，在河之洲，又让人不由得想到“城中桃李愁风雨，春在溪头荠菜花”。辛弃疾诗中的前半阕，真的是把一幅春天写活了。不仅写活了春天，而且写活了山中的桃李、桃李旁边的春水、春水之畔的野菜。每每读这首诗，就像自己置身优美的春天里漫步，与那些豪放而富有情趣的歌者相遇。“春眠不觉晓，处处闻啼鸟”的孟浩然，“迟日江山丽，春风花草香”的杜甫，“蒌蒿满地芦芽短，正是河豚欲上时”的苏轼，“碧玉妆成一树高，万条垂下绿丝绦”的贺知章。就连唐朝才女鱼玄机，也不忘适时写下流传甚广的逸句：“绮陌春望远，瑶徽春兴多。”

想，那个时候的诗人，关切的不仅是诗歌，而且有乡下时光的归属，山野万物的变化。诗人眼里的春天，是用这些物象来借代的，唤起人们对美好事物的追求与向往。诗人的生活来自乡间，在动笔之前，先把自己融入社会、融入生活。倘若没有真实地触及心灵的感受，就没有这些生动而有情趣的诗歌的诞生。而现在的诗人脱离了乡间田野，有几人还能形象地写出这样的诗句，以流传千古？

从古至今，我们的人民就喜爱在草长莺飞的春天卸下沉重的心灵包袱，尽情地享受春天的温暖。古时人们的活动是赏花、垂钓、访友、吹笛、鼓瑟、吹笙，沉醉于春天多姿多彩的世界。其中又以登山、采集为最广泛的活动，它不仅能够亲近乡野，而且能遍赏春花和田野的景色，让绿色作物赏心悦目，花香、景美，无边的绿野，实在是赏春郊游的一大乐事。

我是在乡下生活长大的，在乡野里疯长到十五六岁随父母进城，这一去，就再也没有回过。然而乡野里的景物，已然留在我的脑海中，抹也抹不去了。对乡野的感情，也是永远抹不去的。我知道阳春的三月，正是春到溪头的时节。溪水潺潺处，最是水草丰美、野菜茂盛的地方。没有溪水的温润，北方山野里的春天也便没有了“遥看绿渡寒溪转”的保证。

苻菜是怎样的一种野菜，我不知道，不过在我们老家，每年春天到野地里采野菜，已成为一种约定和习惯。野菜一露头，人们就动身了。春天的野菜，大多是荠菜，齿状的叶片褐中带绿，深藏在杂草丛生的地里，不容易辨认。可是，当你沿着田野仔细寻找，总能得到不小的收获。松软的小溪边与麦地里，是荠菜生长得最多的地方。采挖回家择洗干净，用开水焯一下，攥干水分剁成末，掺上切碎的豆腐和成馅，用来包饺子吃。讲究一些的，还在调好的馅儿里放鸡蛋，名曰三鲜饺，味道更佳。

春季天气转暖，万物生发，总有许多野菜卓立而出，茵陈、苦菜、蒲公英等。蒲公英的叶子呈披针形，春季生发，田地里经常看到它那绿盈盈的影子。荠菜还没生发时，它就突兀地长出叶，开出金黄的小花来。茵陈的叶子呈圆柱形，棵茎低矮，一般都是伏在地面，荠菜开花结籽了，它还那么鲜嫩，只是叶上披了身白色的茸毛，没有春风润泽的光华，倘若采回家精工细作，能做出各种具有特色的菜肴。

有的野菜名儿不好记，可一旦记住了，一辈子都忘不了，比如“秃妮子头”（一种野菜的别称）。不知道这个名字的来历，只是在早春的山里，实在是长得泼实。凡是生长野菜的地方，就有它的身影，硕大地铺展在地面，就像野菜之中的霸王。食用的方法是将它们择洗干净，在瓷盆里用力揉搓，直到搓出青绿的浆汁，清洗之后，用滚开的热水在锅里焯几分钟，就散发出野菜的清香了。这时再将它剁细，沁入水中两个小时，之后再反复淘洗几遍，去掉原本的苦味儿，才可加工成味道鲜美的小豆沫。

听老人们说，旧时闹粮荒，野菜都吃光了，就有人食用“秃妮子头”，结果很香，就是做起来麻烦些。曾请教过一位中医，说它以全草入药，具有消肿散结、清热解毒之功效。吃过野菜的人都知道，多数野菜都略带苦味儿，中医观点认为“苦寒清降”。而春天人们容易上火，除了多饮茶，野菜中的许多营养成分本身就是良药，且大多野菜生长于林园之中，未受到现代工业和农药的污染，早就被我们视为健康食品，以至于摆上了超市的橱柜里，与普通的青菜相邻，却格外招人喜欢。

老人们都说：“野菜是个宝，采也采不了。”野菜的清新口感，也是人们喜欢它的原因。从《关雎》“参差荇菜，左右流之”青春女子在灿烂春光中愉快地采挖野菜，到《影梅庵记》中所忆董小宛腌制绿者如翠的野菜，可以想见，野菜的采集和食用在我国早已是源远流长。芳草依依，流年偷换，至21世纪春光明媚、姹紫嫣红的今天，野菜仍然成为餐桌文化的精品，尤为珍贵。

俗话说：“布衣暖，菜根香，读书滋味长。”《菜根谭》里也有句名言：“吃得菜根，百事可为。”意思是说，人们只要经受了艰难困苦的磨炼，就能成就一番事业。咬得菜根，是否百事可做，当年或许如此，今朝却不敢说了。当年食物匮乏，生活不太宽裕，以野菜为食充饥。生活条件好了，再愿以野菜为食的，是朴素。朴素是现在为官做人的根本。《庄子·天道》载：“静而圣，动而王，无为也而尊，朴素而天下莫能与之争美。”可现在是生活条件太好，酒足饭饱之时，这才视野菜为上品，目的是减去增厚的脂肪，瘦身健肌。而这些野菜，也正好解决了减少脂肪、补充绿色营养的问题，不足以谓“百事可为”。

也由此，无论是蓝天、地绿，花草怒放、山溪奔流，还是灵巧的飞鸟追逐嬉戏，总是在我的心头，组成一幅迷人的春景，我常因此对它而感恩。这是春天的图画，淡淡的，缥缈而又轻盈。

春雪初照人

今年的冬天，一冬无雪。就在我们面对雾霾，默默渴求雪花降临的时候，一个漫长的季节就这么过去了，另一个节气已不期而至。这个节气的名字叫“立春”。在我国，立春不仅是一个节气，而且是一个重要的节气，它象征着东风吹送，春天伊始。在它的上面，有着冬春两季明显的色彩转折。从这一天开始，气温回升，阳气渐暖，早上出门，你会感受到原本的那股寒气，不知何时变得柔和起来，甚至在那一刻，你会捕捉到一丝春天的意味、一缕早春的信息。

“早春”，是一个迷人的字眼儿，这个时节的天地万物，看上去是那么安静，安静到不被人觉察。万物的苏醒，或许就在这一时刻。每一种生命的变化，都像变魔术一般，在你不经意间萌发、嬗变，就如生命的涅槃。它们的变化之悄然、之神速，令你措手不及、目不暇接。就像我们行走在路上，看马路两边整齐的行道树，昨天还是陈年的旧景。但是，当你几天之后再去观察，这才发现一些莫名的惊喜。它们会在这乍暖还寒的天气里，突然就那么柔润起来，透出青格英英的生命之气。早春就是这样，时而模糊，时而清晰，时而又隐入浩浩万物的洪流里去。

如果没有这场雪，或许一个无雪的春天就这么开始了，开始得无动于衷、无精打采。无雪的冬天，纵然走进春天，也是没有多少新意的，触及不到人们心底里的那份热爱。谁能想到，立春的这天，北方普降大雪，顷刻间，满天满地的雪花从空中急急坠落，为枯黄的大地增添了一抹亮丽的春意。这场春雪的好，有对春季庄稼的利益，中国人有句谚语：“大雪兆丰年。”与其说是农谚，不如说是我国几千年农耕劳作流传下来的经验累积。另一种意义的延伸，就是有益于城市里的空气与环境，空气与环境，是人类生存的“重中之重”，这场恍若隔世的悠扬之雪，多少能够扼制一下空气污染的顽疾。我就在那几天的网络上，看到人们对这场大雪的赞美——“春雪”。

春——雪，多么纯洁而又温馨的词语！春雪的本身并没有什么特别，只因它们来得迟，来得充满了人们的期待与渴望，它便成了2014年早春的一个有关雪花的传奇，引来人们无数的惊喜，著书拟诗，皆成妙文，用耳闻目见来褒奖这场雪对人类的作用与贡献。那天的春雪，景象是多么壮观啊，你是没有来到北方，没有来到我的家乡，如果来，你也定会看到，纷纷扬扬的大雪，从晚上一直下到白天，又从白天一直下到晚上。翌日的清晨，雪晴之后，无论是大街上还是小巷里，到处都是欢腾的人群，打雪仗、堆雪人，把一个个杰作雕塑得惟妙惟肖。那个场面，不亚于一场节日的庆典，一场与雪有关的节日的狂欢。

立春的那天，雪好深，听雪踏在脚下“咯吱咯吱”的声响，竟也成了一种奇特的享受，就像听一曲欢快的音乐，雪与大地抒情的交响。人行走在雪中，口中的白气呵在冰冷的空气里，额前发丝在斜风里颤动——那情景，让人无端生出一股豪迈来。那天的雪，深没脚踝，在我们北方的近年里，是几乎都见不到的。今冬无雪，无雪的气候带来的是病毒的肆虐。医院的走廊里，传出震天的咳嗽，同为患者，我也在打点滴、吃中药，轮番治疗半个月。

正当无计可施之时，等来这场漫天飞舞的春雪。仿佛这雪，不是寒冷的预兆，而是春季里的玉树花开，会给我们带来奇迹、带来生机与希望！

真的是玉树花开呢！唐代诗人岑参不就写“忽如一夜春风来，千树万树梨花开”吗？雪中看山，一座座皑皑的白；看树，一株株经了雪的包裹；看房屋，散射出一片片耀眼的银辉。到处银装素裹。我真怀疑，那不是雪，而是覆盖在大地上的一件银衫玉披，是前来挑战人间阴霾的纯洁而美丽的使者！

几天之后，雪开始融化，许久没有看到的冰挂，也在屋檐上一排排垂挂起来，像是为这场春雪制造出的一个完满的气氛。这样的景象，是多年前早就不见了的。这样的冰挂，只在许多年前的山村里才能看到。在空气清新的山里，气温降低的时刻，雪以平壑填谷的姿态，覆盖山野、庄稼。那些冰挂也在农家的屋檐之下，美如琉璃。立春大雪之后的某天，我去外地，车子驶过白雪覆盖的山野和村庄，打开车窗，一股清冽的山风扑面而来，鼓励着我去深深地呼吸，深深地，肺叶一再愉快地扩张。

在这里，大雪过滤了一切，也掩埋了一切，化腐朽为神奇。正因为这样，身居城里的人们，就更加盼雪，盼望大雪把城市里的污浊的空气同样清除、同样过滤，让一切痍痏和着泥水永远葬入地底，给城市来一次神圣的洗礼。然而它们，总是与城市无关，与城市里的人群无关，与嚣尘弥地的马路无关，更与眼下莫名的雾霾无关。

山野里的雪，是最有层次的，它们围着山坡层层而上，到达山头之后，就逐渐看不见了，茫茫一片，看不见黑色的泥土。山顶之上，一色的白，极像一顶硕大的草帽，浮动在天际，只是这顶草帽是不断变化的，当太阳的金光出来，照射过后的它们，就和山脚下的泥土一样裸露出来，黑油油地敞开山峦的胸怀。雪则消融不见了。雪化成了水，水成了滋润泥土、灌溉青苗的养分。

倘若在这个时候走向田野，你能闻到泥土的芬芳，感觉到它们正沿着春暖的地气徐徐上升，转化成春天万物萌发的能量。俗话说，一方水土养一方人。听老人们说，每个地方的地气，都是不一样的。不同的地气，决定了不同的泥土的味道。我不知道，南方与北方的泥土之间的差别，然而我知道，北方的泥土，虽然不是那么肥沃、富饶，但它们的芳香里，同样有庄稼的味道，有桃花春水的味道。

是雪花滋养了它们。通过泥土地上浪漫的雪光，通过融化着雪水的泥土的芬芳，空气变得洁净起来，土壤变得松软起来，万物开始复苏起来。不用时光的佐证，来不及听谁的赞美与歌唱，就在这渐暖的风里，将养分注入枯焦的枝条，使它们逐渐柔软起来、充盈起来，一颗颗芽胚随着春风渐渐鼓胀，那是春日之将怒放的花苞。

除此之外，我们什么时候还能闻得到花与泥土的芳香呢？

生活就是这样，风调雨顺、四季祥和、耕樵相悦，一切才能如常，才是百姓心头的盼望，才是人间最为美好的时光。

流年忆苇

不知是雨声唤醒了记忆，还是千百年来的这个日子早已刻上磨灭不去的文化痕迹，使我们在这个特别的日子里辗转于梦、无法忘怀，每当端午来临，仍要身不由己地前去追寻。

端午之前，早上起来，按照往年的惯例，还是想赶着早市，去买几把新鲜的苇叶。菜市场里人山人海，熙熙攘攘，瓜果青菜摊摆得密密麻麻，卖苇叶的却不知躲到哪里去了，逛了半天才在一个小小的角落找到几个卖苇叶的小摊。在其中一个小摊前蹲下，翻来覆去地挑选了一会儿，发现这个摊上的苇叶比其他小摊的苇叶要宽大一些。一场夜雨之后，青绿的叶子上沾满了水汽，使它显得油光可鉴，青葱可爱极了。最终，我仔细选了几把，把钱朝小摊的主人递过，然后将苇叶抱在怀里举着，像一丛会游动的芦苇，涉过人海愉快地返家。我庆幸自己起了个大早，不然是绝对买不到这么宽、这么好的苇叶的。

看见苇叶，就让人想起端午，想起端午，大概没有人不回味起粽子的味道。那味道不是糯米本身的味道，而是粽叶的香气经过细火的蒸煮，由外向里进行的均匀渗透所致，使原本无色无味的糯米终于飘起诱人的芬芳。曾经在山村苇塘边上长大的我，从记事起就知道，苇叶是包粽子的绝好材料，其他的材料无法替代，起码在我们这里是这样的。

听说也有不用苇叶的，用粽叶包、竹叶包。北方竹子种得少，而南方盛产竹，肯定是要就地取材了。既然竹筒饭都已名扬四海，那么以竹叶缚粽，也一定会毫不逊色的。粽子好吃不在米上，而在于包粽子的叶子上，什么叶自然发出什么香。好粽子的功夫不仅在于包，而且在于煮，小火慢功，不是一时半会儿就可以达到的，它得经过一番高温蒸煮的过程，米与叶子间的相互渗透，叶子不再是原初的清气，米也不再是原初的味道，真正口味绝佳的粽子才能出锅。这的确是有点儿与众不同，用美食家的话来说，它们已经是粮食与植物的完美结合，是味素与叶绿素的高度提炼，用现代汉语里的一个词比喻恰到好处，这个词就叫“清气怡人”。

幼年生活在乡下，周围村庄的边上，少不了青苗开阔，河流环绕，湾湾岸岸，处处苇荡，经年累月生长着茂盛的芦苇。最大的河流有百十丈宽，河面光洁如镜，逶迤南北，遇到沟壑地带，便形成了两人多深的河塘。在两岸的淤泥地带，到处潜伏着看不见的芦根，时有芦苇从远处转移过来，在这里悄然驻扎。红莲与白莲的根系也在其间暗暗迁移，单等春天来临，万物复苏，小荷初露，新苇生发，这时候，水面上荷叶便会袅袅婷婷，淤泥里芦苇也芊芊而生，丛丛繁茂的芦苇与红莲、白莲衔接在一起，可谓满塘春色，蓬蓬勃勃，浩浩荡荡，宛如一道专为水上精灵开辟的绿色屏障。茂密的它们，把两条河岸给生生隔开，人们便靠着横在河上的一座东西小桥，来往两岸，走亲串门。秋天芦苇逐渐老去、苍黄，它们把自己的暮年交给秆头纷披的芦花，交给壮观的水上乡村，每当花开之时都遮天蔽日，积絮如雪，布满整个河汊的角落，时有“清霜醉枫叶，淡月隐芦花”的自然景象。秋荻也是水中不可缺少的植物，它的叶子很像芦苇，当地人经常采了编织席箔，秋风秋凉的时候，它们便纷纷扬起飘逸的紫花，让人想起“浔阳江头夜送客，枫叶荻花秋瑟瑟”的意境。

农历五月，正是芦苇生长枝叶茂盛的季节，一人多高的苇丛，枝干紧实茁壮，叶子柔韧宽厚，此时恰有端午节姗姗而来，清新的叶片，自然成为人们包粽子的首选材料。端午这个节日，乡下人是非常重视的，这一天，家家户户都要上山采艾蒿，下河打苇叶，拿回家洗净浸好等着包粽子。包粽子一般要采新鲜的苇叶，干枯了的苇叶包出来的粽子没有新叶香，米与叶间煮起来也不透彻，不黏糯。所以在端午节之前，米就要提前泡，苇叶就要提前采。当地人把采苇叶叫作“打”。苇叶打下来，用河水洗净，再放锅里水煮几分钟，捞出来就可以包粽子了，煮过的苇叶柔软绵性，耐得住折叠，包粽子时不会轻易折破。一切材料备好，晚上，全家聚在一起包粽子、煮粽子，从月上树梢一直忙碌到深夜。

用苇叶包粽子是一门手艺活，要根据苇叶的宽窄不同量材来包，米要装得适当，包时注意随机造型，包好的粽子煮出来才能软硬适口，好看好吃。随机造型是一门小学问。我曾试验过，拙手脚的会包破，笨手脚的简直不会拿苇叶，比如我自己，尽管有过无数次眼观心摩，默念无数遍“左手托苇叶，右手填糯米”的心诀，但一到苇叶托在手上，真的操作起来，总觉着摆弄得不趁手，有时甚至手忙脚乱，包好的粽子煮熟后不是缚扎的绳子散了，就是米流出来了，样子别提有多难看。

提起粽子，母亲是极会做的，她包的粽子以三角形居多，而且苇叶包得结实，线绳扎得松紧得当，煮出的粽子大小对称，十分饱满，就像精心制作的一件工艺品。母亲手巧，做家务是一把好手，粗茶淡饭在她手里能做出不同的花样，不仅可以饱腹，而且让人吃得津津有味，更别说小小的粽子拈在她的手中了。当年生活条件差，过端午节却买不到糯米，对于这，母亲是从未被困难吓倒的。没糯米和大米，母亲就用其他粮食来代替，我吃过的粽子就有麦子粽子、小米粽子、一半糯米一半大米的粽子，直至现在的纯糯米的粽子，不光是纯糯米的，粽子里面还加上了红枣、栗子、花生、肉松、火腿等各种各样的辅品，这丰富多彩的粽子，都曾是母亲的精心杰作。

苇叶叶片细长而窄，所以要用两三片重叠起来使用，手拙的，拿几片苇叶在手上，绾不起也叠不好，一边包一边露馅儿，只好改用粽叶包，粽叶也是包粽子的好材料，它的学名叫箬叶，比苇叶稍微宽阔些；其次是用菠萝叶，它有着不规则的椭圆形，叶子形状像手掌，边沿似荷叶的裙皱，根系发达，生命力强，多生长在崇山峻岭之中，是保护泥土的好植被。粽叶只能包长方形，三角形的粽子包不了，否则会浪费材料。与苇叶粽子相比较，它方正而敦实，有点儿像地里的野菜，朴朴拙拙，土生土长，煮熟后粽香的味道也极好。

每年端午节，与家人在一起，一边吃粽子一边回忆旧事，话头往往就停不下，粽子握在手上，吃在口中，往事也在脑海里翻腾，于是想起儿时的那片苇塘，想起芦苇丛边出泥不染亭亭净植的红莲、白莲的姐妹，想起夕阳余晖下的小桥流水，以及一种叫声特别的鸟儿，不免情绪振奋。“喳喳、喳喳”的声音也许并不好听，不悠扬，也不生动，音色也过于平直，但它们每天都在芦苇荡里忙碌不止，为的是生儿育女，繁衍生息。这种鸟儿我们叫它“苇喳喳”。在芦塘玩耍，有时是为了避暑，有时纯粹就是为了调皮，没少挨大人的打，捉鸟便是其中的一例，我的那些哥哥们绝对是鸟儿们的公敌，只要他们在河塘出现，总有一窝小鸟难以安生的。

清塘的风景，是离不开那些芦苇的，小村的生息，更是离不开那些河塘，吃水来自河塘，烧柴来自那些芦苇，芦苇夹缝里长大的蒲草，也是做蒲鞋的好材料。我就穿过蒲草编织的鞋子，形状和棉鞋差不多，里面的衬底里填上少许的棉花，鞋面的花纹上染着红花绿叶，精致得像一件手工艺术品。蒲鞋也保暖，只是它不能适用于化雪时泥泞的地面。荷花在芦苇的护佑下，静静开放，潋滟的花朵点缀着两岸的河塘，茂盛的青草从不与它们相争泥肥，大度地任红莲白莲们亭亭成长。还有那些“喳喳”可亲的小鸟儿，竟然能将三棵芦苇交叉搭错在一起，用几枚苇叶、棉花和理顺的麻团，便缠啊绕啊地做成一个个圆圆的小窝，这便成就了一对对小鸟的夫妻，它们一个在窝里孵蛋，另一个出外觅食，毫无怨言地尽着鸟儿各自的职责。

记忆里，哥哥们是每天都泡在苇塘里的，后来他们告诉我，少时在河塘里捉圆鱼（鳖），学会了看鱼（鳖）窝，哪里有圆鱼，看水面上冒出的气泡就知道了，对它们的窝点了如指掌，只是那时的人们不兴吃这个，也不知圆鱼是中医大补的良方，所以逮来的圆鱼大都又放回到河里去了，转而去捞他们喜欢享用的鱼虾，那才是改善伙食的佳之美味，对他们来说，无尽的童趣就在那些小草棵里躲藏着了。后来，我们跟父亲搬家进城，便渐忘了那片苇塘，等终于多少年过去，跟父母再回故乡探亲时，却发现那片苇塘早已经干涸了，塘中的芦苇已消逝得无影无踪，站在那条干涸了的河塘边回想它当年的盛况，面对它我就像做了一场与苇塘有关的梦。如果不是亲眼所见，谁也不会想到，那条沙石裸露的沟壑在多少年前会是一个河塘，会是个苍青的芦苇和红莲、白莲以及水鸟的天堂。

如今端午将至，卖苇叶的人却越来越少。听他们说，芦苇少，且大部分苇叶都让饭店采购去了，所以集市上就显得特别奇缺。君不见，商场上、超市里，到处可见包好的现成粽子，在冰柜里储存着，种类繁多。周一可以吃粽子，周末也可以煮两个。中秋不吃月饼了，过年不吃年糕了，大街上卖粽子的吆喝，让人简直分不清确切的季节，我经常听人们扳着手指数算，得有多少苇叶才能满足这样的市场投放？

有多少河塘步入干涸，就有多少芦苇悄然消亡，我有些遗憾，又有些不安。它们的消亡，与我们人为的破坏有没有必然的关联？永失了河塘的村庄再也不会有山水连天、苇荷相依、水鸟啁啾、鹤影凌波的自然景象，再也不会有天生好奇的孩子嬉戏苇塘的童真乐趣，而那些曾经从河塘度过来的人们，是否还会在入夜的梦里忆起那片芦苇，清凌凌地再次泛起碧水阳光，还是浸人的秋水寒气？这所有的疑问，使人心底生疼不已，黯然神伤。

谷雨的稻香和甜美

谷雨时节，收到微信好友发来的短诗：“谷雨这天，我在江南，这一天，我不关心男人、女人，只关心耕牛，关心土地，关心我种下种子，流下汗水，是否回报我应得的收成。”跃动的诗行，泄露出心中的愉悦，毫不掩饰诗人对于季节的贪恋。我遂如法炮制：“谷雨时节，我在山东，我不关心……”诗是愉快的，心里也真的是非常愉快。看窗外阳光明媚，春深几许，节令在催促人们春播春种，同时也令多情的人思绪萦怀。

前一夜的雨水，饱满了门前的花树，浸润了广场的草地，青葱铺满田垄的麦浪，皆是谷雨崭新的气象。望着活泼可爱的孩子们，在广阔的草场里放风筝，柔和的风，掀起身上小小的衣衫，五颜六色的衣裙，就像绿草地上的一个个移动的标点，心中便充满了无限的幸福。谷雨的天气，这一天是祥和的，是温暖的，是彩色的，是欢笑的，是舒畅的。人们欢畅于崭新的生活，崭新的田野，崭新的播种，崭新的生命航程。

过了谷雨，夏也就来了。谷雨时节，总该做点儿什么，不然时不我待。古时的女子，谷雨这天要打扮一新去走亲串友，不是浓妆艳抹，而是轻装薄衫。想那终于卸去重羁、素衣简行的样子，是何等的轻快，就连春水桥下的流水都觉得清爽三分。而今天的女子，不知又该找出何等的理由，组成类似的出行。谷雨这天，大多数人是喜欢远足的，不能远足就在门口转转，种种花、除除草、松松土、施施肥，或到田野里挖挖野菜、赏赏山花，在风景优美的湿地公园里乘一柳叶儿小舟，以便荡起风儿，体验一番远行的浪漫。

“谷雨前后，种瓜点豆。”自古以来，谷雨就是一个劳动的季节、沸腾的季节，人们用沉默、用耕种、用使出劲儿来的吆牛拉犁声，替代心头的欢快。我国的农谚多与季节和农耕有关，尽管江南江北气候不同，各地农谚却人尽皆知。中华民族数千年来留传下来的民俗和农耕文化流传至今，在年青一代的记忆中虽然有些陌生，但是对于土地，对于每天亲近它、侍弄它的人来说，仍然是熟记于心。它们在乡村陌巷、田间地头口口相传。它们是土地的精魂，是庄稼的行吟，记住了农谚，也就记住了乡愁。

有谚语说：“谷雨前，好种棉”，又有“谷雨不种花，心头像蟹爬”的民谣。在我很小的时候，就跟随父母到田野里劳动，泥土是熟悉的、草地是熟悉的、庄稼是熟悉的，河流自然也是熟悉的。在农田里，常听到的是这些话：“呀，你家的地里下种了？”“是啊是啊，谷雨节啊，不能晚了……”这时候，北方播种，江南插秧，种瓜点豆于房前屋后，已成了一种不用召集的行动，过了这个时节，尽管种子种下，庄稼也生长迟了，先天不足，颗粒难以饱满成型。

谷雨，看似是一个名字，与雨水无关或者有关，其实也真的与雨水有关。谷雨前后的天气极易下雨，这一天的阴雨天，也关乎未来相继某些日子里的气候，如“谷雨阴沉沉，立夏雨淋淋”“谷雨下雨，四十五日无干土”，等等，极像秋季气象中的另一个现象：立秋这天下雨，之后的三十天内一定会阴雨绵绵，没有特殊情况，这样的天象不会轻易改变。在北方，我们把这样的天气叫

"漏秋"，而这样的现象，究竟是怎样的一种自然规律，只能用科学去解释了。

谷雨的本义，明代农学家王象晋的《二如亭群芳谱》一书中有明确记载："谷雨，谷得雨而生也。"意思是谷雨时节天气较暖，降雨量普遍增加，有利于春作物的播种生长。同时根据作者多年的观察与认识，将物种按十二谱分类，四百余种植物详数记录于书中。而元代吴澄的《月令七十二候集解》中也有注释："三月中，自雨水后，土膏脉动，今又雨其谷于水也。雨读作去声，如雨我公田之雨。盖谷以此时播种，自上而下也。"对谷雨的解释见之分晓。

除了远足、播种，具体到谷雨节令的，还有食物。我在江西的婺源，清明那天吃过一种面食叫"清明果"，是由艾叶与米粉加水绞在一起，形成绿色的面皮，中间包裹上白皮萝卜和春笋剁成的馅儿，上笼屉蒸制而成，品尝起来有一股淡淡的清香，没有艾叶的特殊之气，据说在当地，这叫"吃春"。而在我们这里，则是把吃香椿叫作"吃春"。在我们北方，谷雨前后山里的人家都会采集香椿，洗净晾干，可腌可炸可煎，煎炒后的香椿，有着与众不同的香气，不仅营养丰富，而且有一定的药用价值。中医认为，香椿味苦性寒，有清热解毒、杀虫固精的功效，它的芳香味道，还能起到醒脾、开胃的作用。除此之外，香椿还能当作赠送亲朋好友的礼物，"雨前香椿嫩如丝"，谷雨前的香椿也是价格不菲。

谷雨时节，天气好时，阳光明亮，空气清爽，东汉史学家荀悦《申鉴·杂言》说："喜如春阳，怒如秋霜。"西晋文学家陆云《晋故豫章内史夏府君诔》也有："闲非秋厉，惠淑春阳。"谷雨天长，黎明之时，窗外的鸟儿刚刚叫起，室内也就艳阳普照了。这个时候，宜于沏一杯绿茶，端坐阳台之上，一边浅斟品茗，一边读书看报。望远处盎然春色，依依杨柳，绿眉如印，享受着浓浓的香茶和美好的时光，很有一番幸福的味道。

春深似海的日子行走江南，在一处风景优美的小区里居住，周围是绿的滴翠的竹林，每到晨间散步，红色的泥土地上，杂草丛中，都能看见一只只胖胖的春笋嫩芽初生，不过两天的时间，低矮的笋便长得如我一般高了，仿佛一夜之间，就能生长十数余寸。它让我想到了时光，时光就是以这样的方式消逝，在你有意或无意之间悄然流走。只是，时间在幼笋的身上，不是悲伤地消逝，而是喜人地成长。谷雨这天，我攀上阳光朗照的徽式阁楼，面对一山修竹，吟诵郑板桥的《七言诗》："不风不雨正晴和，翠竹亭亭好节柯。最爱晚凉佳客至，一壶新茗泡松萝。几枝新叶萧萧竹，数笔横皴淡淡山。正好清明连谷雨，一杯香茗坐其间。"心头盛开的是繁华，是美丽，是惬意。

不用远观，近前看，王贞白的《白牡丹》写得尤其好："谷雨洗纤素，裁为白牡丹。异香开玉合，轻粉泥银盘。晓贮露华湿，宵倾月魄寒。家人淡妆罢，无语倚朱栏。"我居住的楼下，正有一树梨花盛开，一丛深红的牡丹含苞怒放，两种花，都是我极喜欢的。牡丹属于富贵之花，与之相比，你能意识到什么叫作高贵；而梨花清远，花香却不醉人。我不知道那些牡丹是什么品类，但从它们绽放之始，就悄悄为它起了个名字——"贵妃醉"。谁让它们开放在谷雨前后呢？我认为，悠远的稻香和甜美的爱情才能够得上"谷雨"这个时节，够得上"谷雨"这个名字。

蝉声的河流

离我居住的地方不远，有一条平坦笔直的景观道，两边各是一片浓密的树林，每到夏天树叶繁茂的时候，路旁便落满了清爽的绿荫。每天清晨或傍晚，若在这条马路上散步，就会听见知了悦耳的长吟，穿透林间繁郁的枝叶，汇入更多的知了的合鸣。若把蝉的声音比作乐声，那么它们便是这个季节的主要交响。

记得当年种植这些树木的情景，那时林中树木的株棵并不太大，也不是很壮，叶片也十分稀少，但很快，它们就调整了生长的姿态，日渐枝繁叶茂起来。当树木长成，绿荫重重，两边的树林便成了知了的天堂。每天早上黎明来临，游移的薄云被晨光驱散，知了便会扯着嗓门歌唱，这个夏天因为知了的叫声而更加沸腾。

再早，这里还有一片更大的树林，几乎都是钻天的杨树，后来因为修路所需，树林里的树木进行砍伐，现在已经看不到了。当年，那些树木华荫如盖的时候，这里便是知了的家园，少不了蝉的繁生、幼虫的孕育。它们在大树枝上产卵，经过风雨的袭击落至泥土，变为蝉的幼虫潜入地下。在土壤中越冬、成熟，再从地底下悄然出来。

我们称脱壳后的蝉为“知了”，称蝉的幼虫为“蝉蛹”。白天，蝉声潮水般倾向地面，不绝于耳，到了夜晚，成熟的蝉蛹从地底挖个小洞，然后试探着从泥土的洞穴中破土而出，就像得到一道集合的号令，齐刷刷地向大树的高处爬去，它们仿佛天生懂得一个生存的诀窍：爬得越快越高，生存就会越有保障。仿佛它们知道，每晚一步，就多一分危险，多一分不可预知的灾难。

7月，知了开始多了起来。傍晚时分，许多大人带上小孩来这里找蝉蛹，人们进入树林，在手电筒的光柱下仔细搜寻。然而，不管怎样浩浩荡荡地捕捉，等一个个惊心动魄的夜晚过去，到了白天，各具形态的树干上仍能发现一些顺利逃脱的蝉蛹，并且脱去身上的蜕壳，化为蝉飞走了。这是多么幸运的一关！对人类来说，幸运来之不易，对这些蝉们来说，“逃脱”也是那么不易。

这些蝉蜕也是好的，也不例外地被有心的人从树上取下，当作不可多得的药材。我们小的时候，老家也有这样一片树林，白天我们用竹竿粘知了，晚上便到树底下找蝉蛹，实在找不着时，就把树上的蝉蜕取下来，送给邻居家的婶子大娘收藏起来，卖给当地的收购站当药材。望着脊背开裂，虽然蜕去生命，却依然栩栩如生的蝉蜕，总能感到一份收获的快乐。

蝉蜕可以入药，这已成了尽人皆知的事情。唐朝医师甄权就曾写过一本《药性论》，通过医书对蝉蜕的介绍，让人看到一个自然界普通的昆虫，是怎样从三四年昏暗的光阴里走来，餐风啜露却挡不住死亡的宿命。在那干巴巴的文字的介绍下，蝉不见了，只有蜕去的壳仍然留在世上，成了人们医治顽疾的物质，想起来，未免令人有些伤悲。

这种伤悲也往往是暂时的。在这个世上，凡是与蝉意外相遇的人，几乎无人不曾伤及过它的性命，朵颐过它在餐桌上的美味。但明明又听到过与蝉有关的故事。说是有一种小小的昆虫，在地下生存了好多年，经受了地下的寒冷和黑暗，无数个光阴过去了，终于能够脱离黑暗的地下，爬上高高的树枝。它遇见露水就会长大，遇见风就会蜕去那层原始的外衣。

它在地底蛰伏数年，不吃不喝忍饥挨饿（其实是在吸食植物的水分），没有声息也没有怨言，直到化为成虫，这才冒险钻出地面。故事的末尾，是说这个幼虫一旦爬出地面，就得努力往树上攀去，以便尽快蜕去身上的束缚，和其他同类一样展翅飞翔，尽情地歌唱。否则遇到要抓它的人，就只能像哑巴一样任人摆布。这个故事告诉我们一个道理：谁甘于落后，谁就会被人欺负，谁怕忍受摆脱旧的束缚的痛苦，谁就不能获得新生！

当然这个故事是听大人们讲的，同时它还告诉我们，哪怕是世间微不足道的昆虫，它们也有不可忽视的生命。故事听完，也动恻隐之心，但往往耐不住寂寞和美味的诱惑。那时候，乡下还没有捉蝉蛹的习惯，只有小孩子用竹竿粘知了。我小时候就粘过知了。没有现成的粘胶，只好用面粉代替。把面粉捂在手里，伸进水中轻轻揉搓，等滤去淀粉，剩下的就是面筋了。这样的面筋很黏，能够保持湿润，不会轻易干燥。

找一根长长的竹竿，再取十几公分长的芦苇，把苇秆绑在竹竿的顶端，再把弹丸大小的面筋缠绕在苇梢，身背一只自己缝制的塑料袋，短衣裤衩地就和小伙伴们出去了。不用去树林，不用仰头去受累地寻找，沿途树木上就停落着不少的知了，竖起耳朵能分辨出它们停落的方向，透过稀疏的叶片，看得清知了黑色的脊背，闪着铠甲般的光泽。

就在它们醉心歌唱的时候，手中的竹竿已悄悄伸出，触向知了最怕粘胶的翅膀。“吱”的一声，竿头立刻展开一场知了与面筋的较量。它越是乱扑乱飞，越是难以挣脱被粘住的翅膀。其他知了也便戛然停止了歌唱，纷纷纵身而逃。知了身体笨拙，飞不太高，也飞不太远，只能找附近的树再次停栖。粘来的知了大都被我们炒着吃了，在那并不丰盛的餐桌上，它是一道不可多得的美味。

那时我们觉得，夏天是那么美好，尽管没有风扇，没有空调，但是我们并不觉得太热。起码没有冬天不可抗拒的寒冷。炎炎夏日，把屋子的门窗打开，躺在铺着凉席的床上，听着知了的歌唱，以及树叶在枝头的繁响，不一会儿便香甜地睡去。

睡梦沉沉，风也总会趁我们熟睡的时候进门，轻轻摇动窗前帐下的风铃。自然的风就是一把廉价的扇子，它省去了人们摇动蒲扇的力气，也省去了许多腾不出手来的工夫。童年真好，没有压力，没有忧伤，也没有烦恼，少年顽皮的心中，也自此烙下一段不可重复的时光旧影。

那时大人忙于工作，忙于繁重的田间劳动，很少有人关注这些默默无闻的蝉蛹，便也放任了它们的繁衍生长。一场夏雨过后，知了开始破土而出，只要有树林的地方，就能看到它们的娇小身影，听到它们的歌声，亢奋嘹亮，此起彼伏。

常听老人们说，他们年轻的时候，蝉蛹在树林里爬来爬去，走在草丛抬脚就能碰上，可就是没人吃它。至于人们何时把它当作美味，且不可缺少，那我就不知道了。许多年前曾看过一篇报道，说某个地方的餐馆为取得更大的盈利，在夜晚的树林里生起一堆火，栖在树上的蝉就飞蛾一般投入火中。在夜火的诱惑下，成百上千的蝉落于餐馆的囊中。我总觉得有点儿残忍。

记得20世纪90年代，蝉蛹曾作为不太紧俏的商品在菜市场里兜售，可现在已经很少看到了。就连树深林密的地方，偌大的林中也很难找到几只知了的幼虫。不是隐匿，也不是绝迹，而是难见形迹。为满足人类的口欲，如此这般地捕捉下去，蝉都日渐稀零，更别说果树打药灭虫，百草遭到杀除。如今，炎热的夏天来临，遥听窗外各处，绿叶婆娑的枝头，已再难汇成蝉声的河流。

画眉

去郊外山区小住，一个早晨，我还在梦中，被一阵鸟鸣叫醒，“叽啾——叽啾”，那清脆的鸟的歌唱，婉转、灵动，在寂静的清晨格外分明。终于按捺不住好奇，打开了纱窗，向远处寻找，我看不见它的身影，不能确定，那只啁啾的鸟儿，是画眉还是别的鸟儿，但我相信，这是一个久违的声音。

自从搬进城里住了楼房，就很难听到鸟儿优美的歌唱，偶尔有鸟儿在窗外驻足，闪一下轻灵的翅膀，也不过是几只普通的麻雀。在城市里很难听到的鸟鸣，在乡村却是忒多忒密。读中学那年居住乡下，屋后就是一片山地桑林，地沿上种植着杨树、榆树，华盖擎天，是鸟儿的乐园。每天清晨，数种鸟鸣伴随着旭光，扑啦啦地从天而降，委婉动听，其中就有画眉。

画眉属雀形目，亚科，体长约十几厘米，上体橄榄褐色，头和上背具褐色轴纹；眼圈白、眼上方有清晰的白色眉纹，广泛见于我国山区丛林里面。它们喜欢单独生活，很少结集小群活动。它们生性胆怯，却十分机敏，常独自立于树梢枝间，或啁啾鸣啭，或引颈高歌，音韵多变。据说，画眉鸟其实是上苍赐予人间的神鸟，开天辟地之时，由于世间人烟稀少，树木繁盛，生命寥寥，没有语言，到处寂静无声，人们很少用声音来表达自己的思想感情，上帝恐有碍于万物生灵的进程，于是便派来一只神鸟，赐名画眉，让她每日在尘世间浅吟低唱，于是从此画眉每日恪守职责，遵上苍之旨意，绕林环木的清脆鸣叫，用悦耳的嗓音遍染红尘，为世间增添了一份天籁。

喜欢“画眉”这个名字，或觉它是一位妙龄女子，绿纱帛裙，窈窕身姿。其实“画眉”二字，从古至今都是与女子分不开的。画眉、画眉，早在古代已成为女子红妆淡描的时尚，不管她是贫家的女还是富家的妻。据说画眉之风起于战国，在还没有特定的画眉材料之前，女子用柳枝烧焦后涂在眉毛之上，《诗经·卫风·硕人》上说：“手如柔荑，肤如凝脂，领如蝤蛴，齿如瓠犀，螓首蛾眉……”自此便有了以蛾眉之细之长之曲为眉美的标准，为女子画眉之时尚。唐朝诗人朱庆馀描写新嫁娘妆后的诗句：“妆罢低声问夫婿，画眉深浅入时无”，多么委婉含蓄啊，夫妇到底恩爱几分，许多的担心不用直接询问，只问画眉深浅与否，目及之处，必然面对着的，是一双脉脉含情的眼睛。想起张敞画眉的故事，还有那句歌词：“让我一生为你画眉”，真是浪漫得不行。

眉妆无论纤细弯曲，还是千姿万变，都不过是为了崇尚秀美，是千百年来的流风遗韵。宋时欧阳修留有一首《画眉鸟》：“百啭千声随意移，山花红紫树高低。始知锁向金笼听，不及林间自在啼。”看山花烂漫、叶木葱茏，管什么金带紫袍，无限的快慰欣喜如山间清流泻出，洗尽俗尘，只余下悦耳的音韵流转——欧阳修写画眉其实是在表达自己，画眉鸟的百啭千回的鸣唱，表达的是诗者归隐山林、不受世俗羁绊的心曲。原来才知道把画眉鸟锁在金笼子里，比不上它在树林里自由啼鸣动听。诗句写出了万物贵自由，难得自然美的道理。

前些日子在郊外的集市上，看到有人在那里买卖画眉，想到它未来的日子，终是不自由了，既惋惜，又让人爱怜，不禁感叹，为听到它们的歌唱，不惜以笼困之，纵使歌声那般响亮、那般婉转，也难得自然之美。然而没有笼中的日子，谁还有机会倾听它们的歌声，尤其是久居城里，整天面对钢筋水泥楼房的人们。看到画眉在笼中跃跃欢腾的样子，眼前突然幻化出各种命运的女子，是她们生来就拥有为爱情甘愿付出的品性，还是被困笼中到了无可挽回的地步？如果画眉是一位深居闺中的女子，她是否甘愿把自己囿困在狭小的笼中？如果画眉是一个既渴望自由，又向往能懂的生灵，她会不会放弃凌云蓝天，而只是为了那个跟定一生以爱追随的人，破釜沉舟？

尘世间，为了一份感情，能将身外之物，包括生命和欲望都舍弃了的，恐怕也只有女人能够做到。除此之外的男子，在承诺面前，总有点儿轻浮的成分。问世间情为何物，直教人生死相许——看得开的，也只不过是少数，更多的，却是世人千追万赶，却始终看不透、摸不着的一缕怨愁。以山盟海誓开始，以混沌一生结束。琴韵诗音，红颜为谁？罢了，罢了，既然敌不过命运捉弄，那就用一生为他“画眉”。纵是瘦成一阕宋词，那忧怨也不过自己知道，只能在万籁静寂的时候，才下眉头，又上心头。

转而想起人生，生命里，真的不需要有太多的需求，有一间属于自己的书房，以音乐为墙、文字为瓦，阳台上种几棵花，窗外有几只自由的鸟儿悠闲轻唱，有一个理解你的人，与你一起做着一个同样的梦，淡淡的微笑、淡淡的忧伤，便觉岁月真好，再累、再苦，心里也会溢满了满足与幸福。

乡村茶酒

我国现代名茶有数百种之多，分绿茶、黄茶、红茶、白茶、青茶、黑茶等，每一类都精心加工，制作讲究，自古以来，就是我国礼尚往来的上等饮品。一片片普通的叶子，能够在中国的历史上著写，并且化身于佛教之中的茶文化，实在是让人不得不对它刮目相看。喜欢饮茶的人，通常会把茶具摆在茶桌的首要位置，以便随时迎接家中来往的宾客。而同样，那些精美的茶壶、茶杯，尽管只是用来沏茶烹茶的用具，却往往能够显示出主人的身份、品位。

我的母亲喜欢喝茶，她一般都喝大叶茶，据说是一位乡村中医给出的方子。母亲年轻时身体不好，病痛的折磨使母亲整日郁郁寡欢，喝茶是为了解除心中的郁结。在母亲的影响下，年少的我也喜欢上了饮茶，喜欢品茶时的那份悠远娴静，也喜欢那份无欲无求，不以物喜不以己悲的淡然，无论身居庙堂还是身处江湖，无不好也无失意，倚窗品茶，冷眼人生，闲看夕阳，都能让人回味无穷。

在我们沂蒙山区，乡下邻里间串门，能够用茶待客的就算是热情的主人了，再不富裕的家庭，家中也备有一盒茶，好一点儿的是绿茶，次一点儿的是大叶茶。往往是，这厢问一句客人“喝不喝茶”，那厢却早已忙着沏茶倒水，不容你喝或者不喝，一杯热气腾腾的茶摆在面前。有了茶，话题就扯得远了，一杯香茶掬在手上，今事往事，家事国事，大半辈子的经历，无话不说，直到把茶喝得色清味浅，客人起身辞别，双方的话题才告以结束。

古时候，有端茶送客之说。少时在收音机里听评书，记得一些评书里的情节，有一段是这样说的：来客相见，仆役献茶，主人认为事情谈完了，便端起茶杯请客用茶。来客以唇做触碰杯中茶水的样子，然后放下，侍役便高喊："送客！"主人便站起身来送客，客人也自觉告辞。然而在今天，在我们这里，无论是乡村还是城市，一般都不会让客人这样一走了之，而是只要一壶茶沏好，怎么着也得坐一会儿，方显主人的诚意，也显示出客人的彬彬有礼。

如果茶沏好而客起身，说明来者不是出于急事，就是不大懂得待客之礼。主人只说沏茶而不动手，虚让一番也就罢了，若好不容易烧好了水沏好了茶，客人却要走了，拂了主人的一番美意不说，还浪费了一壶好茶，等人走茶凉后，原本热情的主人或许有些不悦。至于留客是否，就两不重要了。也有客来，尽管坐着，一再声明不喝茶的，一是真的不渴；二是客气，怕给主人增添麻烦，因此乡下的以茶待客，便又多了一层暗示，关乎主客之间的近疏关系，接人待物的习惯风格。

乡下人喝茶也会品茶，但很少喝功夫茶，多半是用大壶大杯沏出的红茶、绿茶，喝茶的方式都不太讲究，不像南方人那样，注重茶的色香味，讲究水质茶具，什么品茗杯、闻香杯之类高档的器皿，高冲低斟，在丝竹弦乐中细细品味。乡下人喝茶，为的是遣时、解闷，更为的是解渴，一把大叶茶放进壶中，冲上滚烫的热水，一阵茶香氤氲之后，茶水的颜色就变成酽红色，这时取一只茶杯斟上，就这么守着一壶、一杯，守着一份平常的岁月，也颇为怡然自得。

在乡村，过节的时候是需要备茶的，把新买的茶及精美的茶具摆好，等待客人前来串门。在此之前，茶不能事先沏在壶里，客人来了随时沏上，表示茶是新的。酒也不能例外。先以茶敬客，再以酒敬人，这是乡下的规矩。乡下的节日里，总有几个亲戚要串一串门，这样才显出过节的气氛。亲戚串门，往往带了酒去，炒几盘家常小菜，与客人对斟。乡间最大的热闹，应该属春节和中秋这两个节日，赶集买菜，备上酒席，阖家欢乐，有着一家团聚的深意。

俗话说，无酒不成席。既然是过节，自然就得酒来助兴，北方人喝酒，讲究杯倒满，严格按照“酒要倒满，茶要半杯”的方式。这酒满茶半的说法，来自那些特定的环境。古时候，很多人是通过酒中下毒来取他人性命的，因此喝酒也怀着一丝忌讳。为了表示酒中无毒，主人故意把酒倒满，当与客人碰杯的时候，让对方的酒溅到自己的酒杯之中，然后一饮而尽，以此暗示对方酒中无毒，这个方法一直沿用至今，长此以往便成了待客的规矩。

除了酒，倒茶也有一番讲究。客人来访，茶一定要冲好茶，水一定要倒好水，水的温度决定了茶的品味。温度这样高的茶水，如果是满杯，客人端时极易溢出杯子而烫到手，过冷则客人无法饮用，加上古人讲究斯文，既不能烫到手，又不能用嘴直接对着喝，故此想出一个办法，每每倒茶待客，只须倒上半杯，等客人喝后再及时续上，也好显示主人的殷勤好客，于是便有了“酒要满，茶要浅”的说法。

一顿酒席间，更要讲究两次上茶。客人来到，进门倒上第一遍茶，边喝边聊，菜肴做好上桌，大家你推我让地开始吃酒，酒足饭饱之后，再次沏茶上桌。这次上的茶就不必那么讲究，或可以是上次的“乏茶”（没喝完再续的茶），或也可以是新沏的茶，茶放得更加多些，色浓得的更加酽些，以解酒劲儿。这个时候的茶，既可以喝到客走席散，也可以喝到夜色阑珊。

由于家住城里，近几年很少回村，唯一一次回到乡下，是参加一个远房亲戚的喜宴。在农家宽敞的大院里，大家按长幼辈分分成几桌。那位亲戚自己找好了掌勺的厨师，省去了不少酒菜的费用。酒席上，按照当地的风俗，男方家人父母、叔伯端起压了大红喜纸的传盘，一对一双地轮番敬酒，各敬三巡，秩序有条不紊。新郎和新媳妇也双双敬酒。面对新人相劝不得不喝，数杯酒下来脸颊通红。

按照旧时的传统，在新娘的嫁妆中都陪嫁有茶壶、茶杯，还有八角的茶瓶，供储藏茶叶之用。婚礼当天，客走人散，新人歇息，第二天早上，新媳妇早早备好香茶，等家中长辈起床，洗漱完毕，便端了茶水款款进入前堂敬茶。这一道茶，也叫新媳妇茶。这时候，新娘要对公婆、长辈行跪拜礼，作为一种尊敬的象征敬上香茗，长辈摸出红包放在茶盘之上，仪式才算结束，从此开始了普通主妇的生活。

茶的古称有荼、诧、茗等，《尔雅·释木》有："槚，苦荼也。"荼，古书上说的是一种苦菜，陆羽之前的时代，经常把"茶"写作"荼"，他写的《茶经》一书，开启了一个茶的时代，被誉为"茶仙、茶圣"。从此中国人喝茶，被列入开门七件事之一，柴、米、油、盐、酱、醋、茶，它不仅象征着人间的烟火，而且象征着家庭生活的美满。不止是茶，酒也可上溯到上古时代，已有五千多年的历史。《史记·殷本纪》中有关于纣王"以酒为池，悬肉为林""为长夜之饮"的记载。《诗经·七月》里就有"十月获稻，以此春酒"的诗句，意为农历十月收割了稻谷，用这稻谷酿成了这春酒，"我"是用这春酒来求长寿的。

我国是个礼仪之邦，懂礼、守礼、习礼、重礼的历史源远流长。在古人眼里，茶、酒都是人间的圣物，所以在远古时候就形成了一套礼俗。茶禅一味，儒道互补，是茶与酒两种文化的交融，尽管它们不能完全代表茶酒本身所蕴含的人生真谛，但是对于一个国家来说，却是一种文化的传承，而能够完美地继承它的，却是我们的乡村、我们的民间，乡村茶酒，就是一个体现人情温暖的过程。

龙的节

春回大地，万物复苏，迎来了春暖花开的日子，返青的田野上，农人开始了田地里的劳作；安宁的村庄里，人们打开门，推开窗，让春光挟着风儿进来，让室内的空气流动起来。推开窗，便能听到左邻右舍的声音，听到鸡鸭互唤的喧闹。突然一声闷响，犹如春雷炸开，一缕清香弥漫了大街小巷，原来是爆米花的来了，村子里立刻热闹起来……

当爆米花的炉声炸响，城里的人要向城外去，踏青、郊游，他们携亲领眷，乐此不疲；城外的人也要把这个节过得有滋有味，炒蝎豆、挑荠菜、包饺子、炸春卷。在明媚的春光里，卸去厚重的棉衣，迈着轻盈的步子，游玩的身心放松，吃客们忙得不亦乐乎。这所有的忙活和准备，都是因为这个特殊的日子——农历二月初二，我们把这个日子叫作“龙抬头”。

这个节日，据说起源于伏羲时代，那时候，伏羲重农桑、务耕田，每年土地开犁，都是御驾亲耕，其妻则二月初二亲自为其送饭，因为伏羲为“龙”身，于是就有了“龙头节”，民间流传下来的很多风俗，也多与农耕有关，可见这个节是农事节。龙头一抬，关乎着一年里的风调雨顺、国泰民安，所以，百姓对这个节日多有敬意，用各种方式去祈求，让想象中的龙保佑家人不招灾惹祸，不多病多难。

还听过一个故事，说是有一个村姑，去河边洗澡时无意怀了孕，十个月后生下一个怪形男胎，龙头龙尾龙身子，家人害怕，便让姑娘把孩子扔掉，村姑坚决不答应，执意要把孩子养大。家人无奈，只好千叮咛万嘱咐，千万不要让他出来，否则让族人知道，会以怪物论处。可随着岁月的流逝，孩子的长大，家里窄小的天地越来越关不住他了。

终于有一天，那个孩子忍不住寂寞，从家里跑了出来，玩得口渴时，便伏在河边喝水。不料被人发现了，有人拿来锄头、镬头声称打怪物。姑娘闻讯赶到河边，大声喊龙儿快跑，少年这才知道闯下大祸，一边哭一边说："娘啊娘，都是儿不好，连累了娘。此一去，不知何时能回来，娘要是想儿，可等来年的二月二，天上打雷，河水涨满时再来河滩上见一面。"说罢腾空而去，临行还不时回头望母亲一眼，每望一眼，就在地上流下一滴泪，瞬间变成一摊清清的河水。

就这样，村姑在家里盼着等着，每到二月二这天，就将家里唯一的食物黄豆炒熟，撒在河滩上，等龙儿回来吃。说来也怪，自从龙儿上天后，这个原本旱涝不保的地方风调雨顺，五谷丰登，人们方知是龙儿在护佑着村子。为了回报，村里的人们便也像村姑那样，将家里的黄豆炒熟，放在河滩上等那条龙回来吃，渐渐地，二月二吃蝎豆，就演变成了当地的风俗。

龙的节日，自然要有所表示，这一天要炒蝎豆，做面琪儿，遇见爆米花的进村，大人小孩纷纷出动，拿簸箕带碗的装了粮食去爆米花，所爆之物，不仅有黄豆，而且有大米、玉米。小时候，我家也要炒蝎豆，蝎豆炒好后，还想带到学校去，就用块布缝成个小口袋，将炒熟的豆和琪子装进去，系在书包上，下了课一边玩儿一边吃。有的同学还要拿出来比一比，看谁家的豆粒炒得好，我对此总是不屑，因为我家的豆从来都炒不好。

这一天，除了炒蝎豆，所有的食物都得加上个“龙”字，吃水饺叫吃“龙耳”，吃春饼叫吃“龙鳞”，我们现在吃的“龙须面”似乎也是这么得来的。在这一天里，妇女们不能做针线，说是针尖会刺伤龙眼睛；这一天得停止洗衣服，说洗衣会伤到龙的皮肤；早晨起床前，先念：“二月二，龙抬头，龙不抬头我抬头”，这样会耳聪目明；睡前要拿灯在房梁上照一照，说：“二月二，照房梁，蝎子蜈蚣无处藏”，龙为百虫之神，这样就能驱百虫避五毒。

龙的节，自然还要用各种方式驱凶纳吉，比如这一天男子要剃龙头，小孩子要戴龙尾，有财力的人家要组织舞龙表演“双龙出水”“二龙戏珠”等节目，依靠对龙的崇拜，希望龙神赐福人间。还把祈愿扩大到农耕，春来了，土地开始耕耘播种，就请龙王兴云布雨，好让土地雨水丰沛，庄稼长得青葱茂盛；做饭时，还要将草木灰掏出几把，画一条活灵活现的龙在地上，说这条龙就叫“引钱龙”，祈求财源滚滚，事业兴旺。

昔我往矣，杨柳依依，多少年多少代过去了，龙的节延续下来，只是今我来思，少了些常规中的细雨霏霏。北方的雨雪越来越少，天气越来越干燥，二月的杨柳芽苞鼓起之时，草色却仍然遥看近却无。只是晴好的天气，不妨碍阳光普照，风和日丽下，田野的杏花开了，路边的樱花开了，清澈的春水汩汩而流，而那碧波荡漾的水面上，处处涟漪，都是风吹皱的。人们在向往春天的同时，仍然热衷着有关“龙”的传说，从来不曾忘记“二月二”的习俗。

在古时，每到二月二龙抬头的日子，无论是帝王还是百姓，都要到田野里去郊游踏青，并引为时尚。喜欢一个名叫《踏歌》的古典舞蹈，舞台上，一行婀娜多姿的少女脉脉含情地罗衣从风、长袖交横，边舞边歌，歌词道：君若天上云，侬似云上鸟，相随相依，映日浴风。君若湖中水，侬若水心花，相亲相怜，浴月弄影……

这个盛行在汉唐时期的踏歌舞蹈，是由中国古老的春游活动演变而来的，后融入优美的舞蹈技巧，它的特点是既典雅又妖媚，既含蓄又洒脱，整个舞蹈行云流水，随意而动，有着浓郁的古典气息，体现了中国深厚的文化。通过《踏歌》，让我们再次看到了昔日那些妩媚俏丽的踏青少女，在依依碧柳间踏着春波，曳着翠裙，联袂欢歌，透着一股难以言喻的美，其情其景，令人陶醉。

无论是古代还是今朝，春天都是一个多情的时节，于是出现了有情人相扶相携，在春风里款款而行的倩影。长长垂柳像温柔的绸带，缠绕在两个有情人心中，不禁生出与之同甘共苦的念头，发出“人间缘何聚散，人间何由悲欢，但愿与君长相守，莫作昙花一现”的誓言，让人感到，这才是人间的真爱、恒久的深情。

如今，山野浅绿，花枝俏然，嫩绿的枝头上，就像一枚枚金子举在春风得意的指尖，且越来越多，汇成春天的花海，人们叫它迎春花、连翘花、油菜花……而游春、踏歌，和有情人一起度过惬意浪漫的时光，这也正是二月的主题。它仿佛在告诉我们，早春二月，还有许多源远流长、婉转凄美的故事，令人感喟，等着我们去发现、去传承、去探索。